очарование

Кэтрин Смит

Заманчивое предложение

РОМАН

АСТ
ИЗДАТЕЛЬСТВО
ХРАНИТЕЛЬ
МОСКВА
2007

УДК 821.111(73)
ББК 84 (7Сое)
С50

Серия «Очарование» основана в 1996 году

Kathryn Smith
A SEDUCTIVE OFFER

Перевод с английского В.Н. Матюшиной

Серийное оформление Е.Н. Волченко

Художник М.В. Горняк

Компьютерный дизайн Ю.М. Мардановой

Подписано в печать с готовых диапозитивов заказчика 22.09.06.
Формат 84×108 1/32. Бумага газетная. Печать офсетная.
Усл. печ. л. 15,12. Тираж 7000 экз. Заказ 2663.

Смит, К.

С50 Заманчивое предложение : роман / Кэтрин Смит; пер. с англ. В.Н. Матюшиной. — М.: АСТ: АСТ МОСКВА: ХРАНИТЕЛЬ, 2007. — 284, [4] с. — (Очарование).

ISBN 5-17-037706-1 (ООО «Издательство АСТ»)
ISBN 5-9713-3832-3 (ООО Издательство «АСТ МОСКВА»)
ISBN 5-9762-1518-1 (ООО «ХРАНИТЕЛЬ»)

Великосветский ловелас и повеса лорд Брейвен больше всего ценил свободу, стало быть, меньше всего думал о семейных узах.

Впрочем, прибегнуть к фиктивной женитьбе на девушке, чтобы спасти ее от брака с жестоким негодяем, совсем другое дело!

К тому же это поможет ему избавиться от докучливых девиц и их мамаш.

Однако с каждым днем лорд Брейвен все более страстно влюбляется в синеглазую красавицу Рейчел Эштон — и преисполняется желания доказать ей, что в браке настоящем есть весьма приятные стороны…

УДК 821.111(73)
ББК 84 (7Сое)

ISBN 978-985-13-9528-2
(ООО «Харвест»)

Глава 1

Йоркшир, 1816 год

Тьму пронзил душераздирающий крик.

У Балтазара Уичерли, седьмого графа Брейвена, которого близкие друзья называли Брейвом, кровь застыла в жилах. Поздним вечером, в ненастье, было в этом крике что-то жуткое.

Леденящий душу вопль, подхваченный холодным октябрьским ветром, эхом отозвался в зарослях деревьев и кустарников, переходя в зловещий шепот. Уж не привидение ли это, предвещающее его безвременную кончину? Или призрак, явившийся из прошлого? Или, что вероятнее всего, крик его нечистой совести? Брейв прислушался. Вокруг стояла тишина. Ни призраков. Ни привидений.

Граф с горечью усмехнулся. Он стоял в лесу, дрожа от страха как последний трус. В ожидании, когда по его душу явится призрак покойной, чтобы отомстить.

Снова раздался крик, от которого у Брейва по телу побежали мурашки, а сердце бешено заколотилось.

Брейв не раздумывал. Он действовал. Он помчался в направлении источника крика, продираясь сквозь заросли и обходя торчащие из земли корни с уверенностью человека, знающего местность как свои пять пальцев. Его гнала тревога. Он должен найти эту женщину.

Несколько секунд спустя он достиг берега реки Уик. После недавних ливней она превратилась в бурный поток. В лунном свете белые гребешки волн казались посеребренными на фоне черных как смоль вод. Брейв вздрогнул, представив себе, какая холодная вода в это время года.

Из ревущих волн поднялась рука, и Брейв вытаращил глаза, осознав, что эта рука принадлежит женщине, пытающейся уцепиться за большой камень в самом бурном месте потока. У него пересохло во рту, когда он увидел, как она цепляется за скользкий камень, а волны безжалостно отбрасывают ее назад. Если она не удержится, ей конец.

Боже милосердный! Неужели Миранда?

— Прошу вас, помогите мне!

Нет, это не Миранда. Голос приятный и слишком живой для утопленницы.

— Держитесь! — крикнул Брейв, сложив рупором ладони в попытке перекрыть рев воды. В нескольких ярдах по течению есть мост. Если пересечь по нему реку, можно попытаться спасти ее с противоположного берега. Но как это сделать? Пока он пересек реку, прошла, казалось, целая вечность. Подбежав к утопающей, Брейв увидел, что она из последних сил удерживает голову над поверхностью воды, а безжалостная река бросает ей одну за другой волны в лицо. Задыхаясь, женщина поднялась на руках, чуть выше взобравшись на камень.

Остановившись возле нависшего над рекой старого дерева, Брейв понял, что спасти ее будет не так-то просто. Придется рисковать собственной жизнью. Брейв снял перчатки и бросил на землю.

Женщина со страхом и облегчением наблюдала за его действиями. Ее округлившиеся глаза казались огромными на белом как полотно лице. Одному Богу известно, как долго она борется со стихией, как долго еще выдержит.

В этот момент огромная волна, разбившаяся о берег, окатила его ледяными брызгами, которые, будто иголками, кололи щеки.

Проклятое рыцарское благородство.

— Брейвен?

Неужели она его знает? Граф в смятении вгляделся в нее.

Длинные белокурые волосы, блестевшие в лунном свете как потускневшее серебро, скрывали часть ее лица, но ошибиться в том, кому принадлежат эти огромные глаза и изящный носик, было невозможно. Рейчел Эштон, дочь одного из близких друзей его отца. Тем более он должен ее спасти.

Давненько он никого не спасал. Сожаления по этому поводу не в счет.

Выбросив из головы все посторонние мысли, Брейв сбросил пиджак и закатал рукава сорочки. Осенний холод проник сквозь тонкий батист, заставив его вздрогнуть и напомнив о том, что в воде еще холоднее.

— Что ты делаешь? — крикнула Рейчел.

— Собираюсь спасти тебя, если получится. — Осмотрев ветви, нависшие над его плечом, Брейв немного помедлил. То, что он задумал, — безумие. Узнав об этом, слуги пришли бы в отчаяние. Пусть это безумие, думал граф, но ни минуты не сомневался в правильности принятого решения.

Возможно, спасение Рейчел до некоторой степени облегчит угрызения совести, терзающие его из-за того, что в свое время он не спас другую женщину.

Ухватившись за нижнюю ветку, Брейв подтянулся на руках и с поразительной легкостью взобрался на толстый сук, расположившийся на ней в горизонтальном положении. Дюйм за дюймом он стал продвигаться вперед, напряженно цепляясь за кору пальцами и бедрами, чтобы удержать равновесие. От соприкосновения с корой отрывались одна за другой пуговицы на его жилетке. Дерево было старым и крепким, но сам он с детства не лазил по деревьям. Ни ему, ни Рейчел не будет пользы, если он сорвется и будет барахтаться вместе с ней в воде. Плавал он хорошо, но сомневался, что справится с течением, если придется тащить еще и ее.

Ветвь не прогнулась под его весом. Убедившись, что она его выдержит, Брейв пополз дальше, пока не завис над Рейчел. Она молча уставилась на него. Он уже видел подобный взгляд. Смотреть с таким отчаянием умеют только женщины. Точно так же на него смотрела Миранда.

Прогнав печальные воспоминания, Брейв сосредоточил все внимание на Рейчел.

— Надеюсь, у меня получится, — пробормотал он и, оседлав ветку, всем телом наклонился вниз. Окружающий мир перевернулся вверх дном. И как только он умудряется попадать в подобные ситуации?

А все потому, что он сам их отыскивает. С самого детства он бросался на помощь любому слабому существу, которое в этом нуждалось.

Боже милосердный, сделай так, чтобы на этот раз все окончилось благополучно.

Рейчел тихо охнула, наблюдая за его цирковым номером. Брейв рассмеялся бы, не виси головой вниз над ревущей рекой. Обняв ветвь ногами, он раскачивался, как маятник. Он был уверен, что ноги выдержат его вес, но выдержат ли ноги и ветка обоих? Волны, накатывали на нее, то тянули ее за собой, то выталкивали. Она появлялась на поверхности, судорожно ловя ртом воздух.

— Хватайся за мою руку! — крикнул Брейв. Его пальцы коснулись ее лица. Холодная кожа была мягкой, шелковистой. Он чуть было не отдернул руку. Сколько времени прошло с тех пор, как он прикасался к женщине?

Несмотря на то что она была явно испугана, ему не пришлось повторять приказание дважды. Она ухватилась за его предплечье сначала одной, потом обеими руками и тихо вскрикнула, когда он стал ее поднимать вверх.

— Все в порядке, — сказал он, убедившись, что ветка выдержала обоих. По крайней мере пока. — Я держу тебя.

Он ее держит. Но что делать дальше? Он должен поднять ее, чтобы вытащить на берег, а поднять восемь или девять стоунов, повиснув вниз головой, нелегко, тем более что этот вес пропитан водой и за счет этого увеличился вдвое.

— Проклятие! — Он взглянул на нее и почувствовал головокружение от того, что долго висел вниз головой. — Держись. И что бы ни случилось, не отпускай мою руку.

— Не беспокойся, — крикнула она. — Не отпущу.

Понимая, что надо что-то делать, иначе она погибнет, Брейв стиснул зубы, сделал глубокий вдох и начал приводить в вертикальное положение верхнюю часть тела. Его плечи стонали от напряжения, мускулы живота свело от натуги, глаза, казалось, вот-вот выскочат из орбит, но он все-таки сел, ухватившись за ветку свободной рукой.

Ее вес чуть было не опрокинул его назад. Она была крепкой, здоровой девушкой. К счастью для него, мода в то время предписывала носить платья из тончайшей ткани. Будь на ней надето что-нибудь более тяжелое, чем муслиновое платье и накидка, ему ни за что не удалось бы вытащить ее таким способом.

Вцепившись в ветку мертвой хваткой, Брейв напрягся, но тут сознание у него помутилось, перед глазами замелькали разноцветные круги.

— Умоляю, только не теряй сознания! — кричала Рейчел, продолжая медленно выворачивать ему руку.

— Постараюсь, если не вывернешь мне руку. — Перед глазами у него прояснилось, и он тряхнул головой. — Я втащу тебя наверх. Как только подниму, хватайся как можно крепче за ветку.

Боль в плече стала почти невыносимой, но Брейв умел справляться с болью. Он снял девушку с дерева, поставил на землю, сам соскользнул по стволу дерева вниз.

— Ах, Брейвен, спасибо тебе, — обхватив руками дрожащие плечи, сказала Рейчел. — Если бы не ты, я бы погибла. Мне не хотелось умирать такой смертью.

Он невесело рассмеялся. Ирония судьбы. Он спас девушку, которая не хотела умирать. Но может быть, в этом был заложен какой-то глубокий смысл?

А возможно, на сей раз ему просто повезло.

— Рад был помочь. — Брейв взглянул на нее. Не перевернутая вверх ногами и не погруженная в воду, она выглядела настоящей красавицей.

Пряди белокурых волос прилипли к лицу и шее. Тонкое платье и накидка облегали соблазнительные формы. Огромные глаза, казалось, сияли неземным светом. Ее губы...

— Боже мой, у тебя посинели губы! — Он доковылял до места, где сбросил пиджак, поднял его и накинул ей на плечи.

— Спасибо, — дрожащими губами произнесла Рейчел.

Взяв девушку за руку, Брейв буквально тащил ее за собой по заросшей кустарником местности к Уикс-Энду. Она, спотыкаясь, следовала за ним.

Брейв заметил изгиб ее бедра, обрисованный промокшим платьем, и мягкую округлость икр. Ничего особенного. Если не считать его реакции на нее. Эту часть своего организма он в течение двух последних лет считал мертвой. Оказалось, что ошибался. Это была приятная неожиданность.

Когда Рейчел неподалеку от дома рухнула на колени, он чертыхнулся, сгреб ее в охапку и остаток пути, превозмогая боль в каждой мышце, нес на руках.

Подойдя к черному ходу Уикс-Энда, Брейв стукнул в дверь сапогом.

Рейнолдс, его дворецкий, и бровью не повел, увидев хозяина с промокшей женщиной на руках.

— Вам требуется помощь, милорд? — невозмутимым тоном спросил он, приподняв тонкую седую бровь. Рейнолдс являлся неотъемлемой частью домашнего хозяйства с тех пор, как Брейв помнит себя, и был скорее членом семьи, чем просто слугой.

— Горячего чая, Рейнолдс, — приказал Брейв. — И несколько одеял. Заодно прихватите мой халат.

— Будет исполнено, милорд.

— Чай — это то, что нужно, — стуча зубами, произнесла Рейчел. — Спасибо.

— Поблагодаришь, когда я поставлю тебя на ноги, — проворчал Брейв. — Возможно, тогда я смогу оценить твою благодарность.

Он тащил ее по слабо освещенному холлу. Его предки с портретов весьма неодобрительно наблюдали за тем, как он оставляет на ковре мокрые следы. Однако Брейв смотрел прямо перед собой, игнорируя их неодобрительные взгляды и боль в спине и плечах.

Пересекая холл, он чувствовал, что становится все труднее отрывать ноги от пола. В свете фонаря греческие статуи отбрасывали причудливые тени. Продвигаясь среди них, Брейв чувствовал себя злодеем из популярного романа, который тащит героиню в свое логово.

Весьма уместная аналогия.

В сопровождении экономки, миссис Багли, и двух служанок, нагруженных одеялами, граф проследовал в библиотеку, где был разожжен камин. В кои-то веки Брейв даже порадовался тому, что у его слуг сохранилась старомодная привычка не ложиться спать, пока он не вернется домой.

Граф поставил Рейчел на ноги, но не сразу отпустил ее, опасаясь, что она упадет. Девушка не упала.

Почему-то разочарованный этим фактом и не зная, то ли ему выйти из комнаты, то ли остаться, Брейв, которому очень хотелось согреться рюмочкой бренди, остался ждать за дверью, пока служанки, сняв с девушки одежду, надели на нее его халат и закутали в несколько теплых одеял.

— Все сделано, милорд, — сообщила миссис Багли, бросив подозрительный взгляд через плечо. Брейв едва не рассмеялся. Его экономка вела себя так, словно видела в Рейчел угрозу его безопасности.

Обе служанки с ворохом мокрой одежды покинули комнату, причем каждая одарила его теплой улыбкой, словно рыцаря из волшебной сказки. Несмотря на все, что с ним произошло, слуги продолжали считать его не тем, кем он был на самом деле. Они видели в нем героя, и ему это не нравилось.

Брейв в ответ неловко улыбнулся каждой и вернулся в библиотеку.

Рейчел была закутана так, что смогла бы, наверное, пережить зиму в Сибири. Из-под горы одеял ему были видны только огромные, очень синие глаза. Их цвет напоминал спелую чернику.

— Ну как, согрелась?

— Немного согрелась, спасибо, — сказала она, шмыгнув носом. Вспомнив о хороших манерах, Брейв дал ей свой носовой платок и уселся напротив. Из-под одеял появились лишь кончики пальцев.

Принесли чай, и Брейв налил каждому из них по полной чашке. Как ни удивительно, он справился с этим, не расплескав ни капли, хотя руки все еще с трудом двигались после того, как он вытаскивал ее из реки, да и хрупкий фарфоровый чайник был слишком мал для его крупных рук.

— С молоком и сахаром?

Рейчел кивнула. Из горы одеял появилась длинная изящная рука и взяла чашку. Именно такими Брейв и представлял себе ее руки.

Брейв по-прежнему предпочел бы выпить бренди, но, не зная, как оно подействует на него, решил удовольствоваться чаем. Как ни странно, чай доставил ему удовольствие и согрел ничуть не хуже бренди.

Несмотря на нелепый внешний вид, Рейчел сидела напротив него, держась как герцогиня. Если не считать его матери и служанок, то за два года она была первой женщиной, переступившей порог Уикс-Энда.

Осознав это, Брейв вдруг расстроился, и ему захотелось, чтобы она ушла.

Однако он не мог выставить ее из дома, пока не выполнит свой долг и не убедится, что с ней все в порядке. И уж конечно, не мог отправить восвояси без одежды, прикрытую всего лишь несколькими одеялами.

— Рейчел, — обратился он к ней, поставив чашку на блюдце, — какого черта ты делала возле реки? Тебе ли не знать, как опасна бывает эта река после ливня?

Услышав его далеко не вежливые слова, Рейчел приподняла бровь.

— Мне тоже приятно снова встретиться с вами, милорд, — сказала она.

Брейв вздохнул. Она все еще ребенок. В детстве он ее почти не замечал, потому что между ними была ощутимая разница в возрасте — четыре или пять лет, однако он помнит, что даже тогда она была весьма непростым ребенком. Тем не менее его отец обожал ее.

— Конечно, мне приятно снова увидеть тебя, Рейчел. И все-таки скажи, что ты делала у реки?

В ее глазах блеснул озорной огонек.

— А как ты думаешь, что я там делала?

«Пыталась утопиться».

На какое-то мгновение Брейву показалось, что он произнес эти слова вслух.

— Понятия не имею.

— Я частенько хожу туда, чтобы побыть одна, — призналась девушка. — Я не знала, что ты здесь живешь. Иначе не нарушила бы границу твоих владений. — Дрожащей рукой она поднесла к губам чашку.

Разумеется, она не знала, что он здесь живет. Этого почти никто не знал. Он жил словно привидение в собственном доме и собственной деревне.

— Можешь сколько угодно гулять по моей собственности, Рейчел, помни это. Просто я рад, что оказался там сегодня в одно время с тобой.

— Я тоже, милорд, — сказала она, как ему показалось, с вызовом. — Хотя не исключено, что буду проклинать вас и ваш героизм.

Брейв вытаращил глаза. Не следовало интересоваться ее проблемами. Ему и своих хватает.

— Рейчел, — сказал граф, — нельзя говорить мужчине, что будешь его проклинать, не объяснив, по какой причине. — Откинувшись в кресле, Брейв небрежно закинул ногу на ногу.

— Сэр Генри намерен выдать меня замуж.

Брейв не понял, в чем проблема. Почему перспектива замужества встревожила девушку.

— Разве это не является обязанностью отчима?

— Является. Но не против моей воли. — В голосе Рейчел звучала обида. — Мне не нравится жених.

— А отчим настаивает?

Рейчел кивнула.

Брейву всегда казалось, что сэр Генри Уэстхейвер достаточно упрям и не терпит, когда ему перечат. Он вообще не очень нравился Брейву. Самому Брейву в этом отношении повезло. По крайней мере на данную тему с ним давно никто не разговаривал. А возможно, и не заговорит.

— Кто же этот счастливый избранник? — спросил Брейв, отпив глоток чаю.

— Виконт Чарлтон.

Брейв едва не поперхнулся.

— Но ему не меньше пятидесяти! К тому же он развратник.

Рейчел мрачно усмехнулась:

— Теперь ты понимаешь, почему я, возможно, буду проклинать тебя за то, что ты меня спас?

Только алчность могла толкнуть отчима Рейчел на такой поступок. Мысль о том, что старик Чарлтон может прикоснуться к соблазнительным изгибам тела Рейчел, возмутила Брейва до глубины души.

Он поставил чашку на блюдце и подбоченился. Так его учили делать в том случае, если появится непреодолимое желание что-нибудь разбить.

— Если я хоть чем-то могу помочь... — произнес он, стараясь не выдать своего волнения. Что, черт возьми, ему за дело до того, за кого она выйдет замуж и что с ней случится.

Рейчел взглянула на него с напряженной улыбкой:

— Едва ли вы сможете что-нибудь сделать, милорд, разве что жениться на мне. Вам не нужна графиня?

На какую-то долю секунды ему показалось, что Рейчел говорит серьезно, но он тут же понял, что она шутит. Впрочем, шутит ли? Губы у нее дрожали, в глазах была печаль.

Брейв сжал кулаки, но не от гнева. Отчаяние Рейчел болью отозвалось в его душе. Он по опыту знал, что чувствует человек, зная наперед, что в битве, которую ведет, ему не победить. Брейв был готов броситься девушке на помощь, но внутренний голос говорил, что сама мысль об этом — безумие.

— Вообще-то я не такой уж завидный жених, — произнес Брейв.

— Ну что ж. — Рейчел легонько махнула рукой. — Это всего лишь мысли вслух.

Наступило неловкое молчание. Брейв устремил взгляд на огонь в камине. Как долго она еще пробудет здесь? Брейв взглянул на дверь в надежде увидеть горничную с сухой одеждой.

— Я не чувствую собственных ног, — заявила вдруг Рейчел.

Брейв вскочил, подошел к ней и сунул руку под кучу одеял. Ноги у девушки были ледяными.

— Брейв! — воскликнула она, вздрогнув от его прикосновения.

Он рассердился.

— Девичья скромность дорогого стоит. Но если ты не позволишь мне заняться твоими ногами, то можешь вообще остаться без них.

Она побледнела как мел.

— Ты шутишь?

Брейв покачал головой:

— Такое иногда случается после длительного пребывания на холоде. Так стоит ли рисковать?

Настороженно поглядывая на него, девушка вытянула ноги.

— Будет больно?

Он присел на корточки.

— Разве не лучше перетерпеть боль, чем потерять конечности? — вопросом на вопрос ответил он, добравшись наконец до ее ног. — Боже мой, какие длинные! — воскликнул он. Все остальное в ней казалось таким эфемерным, таким неземным. Кто бы мог подумать, что у такого хрупкого создания такие длинные ноги?

Она наклонилась к нему так, что их лица почти соприкоснулись, и сказала с мрачной усмешкой:

— Зато мне есть чем защититься от вас, милорд.

Брейв в притворном испуге поднял руки:

— Только не пинайте меня, мадам. Я могу получить сотрясение мозга.

Рейчел рассмеялась:

— Вы ведете себя вызывающе, лорд Брейвен!

Он прикоснулся пальцами к холодной ножке, и губы его дрогнули в улыбке. Ноги были длинными, но при этом стройными и изящными.

Он без труда представил себе, как прикасается языком к внутренней стороне ноги, но тут же стал ее массировать.

— У тебя такие теплые руки, — едва слышно проговорила Рейчел, и от звука ее голоса, вдруг ставшего хрипловатым, у него по спине побежали мурашки. Рейчел откинулась в кресле, и одеяло немного раскрылось, показав ноги чуть выше колен. Его халат, который надели на девушку, распахнулся, и бордовая шелковая ткань резко контрастировала с изящными бледными икрами.

Взгляд Брейва против его воли скользнул вверх по ноге, которую он держал в руках, к мягкому округлому бедру, угадывавшемуся под халатом. Маленькая Рейчел Эштон выросла и превратилась в соблазнительную красавицу. Он представил себе, что может открыться его взгляду, если она чуть шире раскинет ноги, и замер, забыв о массаже.

— Что-нибудь не так? — невинным тоном спросила она, снова наклонившись вперед.

От этого движения полы халата распахнулись еще шире. Его обдало жаром. Он почувствовал себя школьником, пытающимся заглянуть под юбку девочке.

Брейв попытался взять себя в руки и сделал глубокий вдох. О Господи, теперь он почувствовал ее запах. От нее исходил едва уловимый, сладкий, пряный и очень женственный запах.

— Нет, все в порядке, — прохрипел он, с трудом оторвав от нее взгляд и ощущая пульсирующее напряжение в паху. Его затвердевшая от желания плоть натянула спереди лосины, обтягивающие бедра. Проклятие! Что на него нашло?

Наверное, во всем виновато потрясение, которое он испытал этим вечером. Только так можно объяснить его поразительную реакцию на Рейчел. Он пребывал в эйфории от того, что спас ее. Вот и все.

Прикрыв на всякий случай ее колени кончиком одеяла, он, запинаясь, добавил:

— Я... я испугался, что причиняю тебе боль.

— Нет, нет, — заверила его Рейчел, снова откинувшись в кресле. — Кажется, эта нога начинает согреваться. — Она пошевелила пальцами ноги, которую он держал.

— Это хорошо, — сказал он и энергично потер ногу, которая, согреваясь, постепенно порозовела. Он старался не отрывать взгляда от своих рук и ни о чем не думать, однако ее аромат продолжал дразнить его обоняние.

Он быстро помассировал вторую ногу и поднялся, чтобы придвинуть ее кресло к огню.

— Ну вот, теперь все будет в порядке, — сказал он, сложив руки так, чтобы скрыть свое возбужденное мужское достоинство.

Рейчел улыбнулась ему.

— Вы спасли меня дважды, милорд. Придется мне признать вас героем, — шутливо сказала она.

У Брейва перехватило дыхание. Любой мужчина был бы счастлив, признай его красивая женщина своим героем. Но только не он. При одном упоминании этого слова его напряженный пенис стал похож на измятый галстук.

— Не стоит делать меня своим героем. Это может вскружить мне голову, да и тебе тоже.

Что за чушь он несет!

Рейчел кивнула, и улыбка исчезла с ее лица.

— Ты прав, — сказала она, глядя куда-то поверх его плеча. — А то привыкну к тому, что меня всякий раз будут спасать прекрасные рыцари, и перестану надеяться на себя.

Брейв не знал, как относиться к ее откровению.

— Вот это правильно, — только и мог сказать он.

Рейчел наклонилась вперед, и одеяло соскользнуло с головы, открыв массу влажных серебристо-белокурых волос, обрамляющих ее личико, словно нимб. Икра одной ноги оставалась неприкрытой, и Брейв мог бы с уверенностью сказать, что ничего более соблазнительного в жизни не видел.

— Ладно, я больше не буду ждать, что ты станешь спасать меня, Брейв. Ты уже и без того сделал достаточно. Пожалуй, останусь твоей должницей.

Ему хотелось убежать. Или расхохотаться. Но еще больше хотелось поставить ее на ноги, прижаться грудью к ее груди и запустить язык в ее рот, потеряться в ее соблазнительном теле.

Она сказала, что будет считать его своим героем.

Господи, о чем он думает? Надо положить конец этой дурацкой ситуации, пока она не превратилась в детскую волшебную сказку. Однажды он уже спас принцессу — даже дважды, если верить ее словам, но проявлению его рыцарских качеств есть предел, тем более что он знал, насколько они притворны.

Она пристально наблюдала за ним.

— У тебя дома, наверное, обеспокоены твоим исчезновением, — сказал он, взглянув на дверь. — Моя матушка всегда оставляет здесь кое-что из своей одежды, когда навещает меня. Я найду что-нибудь подходящее для тебя и позабочусь о том, чтобы тебя в целости и сохранности доставили домой.

— В этом нет необходимости...

— Нет! — воскликнул он. Она уставилась на него, испуганная его резкостью. Глаза ее на фоне бледного личика казались огромными и темными. Его не удивил ее испуг. Наверное, ей показалось, что он спятил. — Я настаиваю, — продолжал он более мягким тоном. — Мне будет тревожно, если я отпущу тебя одну. — С этими словами он вышел из комнаты.

Уйти от нее стоило ему огромных усилий, хотя разум подсказывал, что сейчас это единственно правильное решение. Чем скорее она покинет его дом, тем скорее он вернется к затворнической жизни, в которой находил спасение. А с такой женщиной, как Рейчел Эштон, мужчина не может чувствовать себя в безопасности.

Едва выйдя за дверь, Брейв ускорил шаг, а потом побежал.

Глава 2

Тихо закрыв за собой дверь, Рейчел, держа на расстоянии вытянутой руки от себя свою все еще влажную одежду, на цыпочках проследовала по дубовому паркету. Холл тускло освещали два бра, висевшие на стенах. Это, к счастью, означало, что сэр Генри либо не вернулся домой, либо, напившись, заснул в своем кабинете.

— Где, черт возьми, ты была?

Рейчел замерла. Проскочить незаметно не удалось. Она расправила плечи и повернулась, оказавшись лицом к лицу с отчимом.

— Я не могла заснуть и вышла погулять. — Она чуть было не добавила, что в этом виноват он, но промолчала, не желая с ним ссориться. Кроме того, ему доставляло удовольствие смущать ее, а Рейчел не хотелось доставлять ему удовольствие, как не хотелось, чтобы он узнал, что она раскрыла его планы относительно ее судьбы.

Прищурившись, отчим подошел ближе. В тусклом свете все морщины на его физиономии казались еще глубже, а лицо еще более помятым. Он был похож на тролля из детской сказки.

— Что случилось с твоими волосами и одеждой? — спросил он, тряхнув всеми своими подбородками в сторону охапки одежды в ее руках.

— Я подошла слишком близко к реке и упала в воду, — сказала Рейчел, вздернув подбородок.

Сэр Генри обошел вокруг нее, как вокруг лошади на аукционе. От его пристального взгляда у Рейчел по спине побежали мурашки.

— Тебе повезло, что не утонула.

— И тебе тоже повезло, — сказала она в ответ, уставившись в одну точку над его плечом, чтобы не смотреть на его отвратительную физиономию. — Иначе ты не смог бы продать меня тому, кто дороже заплатит.

Сэр Генри пропустил мимо ушей ее колкость.

— Где ты взяла эту одежду? Ты выглядишь как девица легкого поведения.

Рейчел опустила глаза на узкий лиф серого шелкового платья. Несмотря на довольно глубокое декольте, более изысканного платья она не только никогда не носила, но даже и не видела.

«Ненавистный старый козел. Тебе ли рассуждать о моде?» — подумала она.

— Мне одолжил одежду лорд Брейвен, — с вызовом произнесла Рейчел. — Она принадлежит его матери. — Теперь он не сможет издеваться над одеждой, чтобы не оскорбить графа или графиню.

— Брейвен? Я думал, он умер.

Рейчел с довольной улыбкой пожала плечами.

— Нет, он жив-здоров, и ты обязан ему не только тем, что он одолжил мне одежду, но и тем, что он вытащил меня из реки.

Сэр Генри Уэстхейвер побагровел.

— Твоя бедная матушка извелась от беспокойства, — проворчал он. — А теперь отправляйся в постель.

— Хорошо, сэр Генри. — Рейчел повернулась и ушла. Вряд ли мать вообще знала о том, что ее нет дома. Просто Генри хотелось, чтобы Рейчел почувствовала себя виноватой. Она понимала, что не следует так думать об отце. Но Генри Уэстхейвер не был ее отцом.

Рейчел родилась от первого брака ее матери с богатым йоркширским землевладельцем. Когда Эдвард Эштон погиб в транспортном происшествии, его поместье было передано в распоряжение одного дальнего родственника, а приданое дочери заморожено до достижения Рейчел двадцатипятилетнего возраста. У Мэрион Эштон не осталось иного выбора, кроме как создать новую семью для себя и своего ребенка. Первым ей сделал предложение сэр Генри Уэстхейвер.

Очень быстро обнаружилось, что сэр Генри отнюдь не тот человек, который им нужен. Но к тому времени, как он проявил свою подлинную сущность, Рейчел уже не могла защитить свою мать. Еще в юном возрасте она поклялась, что рано или поздно уйдет вместе с матерью из дома сэра Генри. Чтобы никто больше и пальцем не тронул ее мать.

Открыв дверь в свою комнату, она проскользнула внутрь. В камине догорал огонь, отбрасывая длинные тени на выцветшие обои в цветочек, но в комнате тем не менее было тепло и уютно. Сэр Генри явно не знал, как уютна ее комната, иначе заставил бы переселиться на чердак. Назло.

Войдя в комнату, Рейчел не сняла с себя красивого платья, она растянулась на выгоревшем розовом покрывале и погладила мягкий шелк, натянувшийся на груди.

Судя по тому, что лиф был узковат, а подол заканчивался несколько выше щиколоток, Рейчел решила, что графиня — женщина миниатюрная.

Чего не скажешь о ее сыне.

У Рейчел глаза на лоб полезли, когда, выглянув из-под одеяла, она увидела его стоящим на фоне огня в камине! На реке, охваченная страхом, она не заметила, как сильно он вырос по сравнению с тем, каким был, когда они виделись в последний раз.

Лорд Брейвен был высок, широкоплеч и узок в бедрах. Во время спасательной операции его жилет распахнулся, поскольку на нем не осталось ни единой пуговицы. Рубаха спереди промокла, поскольку он прижимал Рейчел к себе, когда нес ее на руках, и под батистом обрисовывались мускулы груди и живота.

Рейчел была ошеломлена.

В лунном свете Брейв напоминал мифического героя. Брови вразлет, римский нос, суровое выражение лица — он напоминал воина, посланного, чтобы спасти ее. Только исполненный печали взгляд выдавал присущую ему мягкость, однако он был настолько серьезным, что Рейчел невольно отводила глаза.

Во всей Англии не сыскать женщины, которой не захотелось бы потерять сознание в сильных руках графа Брейвена и позволить ему нести ее туда, куда он пожелает.

Странно было называть его так, как звали его отца, это имя мало чем отличалось от прозвища, полученного им много лет назад. Очевидно, какая-нибудь глупая девчонка сказала, что будущий граф Брейвен очень бравый, и прозвище Брейв прилипло к нему. Раньше оно казалось Рейчел довольно глупым, но теперь она подумала, что Брейв заслуживает его. Его отец, старый граф, несомненно, гордился бы таким сыном.

Старого графа Рейчел помнила еще с детства. Это был крупный мужчина с искрящимися глазами и большими руками. И когда отец Рейчел брал ее с собой в Уикс-Энд, у старого графа всегда были припасены для нее сладости. Он отличался добротой. Когда его хоронили, Рейчел плакала.

У нынешнего графа были такие же, как у отца, шоколадно-карие глаза и крупные руки. В остальном сходства мало.

Руки у него, судя по всему, были сильные. Как ловко он выудил ее из воды, как будто она была не тяжелее мокрого белья! Как неуклюже они выглядели, когда держали фарфоровую чашку с чаем. И какими они были, когда он массировал ее окоченевшие ноги. Ее бросило в жар при одной лишь мысли о том, как его длинные пальцы прикасались к ее коже.

Разве от прикосновения Дэвида она чувствовала что-либо подобное?

Может, разок и чувствовала, но теперь мысль о нем вызывала лишь печаль и облегчение. Печаль, потому что он оказался не таким, каким она его себе представляла. А облегчение потому, что он решил порвать с ней. Женись на ней, он сделал бы ее несчастной.

А у нее и без того хватало бед.

В Брейве Рейчел заметила какую-то печаль, и это ее заинтриговало. Она чувствовала, что его что-то гнетет. Были у молодого графа свои тайные шрамы, и любой женщине хотелось бы заглянуть ему в душу.

«Перестань думать о нем, — приказала себе Рейчел. — Не забывай, что ты намного ниже его по положению».

Как будто она могла об этом забыть.

В дверь тихо постучали.

— Можно войти?

Сев на постели, Рейчел нахмурилась:

— Мама, почему ты не спишь?

Мэрион Уэстхейвер вошла в комнату. Ее длинные каштановые волосы тяжелыми прядями ниспадали по хрупким плечам. Она была такой худенькой, что надетое на ней роскошное неглиже казалось слишком просторным, как будто девочка забавы ради нарядилась в одежду матери. Но двигалась она не как девочка. Каждый шаг причинял ей боль.

Мать закрыла за собой дверь.

— Я ждала, когда Генри уйдет к себе, — сказала Мэрион. В душе Рейчел поднялась знакомая холодная ярость.

— Что он сделал тебе на этот раз?

Мэрион устало махнула рукой:

— То же, что и раньше. — Она опустилась на обитое розовой тканью кресло и вздохнула.

Рейчел с трудом сдерживала гнев. Она давно поняла, что Генри Уэстхейвер — трус. Он унижал, бил ее мать, но, когда за нее вступалась Рейчел, сразу поджимал хвост. А потом вымещал свою злость на Мэрион. Скорее бы ей исполнилось двадцать пять. Тогда она заберет мать и уедет отсюда.

До дня рождения, который приходился на январь, оставалось всего несколько месяцев, а это означало, что они с матерью смогут получить деньги, оставленные ей отцом, в которых они так нуждались. Как только Рейчел получит деньги, она оплатит судебные издержки за развод на основании жестокого обращения. Если это не удастся, она увезет мать туда, где сэр Генри никогда их не найдет.

Вот почему для Рейчел было важно любой ценой избежать замужества. Ведь в этом случае контроль над ее деньгами автоматически переходил к мужу. Возможно, она никогда не сможет выйти замуж за того, кого полюбит, но Рейчел об этом даже не думала. Главное — освободиться от Генри Уэстхейвера, если, конечно, сэр Генри до тех пор не убьет ее мать.

— Нам надо поговорить, в ближайшее время отчим намерен выдать тебя замуж.

Голос матери вывел Рейчел из размышлений.

— О чем именно? — спросила она.

— О супружеских обязанностях.

У Рейчел было такое ощущение, словно ей дали пощечину.

Она уже знала, в чем заключаются супружеские обязанности. Несколько лет назад наткнулась на горничную Сабину, которая «занималась этим» с лакеем. Потом Сабина пришла к ней в комнату и подробнейшим образом объяснила, что и как происходит.

В то время эти подробности мало интересовали Рейчел. Но когда она стала старше и молодые люди пытались заманить ее в какой-нибудь укромный уголок, эта наука ей очень пригодилась. По крайней мере она не совершила ошибку, когда за ней ухаживал Дэвид. При мысли о том, что придется исполнять «супружеские обязанности» с Чарлтоном, Рейчел содрогалась от отвращения.

— Рейчел, дорогая! С тобой все в порядке?

— Я знаю, чего от меня ожидают на супружеском ложе, мама, — сказала Рейчел, потирая рукой лоб. — Но в ближайшем будущем я не собираюсь этим заниматься, и сэр Генри меня не заставит.

На лице Мэрион отразился страх. Это случалось довольно часто с тех пор, как они стали жить с сэром Генри Уэстхейвером.

— Не воюй с ним, Рейчел. Я ничего этим не добилась.

— Я не ты, мама. — У нее и впрямь было другое положение. Ей не приходилось одной заботиться о маленькой дочери.

Не выйди мать замуж за сэра Генри, ей пришлось бы идти в богадельню! Но лучше жить в богадельне, чем с сэром Генри, думала Рейчел.

Порой ей хотелось убежать, предоставив матери самой решать свои проблемы, но это было выше ее сил. Мать столько для нее сделала. Из-за Рейчел согласилась на это несчастливое замужество.

Мэрион вспыхнула.

— Что правда, то правда. Мы разные.

Рейчел понимала, что жизнь без Генри Уэстхейвера может оказаться не легче, чем с ним. Но они будут счастливы. После развода у них останется немного денег. Рейчел готова до конца жизни содержать мать, только бы избавиться от сэра Генри.

Похлопав мать по худенькой руке, Рейчел улыбнулась:

— Я ценю твою заботу, мама, но мне действительно известно все, что необходимо знать. И если сэр Генри найдет мне подходящего жениха, я не откажусь. — Ей было неприятно лгать матери, однако рисковать своими планами не хотелось, а мать могла от страха во всем признаться сэру Генри. — Очень сомневаюсь, что даже сэру Генри удастся найти такого мужчину, которого я не довела бы до отчаяния своим упрямством.

Мать испуганно взглянула на нее:

— Жена не должна провоцировать мужа, Рейчел.

— А муж не должен бить жену, мама. И не волнуйся и положись на меня.

Мать улыбнулась, что теперь случалось крайне редко, и стала похожа на ту счастливую женщину, какой некогда была.

— Меня как раз и беспокоит то, что ты намерена все взять в свои руки, — пошутила она. Рейчел больно было смотреть, с каким трудом Мэрион поднялась с кресла. Она медленно пересекла комнату и подошла к дочери.

Рейчел обняла мать и положила голову ей на грудь, как делала это в детстве. Это по-прежнему давало ощущение защищенности, хотя из статной полненькой женщины мать превратилась в маленькую и хрупкую. Рейчел не знала, было ли это потому, что она теперь стала крупнее матери, или потому, что за годы жизни с Генри мать действительно сильно потеряла в весе.

Нежные руки погладили ее по голове.

— Делай так, как считаешь нужным, дорогая. Не надо беспокоиться обо мне.

У Рейчел ком подступил к горлу, на глазах выступили слезы.

Ей вдруг захотелось поступить так, как предлагала мать, но тут она вспомнила о синяках, переломах и оскорблениях, которые вынесла мать, чтобы обеспечить дочери комфортную жизнь, и преодолела эту минутную слабость.

— Ошибаешься, — сказала она. — Я буду беспокоиться о тебе, пока не освобожу тебя от этого изверга.

Мэрион не ответила, лишь печально улыбнулась и направилась к двери. У Рейчел сердце обливалось кровью, когда она наблюдала, с каким достоинством мать преодолевает боль, сопровождавшую каждый ее шаг.

Вновь оставшись одна, Рейчел ощутила знакомое чувство вины, которое всегда возникало у нее при виде матери.

Не будь ее, мать сумела бы, возможно, прожить одна. Она могла бы начать где-нибудь новую жизнь, но с ребенком на руках это было невозможно. И она продала себя Генри Уэстхейверу так же, как Рейчел намеревались продать теперь виконту Чарлтону.

Правда, между Рейчел и ее матерью было одно существенное различие. Рейчел никогда бы не позволила мужчине унизить себя, как сэр Генри унижал ее мать. Мужчина, вздумавший ее ударить, очень быстро пожалел бы об этом... если бы вообще остался в живых.

Она могла поклясться, что граф Брейвен ни разу в жизни не ударил женщину. Руки у него были теплые и нежные, а не грубые, как у сэра Генри, и не холодные и потные, как у Чарлтона. Вот если бы сэр Генри нашел ей мужа вроде Брейва! Но даже если ему удалось бы найти такого, который пожелал бы жениться на ней, сэр Генри не продал бы ее человеку, более или менее подходящему ей по возрасту, тем более красивому и доброму. Нет, ему хотелось, чтобы она страдала.

Не доставит она ему такого удовольствия. Будет сопротивляться. Увезет мать, чего бы это ей ни стоило, и обеспечит ей жизнь, которую она заслуживает.

Рейчел поднялась с постели и подошла к окну. Ее взгляд скользнул по залитой лунным светом хорошо ухоженной территории сада. Дом и сад отчима считались одними из самых лучших во всем графстве. Сэр Генри всегда старался произвести впечатление.

Он считал деньги, потраченные на Рейчел и ее мать, пустым расточительством и предпочел бы потратить их на лошадей, на которых редко ездил, зато мог хвастливо заявить своим приятелям, что они стоили ему целое состояние. А еще он любил играть в азартные игры, пить и не отставать от моды в одежде, тогда как Рейчел и ее матери приходилось перешивать свои платья, пока ткань не изнашивалась до дыр.

Всего через несколько месяцев она получит возможность никогда больше не видеть ни отвратительной физиономии сэра Генри, ни его тщательно ухоженных владений.

Она перевела взгляд к западу. Там, за рощей, едва виднелся поднимавшийся в небо дымок из труб Уикс-Энда.

Рейчел приложила ладонь к холодному стеклу, как будто хотела прикоснуться к его дому и к нему самому.

Закрыв глаза, она представила себе его, стоящего перед ней в гостиной: влажные волосы взлохмачены, глаза напряженно поглядывают из-под прямых бровей... и эта мрачная складка возле губ на такой невероятно обаятельной физиономии.

Тепло его рук не только согрело ее кожу, но и разгорячило кровь. Слава Богу, что судорожный вздох, вырвавшийся у нее, когда его пальцы прикоснулись к ее ноге, он ошибочно принял за проявление девичьей стыдливости!

Ей хотелось, чтобы его пальцы прикасались к ней, чтобы они скользнули по чувствительному углублению под коленом, прошлись по внутренней поверхности бедра и побывали во многих других местах. Ей хотелось сбросить с себя одеяла и позволить ему делать с ней все, что заблагорассудится.

Никогда ни один мужчина не оказывал на нее подобного воздействия. Она гордилась тем, что, общаясь с представителями сильного пола, никогда не теряла разума. Только теперь она поняла, что имела в виду Сабина, когда сказала, что когда-нибудь мужчина зажжет в ней огонь желания.

Этим мужчиной оказался Брейвен.

Интересно, не ищет ли граф Брейвен себе жену?

«Что за странные мысли!»

Рейчел тряхнула головой и открыла глаза. Если даже и ищет, то уж найдет кого-нибудь получше, чем падчерица Генри Уэстхейвера.

Ее взгляд скользнул на лиф изящного шелкового платья, и губы дрогнули в улыбке. И не потому, что это была очень дорогая вещь, а потому, что это платье было предлогом снова увидеться с ним.

И Рейчел не упустит свой шанс.

Брейв в тот вечер не собирался присутствовать на балу в поместье лорда Уэствуда. За последние два года он крайне редко бывал в обществе, и теперь уже жалел, что согласился приехать сюда сегодня. Огни, масса разгоряченных тел, запах пота и духов — он с трудом выносил все это. Ощущение было такое, словно его заперли в гардеробе проститутки.

Плечо его почти не беспокоило. Тупая боль в мышцах даже была приятна. Он ее заслужил.

Нельзя сказать, что собравшиеся здесь не нравились ему, что находиться в их обществе он считал ниже своего достоинства. Просто ему не хотелось отвечать на неизбежные вопросы о том, почему его нигде не видно или что заставило его стать затворником. А потом кто-нибудь вспомнит о «смерти той бедной девушки» и заметит на его лице виноватое выражение. Он не хотел ни лгать, ни говорить правду.

Не хотел также, чтобы на него смотрели как на отборный кусок мяса, выставленный на продажу. Каждая из присутствующих мамаш видела в нем потенциального зятя. Не было никакой возможности убедить их, что он не хочет жениться. Ни сейчас, ни потом.

Узнай кто-нибудь из мамаш, что он имеет какое-то отношение к смерти Миранды, ни одна из них и близко не подпустила бы его к своей дочери. Но всегда найдется такая, для которой важнее всего титул и деньги. Возможно, следовало бы сказать им, что друзья и члены семьи умоляли его обратиться к врачу, чтобы не лишиться рассудка. Возможно, следовало бы сказать, что врач ему не помог.

Но в этом Брейву не хотелось признаваться.

И уж конечно, не хотелось признаваться в том, что принять приглашение на бал его заставила надежда снова встретиться с Рейчел Эштон. За последние три дня он не раз мысленно проигрывал их драматическую встречу, так что теперь наизусть выучил все самые мельчайшие ее подробности. Он не знал, как это произошло, но понимал, что спасение Рейчел Эштон очень многое изменило.

При мысли о том, что могло бы случиться, не окажись он поблизости, он начинал паниковать. Одинокая, испуганная, она погибла бы.

Интересно, было ли страшно Миранде?

— Шампанское, лорд Брейвен?

Брейв машинально взял предложенный ему бокал.

— Благодарю вас, леди Уэствуд. — Он улыбнулся дородной матроне. — Вы отлично выглядите.

Пожилая женщина легонько потрепала его по руке веером.

— Как мило, что вы это сказали, дорогой мальчик. — Она окинула его цепким, но доброжелательным взглядом. — Почему вы не танцуете?

«Потому что последний раз танцевал с Мирандой».

— Если не возражаете, я почел бы за честь пригласить вас на тур вальса.

Леди Уэствуд раскрыла китайский веер и принялась им энергично обмахиваться. При этом заплясали яркие перья, украшавшие ее прическу.

— Благодарю вас, я польщена, — вздохнув, произнесла леди Уэствуд. — Однако мой муж, старый ханжа, не одобряет вальс. Да и зачем вам танцевать с такой старухой, как я, когда вокруг столько молодых и привлекательных девушек?

Он ответил ей откровенностью на откровенность:

— Возможно, потому, что ваша матушка не воспримет это как намерение жениться.

Леди Уэствуд усмехнулась:

— Так вот почему вы весь вечер прячетесь в углу? Уж мне-то следовало знать, что они слетятся к вам, словно мухи на сахар. — Она по-матерински потрепала его по руке. — Выпейте шампанского, мой мальчик. Это придаст вам силы.

Брейв посмотрел на сверкающую жидкость в бокале. У него рот наполнился слюной в предвкушении бодрящего вкуса, который обещал его аромат. Наверняка он не потеряет над собой контроль от одного маленького бокала шампанского.

Он осторожно поднес бокал к губам, надеясь, что не унизит себя никакой неожиданной выходкой, и отхлебнул шампанского. Шампанское было холодное, бодрящее и вызвало во рту массу приятных ощущений. Он был вынужден остановить себя, потому что ему захотелось залпом осушить бокал. Ничего неприятного за этим не последовало. И уж конечно, не возникло желания напиться до потери сознания.

— Вот и молодец! — воскликнула леди Уэствуд. — Разве не почувствовали вы себя лучше? А теперь попробуем подыскать вам партнершу.

— Не надо, леди Уэствуд. Умоляю вас, — пробормотал он, крепко сжимая в пальцах ножку бокала.

— Тс-с! А вот и она.

Проследив за ее взглядом, Брейв с трудом сдержал готовый вырваться стон. Весьма неграциозно скользя по паркету, к ним приближалась единственная внучка леди Уэствуд.

— И ты, Брут? — поморщившись, произнес он.

Во взгляде старой женщины была мольба.

— В этом сезоне ее постигла неудача, лорд Брейвен, — торопливо шепнула она. — Девочка слишком застенчива, стоит кому-нибудь посмотреть в ее сторону, как она тут же тушуется. Уверена, тур вальса с красивым молодым графом, к тому же завидным женихом, который редко появляется в обществе, сотворит чудо, увеличив ее популярность и уверенность в себе.

Любовь, звучавшая в ее голосе, окончательно обезоружила Брейва. К тому же он представил себе, как застенчивая девушка стоит одна и ждет, чтобы кто-нибудь пригласил ее танцевать. Он-то знал, как чувствует себя человек, которым пренебрегают, и как легко после этого замкнуться в себе.

— Почту за честь, — тихо произнес он как раз в тот момент, когда девушка подошла к ним.

Леди Уэствуд не ответила, но крепко стиснула его руку.

Их представили друг другу, и Брейв попросил леди Викторию оказать ему честь станцевать с ним следующий танец.

— Разумеется, если вы уже не пообещали его кому-нибудь другому, — добавил он с обаятельной улыбкой.

Покраснев от смущения, девушка улыбнулась, и ее светлые реснички затрепетали.

— Почту за честь, лорд Брейвен.

Брейвен не мог припомнить, когда в последний раз был так же доволен собой. Улыбка на свежем личике партнерши согревала сердце. Она танцевала на редкость легко, и он, сам себе удивляясь, наслаждался танцем, а также удивлением многих из присутствующих мамаш, которые никак не могли взять в толк, почему он пригласил танцевать ту, которую никто никогда не приглашает.

Несколько позднее, когда закончили танцевать аллеманду и Брейв сопроводил хихикающую леди Викторию к ее бабушке, он почувствовал, что появилась Рейчел Эштон.

Она молча стояла в простом платьице серо-фиолетового цвета рядом с группой разодетых во все пастельные цвета хихикающих девушек, не смешиваясь, однако, с ними. Брейв был почти уверен в том, что хихикали девушки над самой Рейчел. Платье на ней было старым, давно вышедшим из моды. Слишком примитивная прическа свидетельствовала о том, что над ней не поработала опытная горничная. Эдвард Эштон перевернулся бы в гробу, если бы узнал, что его дочь появилась на балу в таком виде.

В сельской местности было принято приглашать на подобные увеселительные мероприятия молодых людей знатного происхождения. Отец Рейчел пользовался уважением в общине, сэр Генри уважением не пользовался, но его титул не позволял полностью игнорировать его или членов его семейства. Рейчел было явно не по себе, но держалась она как королева. И смотрела на Брейва так пристально, что у него пересохло во рту. Внутренний голос подсказывал ему, что следует повернуться и поскорее уйти, но он не мог этого сделать, как не мог притвориться, будто не надеялся встретить ее здесь.

Ощущая на себе любопытные взгляды, Брейв направился к ней. Заметив его приближение, стоявшие рядом с Рейчел юные леди принялись подталкивать друг друга локтями и перешептываться.

Каждая из них надеялась, что именно она привлекла его внимание. В сельской местности любой мужчина с приличным состоянием считался завидным женихом, а уж молодой граф, обладающий крупным состоянием, превращался в дичь, на которую открыт сезон охоты.

Брейв улыбнулся всем девушкам по очереди, но его взгляд всякий раз возвращался к женщине, которая околдовала его одним лишь тем, что позволила спасти ей жизнь. К женщине такой гордой, что она предпочла прийти сюда, рискуя стать посмешищем, чем остаться дома.

— Мисс Эштон, — обратился он к ней, — как приятно снова увидеться с вами.

Брейв заметил, что полдюжины девиц застыли с открытыми ртами, и усмехнулся.

Рейчел присела в реверансе.

— Лорд Брейвен, видеть вас на нашем маленьком сборище приятная неожиданность. Надеюсь, вы хорошо проводите время? — Она говорила вежливым тоном, но Брейв уловил едва заметную дрожь в ее голосе. Видимо, оказаться предметом обсуждения сплетников ей было труднее, чем ему сначала показалось.

— Спасибо, да. — Он заглянул в фиалковую глубину ее глаз в надежде найти там подтверждение того, что возникшее между ними напряжение не было плодом его воображения, но не нашел ничего, и это усугубило его неуверенность.

— Вечер стал бы еще приятнее, если бы вы согласились станцевать со мной, — сказал он. Силы небесные, что он делает? Он не танцевал по меньшей мере два года, а теперь собирается танцевать второй раз за вечер, дав сплетникам пищу по крайней мере на неделю. Теперь они станут говорить, что он танцует с теми, с кем никто не желает танцевать, а над Рейчел станут потешаться, утверждая, что она стала объектом его благотворительности.

Впрочем, причины, заставлявшие его желать заключить ее в объятия, ничего общего с благотворительностью не имели.

— Лорд Брейвен... — Она, как видно, хотела отказаться, но он крепко сжал ее пальцы, и она, помедлив, сказала: — С удовольствием.

Он едва сдержал вздох облегчения. Брейв повел ее на площадку и, высоко подняв их сплетенные пальцы, легонько обнял другой рукой. Его охватило непреодолимое желание прижаться бедрами к ее бедрам. Но он и без того держал ее ближе, чем было допустимо.

— Рад видеть, что вчерашний несчастный случай не имел для вас никаких неприятных последствий, — сказал он, кружась с ней по залу. Танцевала она чрезвычайно грациозно.

— Никаких, — подтвердила она. — Думаю, что за это нужно благодарить вашу сообразительность.

— В таком случае мне, наверное, надо извиниться, — печально сказал Брейв.

— Извиниться? — удивилась Рейчел, наморщив лобик.

Он кивнул.

— Думаю, что небольшое повышение температуры помогло бы вам избежать присутствия на этом балу.

Он тут же пожалел о том, что сказал это. Она побледнела, глаза погасли.

— И лишило бы их удовольствия посмеяться за моей спиной? — В ее голосе чувствовалась горькая насмешка. — Я привыкла к их жалости, лорд Брейвен. Уверяю вас, я принимаю ее как должное. По правде говоря, я и дня не могу без нее прожить.

Он в полной мере почувствовал горечь, заключенную в этих словах. Не следовало ему поднимать эту тему. Нехорошо получилось.

— Вы ничем не заслужили их жалость.

Ее полные губки скривились в усмешке.

— Я не заслужила, но заслужила моя мать, выйдя замуж за такое ничтожество, как Уэстхейвер, и мое положение заслуживает жалости уже потому, что я не имею возможности его контролировать. — Она пожала плечами. — Но когда тебя жалеет вся деревня, это имеет свои преимущества. Вы, например, из-за этого пригласили меня танцевать, не так ли?

Ее взгляд настойчиво предлагал ему опровергнуть это. Объединив его с остальными жителями, она могла продолжать это странное самоистязание. Могла продолжать считать себя одинокой, лишенной друзей.

— По правде говоря, я пригласил вас танцевать потому, что вы показались мне здесь единственной женщиной, которая не ждет удобного момента, чтобы оглушить меня дубинкой по голове и потащить к священнику.

Помолчав немного, она разразилась смехом, словно он сказал нечто чрезвычайно остроумное. Ее смех был так заразителен, что губы Брейва тоже дрогнули в улыбке. Давненько он не заставлял никого смеяться и, уж конечно, не смеялся сам.

Брейв не сразу понял, что это он сотворил чудо, заставив ее глаза искриться от смеха. А когда понял, то заметил, что она перестала смеяться и остановила на нем теплый открытый взгляд, который привел его в радостное волнение.

«Что правда, то правда: она опасна». Заметив, что они привлекают внимание, Брейв увлек ее в самую гущу танцующих. Танец вдруг стал для него очень интересным, и он не хотел делиться этим ощущением с толпой сплетников.

— Спасибо за своевременное напоминание о том, что не следует жалеть себя. Я забыла, что у каждого свои проблемы, — с улыбкой произнесла Рейчел.

— Если вы не собираетесь жалеть меня, то пожалуйста.

Она фыркнула и, склонив голову набок, взглянула на него сквозь густые ресницы.

— Вы не тот человек, Брейв, который вызывает жалость. Сочувствие, возможно, но не жалость.

Он не знал, как реагировать на ее слова, особенно на то, что она назвала его детским прозвищем.

Когда музыка смолкла, они оказались у двери, ведущей на балкон. Несколько пар вышли подышать свежим ночным воздухом, и Брейв предложил последовать их примеру. Он не выходил на балкон с молодой женщиной с тех пор, как был с Мирандой, и не был уверен, что следует это делать сейчас. Он чувствовал только, что ему хочется продлить этот момент.

— Должна вас предупредить, что наш выход на балкон даст пищу для сплетен, — промолвила Рейчел, взяв его под руку.

— Каких сплетен?

— Прошел слух, будто ваше появление на балу означает, что вы начали подыскивать себе невесту, — застенчиво улыбнулась она.

— Проклятие! — процедил Брейв сквозь зубы. Почему ему так не везет? Оставайся он затворником, сплетники все равно не оставили бы его в покое.

Услышав, что он выругался, Рейчел рассмеялась:

— Расслабьтесь, милорд. Никому и в голову не придет, что вы можете считать меня кандидаткой на роль графини.

— Графиня из вас получилась бы куда лучше, чем из любой девицы, которых мне сегодня навязывали. — Они подошли к балюстраде, и он заметил, что вокруг никого нет. Другие пары разбрелись по саду или укрылись в укромных уголках. Если бы он затолкал ее в гущу горшечных растений, они были бы полностью скрыты от посторонних взглядов. Он мог бы поцеловать ее, и никто бы об этом не узнал. Только этого не хватало. Откуда, черт возьми, такие мысли?

— Наверное, теперь, вернувшись в общество, вы пользуетесь большим успехом у одиноких женщин?

Брейв вытаращил глаза.

— К сожалению. При этом чувствуешь себя лисой, за которой гонится свора собак.

— Какое недоброе сравнение, милорд, — усмехнулась Рейчел. — Пусть даже справедливое.

Он опустил глаза.

— Раньше вы называли меня Брейвом, и мне это нравилось, — сказал он. Последовало молчание.

— Понятно.

Брейв повернулся к ней и скрестил на груди руки.

— Насколько справедливым кажется вам такое сравнение?

Ему не надо было пояснять, о чем он говорит. Она приподняла брови и улыбнулась озорной улыбкой.

— Очень даже справедливым. Все считают, что вы найдете себе невесту в Лондоне во время осеннего сезона, поэтому надеются привлечь ваше внимание до того, как за вами станут охотиться лондонские леди.

— Но мне не нужна лондонская леди, — фыркнул Брейв.

— Предпочитаете деревенскую невесту? — Она снова улыбнулась озорной улыбкой, и ему захотелось целовать ее, пока не насытится.

— Я вообще не ищу невесты.

— Вот как? — Это признание, казалось, удивило ее. — Как странно. У нас с вами одна и та же проблема. Вы не хотите жены, я не хочу мужа.

— В таком случае напрашивается единственный логический вывод, — заявил он.

— Какой же? — весело спросила она.

— Пожениться и насладиться браком по расчету. — Он не шутил и, поняв это, испугался. Никакой брак нельзя считать удобным выходом, тем более для него. Неужели ему так отчаянно нужна женская плоть, что он даже готов жениться, чтобы ее заполучить?

Безумие. Он и впрямь сошел с ума.

Однако Рейчел не смотрела на него как на сумасшедшего. Она смотрела на него так, будто он сказал что-то забавное, и весело рассмеялась. Брейв последовал ее примеру, не желая признаться себе в том, что ее веселость его сильно разочаровала.

— Ну, Брейв, спасибо вам! — Затянутыми в перчатки пальчиками она вытерла выступившие на глазах слезы.

— За что? — спросил он, не уверенный в том, что ему хочется знать ответ.

Рейчел улыбнулась. Желание поцеловать ее стало нестерпимым.

— За то, что спасли мне жизнь. За то, что пригласили танцевать, хотя на это решился бы не всякий. И еще за то, что рассмешили меня. Мне это было необходимо.

— Это всем полезно. Вы должны чаще смеяться.

— То же самое я подумала о вас.

У него замерло сердце, когда она потянулась рукой к его щеке, и он попятился, опасаясь утратить контроль над собой, если она к нему прикоснется.

— Извините, — произнесла Рейчел.

Он покачал головой и отступил еще на шаг. Будь он умнее, немедленно сбежал бы от нее. Сию же минуту.

— Это я должен извиниться, Рейчел.

Она удивилась и шагнула к нему.

— За что? — в недоумении спросила она, и Брейв подумал, что показался ей очень странным. Если бы хоть часть того, что он чувствовал, отразилась на его лице, ей было бы от чего прийти в смятение и немедленно убежать без оглядки.

Но она не убежала, и Брейв схватил ее за руку.

— За это, — пробормотал он, увлек ее в темноту позади горшечных растений и поцеловал.

Глава 3

Она прижалась спиной к холодному твердому камню.

Распласталась на каменной стене, подняв руки высоко над головой, и была абсолютно бессильна противостоять поцелую Брейва, от которого подгибались колени. Впервые в жизни она не возражала против того, что ситуация вышла из-под ее контроля.

Губы у него были твердые, теплые и невероятно нежные. Рейчел затаила дыхание. Дрожь предвкушения пробежала по ее телу. К ее бедру прижалось что-то твердое, и она, приподнявшись на цыпочки, тоже прижалась к нему. Это движение усилило пульсацию внизу ее живота и исторгло у Брейва стон.

Доносившуюся из зала музыку заглушало их тяжелое дыхание. Весь остальной мир, казалось, отодвинулся на второй план, не было никого, — они и этот великолепный, сумасшедший поцелуй.

Давление его губ увеличилось, как и давление его бедер, и Рейчел ощутила терпкий привкус шампанского.

Силы небесные! Неужели это его язык? Раскрыв губы и позволив ему вторгнуться в ее рот, Рейчел все глубже погружалась в мир чувственных ощущений. Туда, где было все труднее определить, где кончалось ее тело и начиналось тело Брейва, потому что они отчаянно стремились слиться воедино. Разум больше не контролировал ситуацию, уступив место инстинкту, а инстинкт требовал удовлетворения.

Прежде она насмешливо относилась к молодым женщинам, которые были так глупы, что поддались искушению и позволили мужчине обесчестить себя. Теперь же она была готова разделить их судьбу, если это означало довести странное влечение до желанного завершения. Она с радостью позволила бы этому мужчине обесчестить себя.

Ей не казалось, что лишиться чести означает нечто ужасное, если в этом участвовал Брейв.

Вдруг он отпрянул от нее: там, где только что был жар его тела, стало холодно, там, где он только что прижимался к ней, осталась ошеломляющая пустота.

Рейчел показалось, что ее перебросили в другое место и время. Исчез, сменившись холодной реальностью, тот прекрасный мир, который создали они с Брейвом. Волшебство пропало.

Опустив руки, она сделала нерешительный шаг к человеку, который обещал так много, но потом все отобрал.

— Ну что ж, — произнесла она, пытаясь говорить шутливым тоном, — это было... забавно.

Он поднял голову и встретился с ней взглядом. Она была готова увидеть в его глазах раскаяние или даже смущение, но, к своему удивлению, увидела страдание.

— Рейчел, я очень... сожалею.

Слова прозвучали как пощечина. Огонь желания сменился негодованием. Она не верила своим ушам. Он всего лишь сожалел.

— О чем ты сожалеешь, Брейв? О том, что поцеловал меня? О том, что мне это понравилось? А возможно, и тебе тоже?

— Скорее всего обо всем вместе.

— Ты настоящий джентльмен, Брейв. Наверное, ждешь, что я поблагодарю тебя за раскаяние?

Он явно не ожидал сарказма.

— Но я остановился, не так ли? Хотя ты и не сопротивлялась.

Рейчел покраснела, когда он напомнил о ее распутном поведении.

— Значит, ты все-таки хочешь, чтобы я тебя поблагодарила?

Брейв невесело рассмеялся:

— Нет, не хочу! Пропади все пропадом, Рейчел! Я же сказал, что сожалею. Чего еще ты от меня хочешь?

— Я хочу, — сказала она, — чтобы ты сказал мне, что поддался магии момента, что не устоял перед отражением лунного света в моих глазах, что не мог противостоять моему обаянию. — Говоря это, она тыкала его пальцем в грудь. — Но я не хочу, чтобы ты, чурбан неотесанный, сожалел. Боже милосердный! Ты хоть понимаешь, что при этом чувствует женщина?

Очевидно, он не понимал, потому что уставился на нее, словно на умалишенную. И вдруг сдавленно рассмеялся. Брейв покачал головой и повернулся к ней. Рейчел смотрела ему прямо в лицо, чтобы из любопытства не взглянуть на ту часть его тела, которая всего несколько минут назад столь интимно прижималась к ней.

— Большинство женщин заявили бы, что возмущены моим поведением. Одни потребовали бы, чтобы я женился, другие — чтобы принес извинения. А ты хочешь, чтобы я не сожалел о случившемся. Только и всего.

Глядя куда-то в сторону, Рейчел сказала:

— Женщине обидно слышать, когда мужчина говорит, что сожалеет о том, что поцеловал ее.

Брейв кивнул.

— Скажу тебе правду, Рейчел. Мне не следовало тебя целовать. — У Рейчел замерло сердце. — Но я ничуть не жалею об этом.

Рейчел с облегчением вздохнула и улыбнулась:

— Вот видишь, это было не так уж трудно. Давай забудем о случившемся.

— Будем считать, что на нас повлияли луна и звезды.

— А также магия момента, — присовокупила девушка.

— Согласен, — сказал он и взял ее за руку. — Может, вернемся в зал?

Рейчел покачала головой:

— Нам не следует возвращаться вместе. Пойдут сплетни.

Все знали, что сэр Генри отвратительно обращается с ней и ее матерью. Чего доброго, подумают, будто Рейчел заигрывает с Брейвом, богатым и знатным. Ведь, кроме насмешек и жалости, это ничего не вызовет. А Рейчел не хотелось, чтобы Брейв это слышал.

Брейв кивнул:

— Ты права. Увидимся в зале?

— Разумеется, — ответила Рейчел. Оставшись одна, девушка прижалась лбом к каменному столбику балюстрады.

Ее только что поцеловал один из самых красивых мужчин, о котором можно только мечтать. И не пожалел об этом. Почему? Впрочем, не стоит придавать этому слишком большого значения.

Она не станет льстить себя надеждой, что Брейв увлечен ею. Рейчел достаточно хорошо знает мужчин, чтобы тешить себя подобными фантазиями. Мужчина посещает бордели и платит за то, чтобы переспать с женщиной, которую не только не любит, но даже не знает. А поцеловать может любую. Не важно, нравится она ему или нет.

Дэвид клялся ей в любви, а потом бросил.

Брейву она, судя по всему, нравится, но о серьезных чувствах не может быть и речи. Рейчел тоже не влюблена в него. Что бы ни говорили по этому поводу поэты, любовь не может нечаянно нагрянуть. Правда, с той ночи, когда Брейв спас ее, все мысли Рейчел о нем. Ничего удивительного. Брейв спас ей жизнь, к тому же он привлекательный мужчина. У Рейчел появились романтические фантазии. У Брейва, возможно, тоже. Но у Рейчел полно проблем, и отношения с Брейвом не самая главная.

Сэр Генри собирается выдать ее замуж за своего приятеля. Надо изыскать способ противостоять ему хотя бы несколько месяцев, до тех пор, когда она получит свои деньги и сможет увезти мать из этого дома, вырвав ее из лап сэра Генри. Это было самое малое, что могла сделать Рейчел для матери, которая столькими для нее пожертвовала.

С этой мыслью Рейчел расправила плечи и сделала глубокий вдох, стараясь не обращать внимания на едва заметную пульсацию внизу живота. Направляясь к балконной двери, она подумала: интересно, способны ли женщины отдавать свое тело без любви, как это делают мужчины?

— У меня для тебя сюрприз.

Рейчел, читавшая в постели, подняла голову. Она не слышала, как вошла мать.

— И что же это за сюрприз? — спросила девушка с улыбкой и отложила книгу. Мать умела придумать что-нибудь интересное.

Мэрион Уэстхейвер с гордой улыбкой показала ей несколько образчиков тканей, которые прятала за спиной.

— Что это? — удивилась Рейчел, не понимая, как можно считать сюрпризом несколько лоскутков ткани, пусть даже самой красивой.

— Ткань, конечно, — ответила мать. — Образчики. Остальные у миссис Форд.

Миссис Форд была владелицей городской швейной мастерской. Ее муж был успешным предпринимателем. Он импортировал самые лучшие ткани, из которых в ее мастерской шили платья. Рейчел и ее мать долгое время не могли себе позволить обновку.

Видимо, мать собиралась сказать ей, что не сможет сшить себе новое платье. Нечем заплатить за него.

— Что происходит, мама?

— Помнишь лоскутное одеяло, которое я сделала? — спросила она, со вздохом опустившись на краешек кровати.

— Помню. — Мать делала его год.

— Миссис Форд захотела его купить, — заговорщическим тоном шепнула Мэрион. — Я запросила баснословную сумму, Рейчел.

Услышав это, Рейчел едва не расхохоталась.

— И она согласилась?

— Согласилась, тем более что я предложила купить его на бартерных условиях. Она дала мне на выбор три образчика тканей, заметь, по себестоимости, и предложила сшить платье у нее в мастерской. Разве это не удачная сделка? Тебе остается лишь съездить в город на примерку.

Рейчел не сомневалась, что мать, сама того не подозревая, стала объектом благотворительности миссис Форд. Никакое лоскутное одеяло не стоит таких денег. Рейчел хотела отказаться от платья, но боялась обидеть мать.

— Почему новое платье должно быть у меня, а не у тебя?

Мать пожала плечами и отвела взгляд.

— Потому что я старая, а ты молодая. Мать по-прежнему избегала смотреть ей в глаза. — Сэр Генри уже купил мне новое платье. Теперь твоя очередь.

Это означало, что сэр Генри не предложил купить платье и для Рейчел. Это свидетельствовало о том, что у него напрочь отсутствует деловая хватка. Неужели он надеется получить за нее хорошую цену, если она выглядит как оборванка?

Рейчел вздохнула. Матери тоже хотелось выдать ее замуж, но, разумеется, не из меркантильных соображений.

— Хочешь принарядить меня как дебютантку, чтобы я попыталась найти себе мужа.

Мэрион покраснела, хлопнув ее по руке образчиками тканей.

— Будь ты почтительной дочерью, не стала бы противиться моим планам.

Рейчел перекатилась на спину и села в постели.

— Как почтительная дочь, я делаю все, чтобы освободить тебя от твоего мужа.

— Все равно не откажусь от своих планов.

— Будь по-твоему, — согласилась Рейчел, чтобы доставить удовольствие матери. — Хотя не понимаю, как может новое платье изменить мнение обо мне здешних джентльменов.

— Измени свой внешний вид, — лукаво произнесла Мэрион, — и чувства мужчины к тебе тоже изменятся. Кстати, я слышала, что один мужчина уже заинтересовался тобой.

Рейчел замерла.

— Кто же это?

— А ты не знаешь? Кроме внучки леди Уэствуд, ты была единственной, с которой он танцевал.

«Сплетники, однако, не дремлют».

— Мама, лорд Брейвен танцевал с внучкой леди Уэствуд потому лишь, что никто другой не приглашал ее танцевать. По той же причине он танцевал и со мной.

«Но ведь он не целовал внучку леди Уэствуд, не так ли?»

Как мать, Мэрион видела в ней бриллиант чистой воды, несравнимую умницу и красавицу, а не старую деву без гроша в кармане. Рейчел и самой хотелось бы видеть себя в таком свете, но она была слишком практична. Ни один мужчина не женится на ней, потому что она бедна, к тому же не найдется такого дурака, который согласился бы связать себя родственными узами с сэром Генри Уэстхейвером. Таких связей следовало избегать любой ценой, а этой ценой был шанс Рейчел обрести супружеское счастье. Муж только помешал бы ее планам. Никто не захочет быть замешанным в скандале бракоразводного процесса, и уж тем более расставаться с ее приданым для того, чтобы выиграть этот процесс.

— Он спрашивал о тебе.

— Что-о?

Мэрион погладила лоскуток синего шелка, едва сдерживая лукавую улыбку. Давненько не видела у нее Рейчел такой улыбки. Должно быть, сэр Генри находился в одной из своих любовных фаз. После побоев он всегда обращался с матерью как с королевой.

— Я говорю о лорде Брейвене. Очевидно, он разговаривал с кем-то из ваших общих друзей детства. Интересно, зачем?

Совершенно ошеломленная, Рейчел смотрела на мать.

— А теперь, — сказала Мэрион, бросив образчики ткани на постель, — будь хорошей девочкой и выбери ткань.

Брейв вернулся с утренней прогулки верхом с разгоревшимися от холода щеками, переполненный мыслями о Рейчел Эштон. Он поговорил о ней с некоторыми горожанами, с теми, с которыми вместе рос и играл в детстве, когда никому из них не было дела до классовых различий.

Он шел к дому от конюшни, скрип гравия под ногами нарушал безмолвие холодного утра. Поигрывая кнутом, Брейвен не спеша окинул взглядом свои владения, любуясь их спокойной красотой и обдумывая то, что ему удалось узнать за последние несколько дней.

Все говорили одно и то же. Несмотря на несравненную привлекательность Рейчел, очень немногие были готовы породниться с сэром Генри Уэстхейвером, сущим кровопийцей. Один молодой человек обратил на нее внимание, но из этого ничего не вышло. Как и у остальных, пытавшихся ухаживать за Рейчел после него. Их попытки пресекал либо сэр Генри, потому что они были недостаточно богаты, либо сама Рейчел, потому что они вели себя слишком дерзко.

Брейву любопытно было узнать, насколько дерзко вели себя эти джентльмены, потому что его она не прогнала, совсем наоборот.

Она потребовала, чтобы он не извинялся за то, что поцеловал ее на балу у леди Уэствуд. Вообще-то не стоило ее целовать, но было так приятно прижаться к ней.

Он прав. Рейчел Эштон опасна. Брейва влекло к ней, словно мотылька к огню, но его тревожило не то, что он может сгореть, а то, что может погасить этот огонь. Надо держаться от нее подальше. И если Рейчел настолько умна, как ему кажется, она и сама будет его сторониться. Его влечение к ней добром не кончится.

Распахнув дверь, Брейв вошел в дом. Он знал, что некоторые заставляют слуг открывать для них двери, но ему это казалось излишне претенциозным, тем более что он сам был в состоянии сделать это.

— Доктор Фелпс ждет вас в Зеленой гостиной, милорд, — доложил Рейнолдс, принимая у него плащ и перчатки.

Брейв едва не застонал. Только этого не хватало.

— Спасибо, Рейнолдс. Будь любезен, принеси ко мне в кабинет бутылку бренди. Думаю, после его визита она мне понадобится.

Дворецкий поклонился с непроницаемым лицом. В конце концов, Брейв попросил всего лишь бутылку, а это была капля в море по сравнению с тем, сколько он пил после смерти Миранды.

— Слушаюсь, милорд.

Брейв направился в Зеленую гостиную. Вдоль стен в коридоре стояли бюсты и статуи легендарных богов и героев. Гадес по иронии судьбы стоял перед дверью, ведущей в Зеленую гостиную, которая по крайней мере на ближайшие пятнадцать минут превращалась для Брейва в ад. Открыв дверь, он помедлил на пороге.

— Чем сегодня займемся, Фелпс? Вы намерены снова ощупывать шишки на моей голове или желаете проверить цвет мочи?

Врач, стоявший у восточного окна, повернулся к нему:

— Простите, лорд Брейвен, я не слышал, как вы вошли.

В течение последних полутора лет, с тех пор как у Брейва случилось нервное расстройство после смерти Миранды, доктор Дуглас Фелпс стал его личным врачом. Брейв согласился у него лечиться по настоянию матери и друзей. Но не потому, что нуждался в помощи, а потому, что хотел, чтобы все они, черт возьми, оставили его в покое.

Фелпс помог ему остановить процесс саморазрушения и уговорил Брейва перестать топить горе в бутылках, хотя Брейв считал, что помогло ему не лечение, а здравый смысл и нежелание просыпаться каждое утро с такой головной болью, словно его избили до полусмерти. Он перестал лечиться у доктора несколько месяцев назад, когда убедился, что лечение, хотя и не причиняет вреда, не облегчает бремя вины за смерть Миранды. Однако Фелпс продолжал навещать его примерно раз в две недели.

Брейв опустился в кресло и жестом предложил доктору сесть напротив.

— Итак, какого рода лечение вы приготовили для меня сегодня?

Фелпс улыбнулся, от чего в уголках его светлых глаз появились морщины, словно раскрылся веер.

— Сегодня не будет никакого лечения, милорд. Я приехал просто поговорить.

— Жаль. Я надеялся уговорить вас снова помассировать мою голову. Так о чем именно вы хотите поговорить, доктор?

— До меня дошли кое-какие слухи, милорд, и я хотел узнать, насколько они достоверны.

Брейв приподнял брови.

— Мне кажется, вы не из тех, кто прислушивается к сплетням, Фелпс.

— Вы правы, милорд, но не в тех случаях, когда они касаются моих пациентов.

«Черт возьми, как бы пригодился сейчас глоток бренди!»

— Что же вас так встревожило, доктор?

Доктор снова покраснел.

— Поговаривают, милорд, будто вы собираетесь жениться.

Брейв пожал плечами:

— Наверно, рано или поздно мне придется это сделать.

Фелпс явно обрадовался.

— Однако не в ближайшем будущем?

Брейв покачал головой:

— Нет. Я пока не готов предпринимать такой шаг.

Доктор улыбнулся и поднялся с кресла.

— Вы правы. Такое решение лучше принимать без спешки, тем более когда человек уязвим.

— Прошу прощения? — Брейв вздернул подбородок, и движение отозвалось резкой болью в шее. — В каком смысле уязвим?

Фелпс, улыбаясь, направился к двери.

— Во многих, — терпеливо объяснил он. — Хотя бы в смысле неудач. Возможно, это связано с боязнью снова получить от жизни удар и разочаровать тех, кто вам дорог. Мне следует продолжать?

— Нет, — решительно произнес Брейв, поднимаясь с кресла. — Вы сказали достаточно, благодарю вас.

Фелпс пожал плечами:

— То вы просите говорить, то не говорить. В общем, ведете себя так, как и положено нормальному аристократу.

— Вы, кажется, сказали, что пришли не для того, чтобы анализировать мои поступки?

— Согласен.

Брейв фыркнул. Доктор оказался умнее, чем он думал. И Брейв, откровенно говоря, не возражал против его визита. Приятно, когда есть кто-то, с кем можно поговорить, пусть даже этот человек пытается залезть к тебе в душу.

— Интересно, вдова Гершель одобряет ваше лукавство? — спросил Брейв, когда они вышли в холл.

— Возможно, одобряет. Вот если бы мне удалось уговорить ее выйти за меня замуж, я бы исправился. — Он взял у Рейнолдса перчатки и шляпу и кивнул в знак благодарности.

— Просто не верится, что она до сих пор не согласилась выйти за вас замуж.

— Мне тоже, — ответил Фелпс, надевая шляпу. — Не могу сказать, что мне это нравится, но пусть делает, как ей хочется, лишь бы в конце концов согласилась.

— Вы говорите как влюбленный мужчина, — сказал Брейв.

— Так оно и есть. И не надо надо мной смеяться, молодой человек. Оглянуться не успеете, как это произойдет и с вами.

«Уже произошло. Однажды».

— Вряд ли, Фелпс, — улыбнулся Брейв, вдруг вспомнив Рейчел, но тут же прогнал мысль о ней. После смерти Миранды она была первой женщиной, которая показалась ему привлекательной. Неудивительно, что он немного увлекся ею. Это было вполне нормально.

Но это пугало. Слишком много времени прошло с тех пор, как он вел себя нормально.

Попрощавшись с доктором, Брейв направился в кабинет, куда Рейнолдс уже принес бутылку бренди. Бренди стояло на столе и выглядело безобидно, как вода. Но Брейв знал, что это не так. Он знал, как легко к нему пристрастился. Эта сладкая эйфория помогла ему не погрузиться в депрессию и сохранить рассудок. Он и подумать не мог, что предпочтет чувство вины этому сладостному отрешенному состоянию.

Если не считать шампанского на балу у леди Уэствуд, он не брал в рот ни капли спиртного с тех пор, как впал в зависимость от него в целях облегчения тяжести вины и отчаяния после смерти Миранды. Выпив шампанского, он не сорвался, но как подействует на него бренди?

Фелпс говорит, что алкогольная зависимость весьма опасна, но у Брейва не было симптомов такой зависимости. Он пил несколько месяцев подряд, но потребности в этом не испытывал, пил вполне осознанно.

Брейв откупорил бутылку. Налил немного в стакан и поставил бутылку в бар. Слишком велико искушение, если оставить ее на столе.

По привычке, согревая стакан в руках, он опустился в свое любимое кресло, в котором сиживал его отец, когда Брейв еще ребенком забирался к нему на колени. Брейв вытянул ноги к огню, взял книгу, которую читал накануне, и поднял стакан.

Бренди обожгло язык, вызвав уйму вкусовых ощущений, и Брейв посмаковал его во рту, прежде чем проглотить.

Ничего не произошло.

Брейв лишь оценил превосходное качество бренди. У него не возникло желания осушить стакан или всю бутылку. Он сделал еще глоток.

Когда некоторое время спустя в дверь постучал Рейнолдс, в его стакане все еще оставалось бренди, а сам он успел за это время прочесть тридцать страниц романа.

— Прошу прощения, милорд, но вас желают видеть два джентльмена.

— Джентльмены? Но я...

— Он знать не знает никаких джентльменов! — пророкотал знакомый голос Габриэля Уоррена, графа Энджелвуда, школьного друга Брейва, который вошел с широкой улыбкой на физиономии и взлохмаченными ветром черными волосами.

Следом за ним появился Джулиан Рексли, граф Вулфрэм, который должен был стать шурином Брейва. Брейву все еще тяжело было его видеть, хотя прежней боли встреча с ним уже не вызвала. Каштановым цветом волос и смуглостью кожи он очень напоминал сестру, только Миранда была своенравной и безрассудной, а граф Вулфрэм — уравновешенным и серьезным. Брейв знал, что друг не винит его в смерти Миранды, но сам Брейв никак не мог избавиться от чувства вины.

И все же он рад был видеть друзей. Он поднялся им навстречу, они обнялись, похлопывая друг друга по спине. Когда все уселись со стаканами бренди, Брейв спросил, что они делают в этих краях.

— Мы направлялись на север, в поместье Джула, — ответил Габриэль, поблескивая серыми глазами. — Мы не могли проехать мимо, не заглянув к тебе.

— Мы собираемся поохотиться, — добавил Джул. — Будем рады, если ты присоединишься к нам.

Брейв покачал головой.

— Спасибо, Джул, но у меня дел невпроворот, — солгал он. В Уикс-Энде не происходило ничего такого, что нельзя было отложить на несколько дней, но Брейв зарекся еще когда-нибудь появиться в поместье Джулиана, и Джулиан это знал. Там погибла Миранда.

— Я езжу туда каждый год. Помнишь, вся семья собиралась там и уезжала только после Рождества?

Брейв помнил. Когда они с Джулианом обнаружили, что живут часть года так близко друг от друга, они стали проводить школьные каникулы то в одном поместье, то в другом. К ним частенько присоединялся Габриэль, чья семейная жизнь оставляла желать лучшего.

— В этом году я поеду туда один, — сказал Джулиан. — Летиция предпочитает остаться в Лондоне или отправиться на озеро. В отличие от нас с Мирандой она никогда не любила Йоркшир.

Повисло молчание. Его нарушил Габриэль.

— Только не начинайте сначала, — сказал он, глядя на Брейва. — Если вы намерены искупать меня в пьяных слезах, то я лучше уйду.

Брейв криво усмехнулся. Гейб, он такой. Он может уйти. Гейб, самый крутой из них, вырос в семье, где родители уделяли больше внимания развлечениям, чем собственному сыну.

Он не знал, да и не хотел знать все подробности, но мать Гейба отличалась склонностью к беспорядочным связям, а отец был азартным игроком. Потом была девушка Лилит. Брейв не знал, что произошло между ним и его любимой. Знал лишь, что Гейб собирался на ней жениться, но не женился. Неизвестно, по какой причине. С тех пор он стал суровым и циничным и ни с кем, кроме своих двух приятелей, близко не общался.

Джулиан поднял голову и тоже улыбнулся.

— Боишься искупаться в слезах? Друг мой, мне платят за то, что я заставляю людей плакать.

Габриэль округлил глаза.

— Тебе платят за то, что ты заставляешь молодых девушек хихикать, прикрываясь веером. К счастью, ты не нуждаешься в деньгах, тебе есть на что жить, потому что этот негодяй Марри платит тебе всего половину того, что положено. Он даже позволяет себе не покупать твои замечательные произведения.

Брейв с Джулианом переглянулись. Карие глаза Джулиана сверкнули. В этом вопросе между ними существовали давнишние разногласия. Марри был издателем Джулиана, тем самым, который издавал Байрона. Судя по всему, Джулиана вполне устраивали условия Марри. Не устраивали они только Габриэля, считающего, что Джулиан заслуживает большего.

— Я не нуждаюсь в деньгах, — произнес Джулиан, отпив глоток бренди. — Мои стихи — это забава. И ничего больше.

— Но они могли стать чем-то большим, — возразил Габриэль.

Брейв улыбнулся. В этом весь Габриэль. Он должен быть лучшим во всем. Стоит ли браться за дело, если не стремишься к успеху? Он не понимал, как можно делать что-нибудь исключительно ради удовольствия, которое получаешь от самого процесса.

Джулиан вздохнул и покачал головой:

— Не хочу снова спорить с тобой об этом, Гейб. Рассказал бы лучше Брейву о странном приглашении, которое ты получил.

Брейв, удивленно приподняв брови, повернулся к другу:

— Приглашение? Это какая-нибудь ошибка. Никто в здравом уме не станет приглашать к себе такого опасного критикана, как ты.

Габриэль пожал плечами:

— Несмотря даже на скандальную репутацию моей матери, меня продолжают приглашать. По правде говоря, на сей раз, мне кажется, приглашение объясняется именно этим.

— Что за приглашение? — спросил Брейв, когда Габриэль замолчал, не дав дополнительных разъяснений.

— Я приглашен на оргию, — сказал он, глотнув бренди.

Брейв страшно удивился. Никому из тех, кто знал Габриэля, не пришло бы в голову пригласить его на подобное увеселительное мероприятие. Ведь ему, как и любому нормальному человеку, чуждо подобное распутство.

— На оргию? — Брейв ошеломленно повернулся к Джулиану.

Джулиан кивнул, едва сдерживая смех.

— Ты когда-нибудь слышал что-либо более забавное?

— Очевидно, хозяин не относится к числу его близких знакомых.

Габриэль скорчил гримасу.

— Наверняка, черт возьми.

— Где же находится это логово разврата? — поинтересовался Брейв, глотнув из стакана. Он совсем забыл о бренди.

— У виконта Чарлтона, — ответил Габриэль, отодвинув пустой стакан.

— Чарлтон? — Брейв насторожился. Интересно, известно ли сэру Генри, что мужчина, за которого он намерен выдать падчерицу, устраивает оргии в своем доме? Брейв почувствовал прилив лютой ненависти к этому негодяю. Мысль о том, что он собирается продать Рейчел такому подонку, привела его в ярость.

— Он самый. Его поместье расположено в нескольких милях к северу отсюда. — Гейб покачал головой. — Недаром этот тип всегда вызывал у меня отвращение. Лишнее подтверждение тому, что я отлично разбираюсь в людях.

— Естественно, ты, как знаток человеческих душ, отклонил предложение, — добавил Джулиан, улыбнувшись Брейву.

Габриэль фыркнул.

— Я даже не удостоил этого кретина ответом.

Брейв улыбнулся. Он рад был видеть друзей. Ему казалось, что вернулись прежние времена. И Брейв впервые за два года испытал непреодолимое желание сунуть нос в чужие дела и не допустить, чтобы Рейчел выдали замуж за этого развратного типа.

— Странно, что Чарлтон не пригласил меня на свое сборище. Вам не кажется?

— Мне кажется странным другое, — возразил Габриэль, сверля его взглядом. — Что тебя вообще это заинтересовало.

— Но ведь ты сам, Гейб, говорил, что мне надо чаще бывать на людях. Почему бы не начать с этой вечеринки?

Озадаченные, Габриэль и Джулиан переглянулись.

— Ну что ж, если ты так считаешь... — смущенно произнес Джулиан и, не договорив, пожал плечами.

— Вот и хорошо! — воскликнул Брейв. — Когда это состоится?

Интересно было бы узнать, подумал он, в какой степени Рейчел Эштон повлияет на его спокойную жизнь.

Глава 4

— Пожалуй, это слишком вызывающе, тебе не кажется? — Рейчел повернулась к девушке, стоявшей справа от нее.

Белинда Мейхью, самая близкая подруга Рейчел, склонилась над столом, изучая фасон платья, изображенного в модном журнале. Ее густые черные кудряшки заслонили картинку от Рейчел.

— По-моему, фасон очень мил. Что скажете, миссис Форд?

Миссис Форд энергично кивнула:

— По-моему, очень неплохо.

Рейчел, которую им не удалось убедить, взглянула на рисунок. Платье, несомненно, великолепно, несмотря на слишком глубокий, по ее мнению, вырез. Простое, элегантное, его будет нетрудно переделать потом с помощью оборочек и ленточек. Однако...

— Мне действительно нужно вечернее платье? — спросила она, повернувшись к Белинде.

Карие глаза Белинды округлились.

— Дорогая, каждой девушке необходимо иметь хотя бы одно вечернее платье.

Рейчел улыбнулась, видимо, Белинде неведомо, что в жизни есть более важные вещи, чем наряды и мода. Они бы вместе учились в привилегированной школе для девочек, если бы жизнь Рейчел не изменилась коренным образом после внезапной гибели отца. Самое забавное заключалось в том, что ее мать вскоре вышла замуж за человека, занимавшего в общине более высокое положение, а жизнь Рейчел существенно ухудшилась.

Хотя изначально у них с Белиндой было одинаковое положение, в настоящее время отец Белинды был еще жив и содержал свою семью. Гардероб Белинды был полон самой модной одежды, а несколько успешных сезонов в Лондоне научили ее разбираться в моде. Она была помолвлена с богатым землевладельцем из Дербишира, и именно поэтому мать Рейчел посоветовала ей пригласить подругу сопровождать ее к миссис Форд. Взглянув на обеих женщин, Рейчел поняла, что осталась в меньшинстве. Хотя казалось большим легкомыслием тратить на наряды такую сумму, она была вынуждена признать, что ей действительно очень хочется иметь такое великолепное платье.

— Ладно, — сказала она. — Я его беру.

Белинда и миссис Форд просияли улыбкой.

Рейчел наконец выбрала фасоны всех трех платьев. Оставалось выбрать ткань. Она выбрала муслин бутылочно-зеленого цвета для одного дневного платья, легчайшую шерсть сливового цвета для другого и сапфирово-синий шелк для вечернего. Рейчел очень устала и чувствовала себя мотовкой.

— А теперь что будем делать? — спросила Белинда, когда они вышли из мастерской. — Может быть, заглянем к модистке и купим тебе шляпку?

— Нет! — воскликнула Рейчел. — Дело даже не в том, что я не могу позволить себе купить шляпку, у меня просто нет сил, так я устала.

Взяв подругу под руку, Белинда потащила ее за собой.

— Ты посидишь и посмотришь, как я буду примерять шляпки.

— Ладно. Но потом мне нужно вернуться домой. — Рейчел не хотела надолго оставлять мать в одиночестве. Хотя сэр Генри сейчас охотится вместе со своими приятелями, он может в любой момент вернуться. И если вернется с пустыми руками, изобьет мать, чтобы выместить на ней свою злость. Особенно если напьется.

— Обещаю не задерживать тебя слишком долго.

Но просить Белинду поторопиться, когда она совершает покупки, все равно что просить солнце не всходить. Однако Рейчел знала, что до возвращения сэра Генри у нее есть несколько часов, и сама получала удовольствие от общения с подругой.

Рейчел намеревалась сесть в уголке и подождать подругу, но Белинда и слышать об этом не хотела.

— Примерь-ка вот эту.

Шляпка из розового бархата идеально подходила к накидке, надетой на Рейчел. Она сшила ее собственноручно из пары занавесок, найденных на чердаке, которые были куплены сэром Генри три года назад, когда он решил обновить спальню матери. Матери не понравился цвет, и сэр Генри в кои-то веки не стал ей возражать. Когда Рейчел надевала накидку, ей казалось, что у нее прибавляется сил и уверенности в себе.

Она покачала головой. Шляпка великолепна, и если она примерит ее, то захочет купить.

— Примерь, — не унималась Белинда.

— Ладно, — сдалась Рейчел. — Но соглашаюсь лишь потому, что ты выглядишь ужасно смешно в том, что у тебя на голове.

— Ты имеешь в виду это? — Белинда поправила украшенный перьями тюрбан и улыбнулась.

Рейчел примерила шляпку. Шляпка действительно была ей к лицу, и она сразу ее сняла. Она не могла позволить себе купить ее, однако не хотела, чтобы Белинда заметила, что это ее расстроило. Возможно, если у нее останутся деньги после того, как она оплатит бракоразводный процесс матери и они устроятся на новом месте, она купит себе новую шляпку, а сейчас обойдется без обновки.

— А как тебе нравится это? — спросила Рейчел, водрузив на голову соломенную шляпку, украшенную искусственными фруктами. Поля шляпы были шириной около четырех дюймов, а фрукты так тяжелы, что голова склонилась влево.

Белинда в шутливом восторге всплеснула руками:

— Восхитительно!

— Лично я предпочел бы алую.

При звуке этого сочного баритона у Рейчел замерло сердце. Она сняла дурацкую французскую шляпку, пригладила ладонью волосы и оглянулась.

— Розовую, — поправила она.

Он тряхнул головой, будто не расслышал.

— Прошу прощения?

— Я о шляпке. Она розовая, а не алая. — Рейчел присела в реверансе. — Добрый день, лорд Брейвен.

Он приподнял бровь.

— Добрый день, мисс Эштон, или вы теперь носите фамилию Уэстхейвер?

Она скорее отрезала бы себе руки, чем согласилась на это.

— Нет. Я сохранила фамилию отца.

Он кивнул.

— Вам тоже добрый день, мисс Мейхью. — Он поклонился Белинде. — Позвольте представить вам моих друзей, лорда Энджелвуда и лорда Вулфрэма.

Снова последовали реверансы, поклоны, обмен любезностями. Рейчел показалось, что они ведут себя так, словно находятся при дворе.

— Интересно, что привело вас сюда, лорд Брейвен? — спросила Рейчел. Ей и в голову не могло прийти, что он искал с ней встречи, поскольку он не мог знать, что она здесь, разве что увидел ее через окно.

— Лорд Энджелвуд, — Брейв указал на черноволосого мужчину, — в очередной раз потерял шляпу, вот мы и пришли подобрать ему новую.

Рейчел улыбнулась, стараясь ничем не выдать своего разочарования. Возможно, он не притворялся и поцелуй действительно ничего для него не значил. Да и не мог он ничего сказать, когда вокруг столько народа.

— Но мы не зря потратили время, поскольку встретили вас.

Он сказал это из вежливости, подумала Рейчел. Однако произнес это тихо, только для нее, и в голосе его прозвучали интимные нотки. Или ей это показалось?

Впрочем, в устах графа перечисление бакалейных продуктов тоже звучало бы интимно. Видимо, все дело было в его низком голосе и ощущавшейся в нем меланхолии, которая заставляла каждое слово звучать как вздох. Однако по выражению его лица нельзя было сказать, что ее присутствие повлияло на него так же, как его присутствие — на нее. Видимо, она придает сложившейся ситуации слишком большое значение.

Улыбка Рейчел стала более естественной.

— Страшно подумать, каким пустым показался бы вам нынешний день, если бы не наша встреча, — насмешливо произнесла Рейчел.

Он слегка улыбнулся.

— Прошу прощения, мисс Эштон и ты, Брейв. Я хочу купить пару перчаток, — сказал лорд Энджелвуд и, поклонившись, ушел.

Рейчел огляделась в поисках Белинды. Та стояла возле конторки и ждала, когда завернут покупки. Рейчел и Брейв остались одни, насколько это возможно в переполненном людьми магазине.

— Ну и какую же шалость мальчики запланировали на сегодняшний вечер? — поддразнила его она в попытке скрыть неожиданно одолевшую ее робость.

Его веселое настроение как рукой сняло.

— Виконт Чарлтон пригласил нас к себе в поместье на вечеринку.

— Виконт Чарлтон? Разве вы его знаете? — Сама мысль о том, что Брейв и Чарлтон знакомы, показалась ей отвратительной и вызвала тревогу. Ей не хотелось относить Брейва к той же категории мужчин, что и Чарлтона, этого распутника.

— Я его не знаю. — Судя по выражению лица Брейва, он хотел сказать что-то еще, но не сказал, а лишь пристально посмотрел на Рейчел. Она остановила взгляд на его твердых губах, таких нежных и требовательных, когда они прижимались к ее губам. Рейчел ощутила терпкий вкус шампанского, который сохранился у нее даже после того, как он ушел с балкона. Интересно, ощутила бы она тот же вкус, если бы поцеловала его сейчас?

Он тоже пристально смотрел на ее губы, но, встретившись с ней взглядом, быстро отвел глаза. Выражение его лица стало непроницаемым.

— Ну что ж, надеюсь, вы хорошо проведете время, — произнесла Рейчел, нарушив неловкое молчание.

— Спасибо за пожелание, но, смею вас заверить, вечер едва ли будет приятным.

Она нахмурила лоб и спросила, хотя и понимала, что задавать такие вопросы неприлично:

— В таком случае зачем вы туда идете?

— Ради друга, — ответил он, многозначительно взглянув на нее.

— Понятно. — Она кивнула. Видимо, кто-то из друзей попросил Брейва пойти туда вместе с ним. Возможно, речь шла о взыскании карточного долга или о чем-либо подобном. Чарлтон славился своим пристрастием к азартным играм. — Это очень благородно с вашей стороны.

— Спасибо.

А что, если этим другом является она? Вряд ли, предположить такое было бы большой дерзостью с ее стороны.

Краем глаза Рейчел уловила какое-то движение. Белинда стояла у двери с пакетами в руках и с преувеличенным интересом рассматривала цыганскую шляпу. Рейчел поняла, что делает она это из вежливости.

— Моя подруга собирается уходить. — Рейчел повесила на вешалку несколько помятую соломенную шляпку с фруктами. — Мне тоже пора.

— Рад был встретить вас снова.

Он сказал это искренне. В этом Рейчел не сомневалась.

— Я тоже, — ответила девушка и направилась к Белинде.

Белинда заговорила, лишь когда они сели в поджидавший их экипаж.

— Ну, рассказывай, — потребовала она, бросив пакет на сиденье и повернувшись к Рейчел.

— О чем?

— Лорд Брейвен флиртует с тобой! — Она подтолкнула Рейчел локтем.

— Не смеши меня. Граф понятия не имеет о том, что такое флирт. — Он сказал, будто встреча с ней означает, что они не зря потратили время. Любой хорошо воспитанный джентльмен сказал бы то же самое.

Белинда сняла перчатки.

— Ты хоть имеешь представление о том, как за ним охотятся? Тебе повезло, что он положил на тебя глаз.

— Он не положил на меня глаз, — с досадой возразила Рейчел. Ее мать и Белинда заставили Рейчел почувствовать себя старой девой, которую пытаются выдать замуж за любого мужчину, который на нее взглянет. Не так уж она стара, к тому же не собирается выходить замуж.

— А в городе говорят совсем другое.

Рейчел насторожилась. В маленьком городке сплетни распространяются с молниеносной быстротой, а о ней и Брейве, похоже, болтали все, кому не лень.

— И что же, интересно, говорят?

Белинда лукаво усмехнулась, словно не заметив, что Рейчел расстроилась.

— Говорят, что он спас тебя от неминуемой смерти и дал тебе одно из платьев графини.

Боже милосердный! О них болтают слуги. Только они могли знать о платье, если не считать сэра Генри, но у того слишком многое было поставлено на карту, чтобы болтать об этом. Слава Богу, что никто не видел их с Брейвом на балконе в ту ночь, иначе им пришлось бы пожениться.

Если она не будет более осторожной, эти слухи могут причинить ее репутации не меньше вреда, чем тот поцелуй. А поскольку она падчерица Генри Уэстхейвера, добродетель — это все, что у нее имеется.

— Только подумай, ты могла бы стать графиней! — фыркнула Белинда.

Застонав, Рейчел откинулась на сиденье и тут вдруг вспомнила, что оставила свою шляпку у модистки. Возвращаться за ней не хотелось. Если Брейв еще в лавке, он может подумать, что она сделала это умышленно. Уж лучше зайти за шляпкой завтра.

— Став графиней, ты сможешь покупать себе любые наряды! — добавила Белинда, небрежно швырнув на сиденье свою модную шляпку.

Рейчел нахмурилась. Видно, Белинда воспринимает богатство как нечто само собой разумеющееся, иначе не обращалась бы со шляпкой столь небрежно.

— Наряды не имеют для меня никакого значения, — заметила Рейчел. — Не потому, что я их не люблю, а потому, что у меня, кроме этого, много других забот. Не забудь, моя мать вышла замуж за этого презренного типа, чтобы у меня была крыша над головой. И я поклялась освободить ее от него.

Белинда нахмурилась:

— Неужели ты ради этого упустишь шанс выйти замуж?

Рейчел кивнула:

— Конечно. Даже если бы Брейвен мной заинтересовался, не знаю, правда, с чего ты это взяла, ни за что не пожертвовала бы благополучием своей матери.

— Рейчел...

Рейчел с такой силой сжала руку Белинды, что та охнула. Она никогда не рассказывала подруге о том, как ведет себя сэр Генри и как она боится за мать.

— Белинда, я опасаюсь, что этот изверг убьет ее.

Глаза Белинды округлились от ужаса.

— Силы небесные!

— Я должна увезти ее от него. — Отпустив руку подруги, она обеими руками закрыла лицо. — Если нам удастся продержаться до моего дня рождения, я смогу заплатить за бракоразводный процесс и уехать с ней в такое место, где он ее не найдет.

— Рейчел, безопасность твоей матери — еще один довод в пользу твоего замужества, — сказала Белинда.

— Замужество? Какая от него польза? Это еще одно препятствие на моем пути. Как я смогу увезти мать, если буду привязана к мужу?

— Богатый и могущественный муж может помочь тебе защитить мать, особенно если у него есть титул.

Эта мысль приходила Рейчел в голову, когда она была моложе и мечтала о прекрасном принце, который полюбит ее, несмотря на то что у нее нет связей и она является падчерицей одного из самых презираемых людей во всем графстве. Задолго до того, как Дэвид показал ей, что молодые люди не обязательно имеют намерение жениться, когда запускают руки за лиф платья леди.

Она надеялась, что, когда распространится слух о ее наследстве, она, возможно, поедет в Лондон и от женихов у нее не будет отбоя. Но сэр Генри не отпустил ее в Лондон и заявил, что сам выберет ей жениха.

А в Йоркшире был всего один прекрасный принц. И теперь он собирается на вечеринку к виконту Чарлтону. Как сказал, ради друга. Может быть, под другом он подразумевал ее, Рейчел?

Вздор. В детстве они не были очень близки, несмотря на дружбу, связывающую их отцов. А от поцелуя девственницы он вряд ли потерял голову. Рейчел у него не первая и не последняя.

— Белинда, никакой муж, даже самый могущественный, не сможет повлиять на сэра Генри, поскольку речь идет о его жене. Любой магистрат будет на его стороне. Единственный выход — развод. К тому же вряд ли найдется мужчина, который согласился бы жить под одной крышей с тещей. И кто поручится, что мне не попадется такой же муж, как матери. Нет уж, благодарю покорно. К замужеству я прибегну лишь в крайнем случае. — Рейчел решительно тряхнула головой, дав понять, что не желает больше обсуждать эту тему.

— Ты единственная рассуждаешь подобным образом.

Рейчел пожала плечами:

— В большинстве своем женщины ждут от замужества преимуществ, которые оно может дать. Что до меня, то я жду только бед.

Белинда, улыбнувшись, спросила:

— Ну а я что выиграю в результате замужества?

На губах Рейчел заиграла ответная улыбка.

— Огромное состояние, великолепное поместье и мужчину, который жить без тебя не может.

— Значит, замужество может оказаться счастливым, — игриво заметила подруга.

— Для тебя — да. Ты влюбилась в мужчину, который сделал тебе предложение.

— Мое поведение тогда сочли чуть ли не скандальным, — напомнила Белинда.

Рейчел рассмеялась.

Любовь Белинды и мистера Уинчелси взбудоражила все лондонское общество, где признавали только браки по расчету, а брак по любви считали абсурдным.

— Мне будет не хватать тебя, когда ты уедешь, — сказала Рейчел.

— Мне тоже, — ответила Белинда. — Обещай, что приедешь ко мне погостить.

Рейчел кивнула.

— Обязательно приеду, — сказала она, зная, что сэр Генри ее не отпустит.

— Кстати, я купила тебе маленький сувенир на память, — сказала Белинда и, взяв одну из коробок, положила на колени Рейчел. Это был сюрприз.

Рейчел с детства обожала сюрпризы. И с годами все больше ценила эти неожиданные проявления доброты и щедрости.

Она раскрыла коробку. Там лежала розовая бархатная шляпка.

— Ах, Белинда, у меня нет слов. — Рейчел прослезилась. — Спасибо.

— Обещай, что наденешь ее в следующий раз, когда увидишься с лордом Брейвеном, — улыбнулась Белинда.

Сцены распутства, представшие взору Брейва, заставили его десять раз пожалеть о том, что он не остался дома. Мужчины и женщины предавались любовным утехам у всех на глазах. Лишь немногие уходили в специально отведенные комнаты.

Брейв пришел в смятение. Он невольно следил за происходящим, однако участвовать в оргии не собирался. Его бросало в дрожь при одной мысли о том, чтобы лечь с женщиной, которая только что была с другим.

— У тебя такое выражение лица, как тогда, когда Летиция приготовила для нас то ужасное лимонное печенье, — заметил Джулиан, усаживаясь в кресло рядом с ним.

Брейв улыбнулся. Пять лет назад младшая сестра Джулиана решила поразить друзей брата своими кулинарными талантами. С тех пор они частенько шутили, вспоминая об этом.

— Печенье было бы великолепным, не забудь она положить сахар.

Джулиан пожал плечами:

— В конце концов она все же научилась печь это печенье.

Брейв тихо фыркнул.

— Если она осталась хотя бы наполовину такой же упрямой, как была, то я не сомневаюсь, что она теперь готовит печенье лучше, чем ваша кухарка.

Джулиан пристально взглянул на друга и, не скрывая любопытства, спросил:

— Зачем ты сюда приехал, Брейв?

— Я ждал, когда ты задашь этот вопрос, — ответил Брейв, отпив из стакана. Портвейн был отличного качества. Чарлтон, несомненно, знал толк в напитках.

— Я мог бы сказать, что нахожусь здесь, потому что давно не имел женщины. Но если говорить правду, пришел сюда ради друга.

Вытянув длинные ноги, Джулиан равнодушно наблюдал за оргией.

— Уж не ради ли мисс Эштон?

Брейв вздрогнул.

— Почему ты спрашиваешь?

Джулиан взглянул на него понимающим взглядом.

— Потому лишь, что с тех пор, как мы сегодня встретились с ней, ты только о ней и говоришь. К тому же ты прихватил с собой шляпку, которую она забыла в лавке.

Брейв заерзал в кресле.

— Я подумал, что шляпка может потеряться.

Джулиан вытаращил глаза.

— Эту потрепанную вещицу вряд ли спутаешь с новой шляпкой, да и какая леди стала бы оплакивать ее потерю.

— Рейч... мисс Эштон не похожа на твоих знакомых леди, Джулиан. Не сомневаюсь, что она хватится этой шляпки. Едва ли у нее их много. — Он вспомнил, как восхитительно выглядела Рейчел в той алой, похоже, розовой бархатной шляпке, и пожалел, что не нашел подходящий предлог купить ей эту шляпку, хотя понимал, что такой поступок был бы в высшей степени неуместным.

— Понятно, — сказал Джулиан. — Теперь я вижу, что мисс Эштон женщина действительно необыкновенная.

Брейв нахмурился:

— Ты все не так понимаешь.

— Это не имеет значения, — уклончиво ответил Джулиан. — И все же хотелось бы знать, зачем ты пришел сюда и как это связано с мисс Эштон?

Обычно Брейв держал при себе свои тайны, но он знал, что Джулиан не болтлив и ему можно довериться. Возможно, Джулиан поможет ему разобраться, почему женщина, которую он не видел несколько лет и которая никогда не входила в число его близких друзей, вдруг стала играть такую важную роль в его жизни.

— Видишь ли, отчим мисс Эштон, сэр Генри Уэстхейвер, намерен выдать ее замуж за Чарлтона.

Джулиан рот открыл от удивления.

— Что-о? — прошептал он. — Разве он не знает, что за человек этот Чарлтон?

Брейв, скорчив гримасу, указал ему в дальний конец комнаты, где сидел грузный мужчина, запустив ручищу в вырез платья куртизанки.

— А вот и сэр Генри собственной персоной.

— Омерзительная картина, — заявил Джулиан. — Так ты здесь для того, чтобы узнать, что за человек Чарлтон, или чтобы отговорить отчима от неразумного поступка?

— Сам не знаю, — ответил Брейв. — Думаю, все бесполезно. Сэру Генри, как видно, известно, с кем он имеет дело, а поскольку они с Чарлтоном одного поля ягоды, сомневаюсь, что удастся заставить его передумать.

— Мисс Эштон может отказаться выйти замуж за Чарлтона.

Брейв кивнул.

— Это ей не поможет. Сэр Генри заставит ее.

— А что сможешь сделать в этом случае ты?

— Не знаю, — признался Брейв с отчаянием в голосе. — Но сделаю все, что в моих силах.

— С какой целью?

Брейв задумался.

— Справедливости ради.

— Справедливости — для кого? Для мисс Эштон, поскольку спасешь ее от брака с развратником, или для себя самого, поскольку отчасти искупишь свою вину перед моей сестрой?

Брейв нахмурился:

— О чем, черт возьми, ты говоришь?

— Хватит сердиться. — Джулиан глотнул из стакана. — И нечего притворяться, будто не понимаешь, о чем идет речь.

— Уж лучше объясни все толком, чтобы я зря не стукнул тебя.

Джулиан рассмеялся:

— Что-то не припомню, чтобы ты когда-нибудь меня стукнул.

Гнев Брейва поутих.

— Все бывает в первый раз.

Посмотрев ему в глаза, Джулиан сочувственно улыбнулся:

— Брейв, тебя до сих пор мучает то, что ты не смог предотвратить гибель Миранды.

— Откуда ты знаешь?

Улыбка сползла с лица Джулиана.

— Я чувствовал то же самое. Но со временем понял, что не виноват.

— Я любил ее, — с горечью произнес Брейв. — Я должен был найти возможность помочь ей. А я отвернулся от нее.

— Брейв, она не хотела ни твоей любви, ни твоей помощи. Не терзай себя понапрасну.

Брейв думал иначе.

Они впервые затронули тему гибели Миранды с тех пор, как Джулиан и Габриэль уговорили его обратиться к врачу. Разговор об этом впервые не отозвался болью, и это озадачивало Брейва.

Он любил Миранду, хотел жениться на ней, но она была влюблена в грума, работающего в поместье родителей. Парня прогнали, а Миранда, обнаружив, что забеременела от него, обратилась за помощью к Брейву. Уязвленное самолюбие не позволило Брейву поддержать ее в ту трудную минуту, и Миранда, не стерпев позора, покончила жизнь самоубийством.

А ведь Брейв мог жениться на ней, дать ребенку свое имя. Единственное, что он сделал, — это помог вытащить ее тело из пруда, где она утопилась.

И теперь Брейв решил помочь Рейчел, чего бы это ему ни стоило.

— Неужели не помешал бы этому гаду сэру Генри выдать замуж девушку за этого развратника? — спросил Брейв, жестом указав туда, где Чарлтон распластался на софе, зарывшись физиономией в грудь одной женщины и запустив лапу под юбку другой.

— Разумеется, помешал бы, но при этом четко определил бы мотивы, побуждающие меня поступить подобным образом.

— Значит, защитить ее от развратника для тебя недостаточно веский мотив? — усмехнулся Брейв.

Джулиан поднялся с кресла.

— Если я защищаю ее от развратника по доброте сердечной — это одно дело, если преследую личный интерес — совсем другое. А то как бы кому-нибудь не пришло в голову защищать ее от меня. Пойду-ка возьму чего-нибудь еще выпить. Не хочешь присоединиться ко мне?

Брейв взглянул на приятеля.

— А ты перестанешь болтать? — Ему не хотелось даже думать о том, что сказал Джулиан. Он не был готов анализировать свои побудительные мотивы.

— Не перестану, — улыбнулся Джулиан. — Но обещаю ни слова не говорить о Рейчел Эштон.

— И на том спасибо. — Брейв поднялся с кресла и последовал за приятелем к бару. По пути их несколько раз останавливали женщины, но Брейву удалось отделаться от них.

Джулиан, воспевавший женщин в стихах, был не очень разговорчив, а поэтому пробормотал что-то и отправился искать Габриэля, оставив Брейва в одиночестве.

Ему не следовало приезжать сюда, тем более привозить друзей, но он опасался, что не устоит перед искушением, напьется и примет участие в оргии.

Давненько он не поддавался соблазну.

Если не считать Рейчел Эштон. Его реакция на нее была нормальной реакцией мужчины, слишком долго прожившего затворником.

Почему же он не реагирует ни на одну из окружающих его сейчас женщин? Многие красивее Рейчел Эштон, но ни у кого из них нет таких поразительных фиалковых глаз. У этой грудь пышнее, у той безупречной формы, почти у всех ноги меньше, чем у Рейчел, но ни одна не вызывает желания. Но стоило Брейву вспомнить, как грудь Рейчел натягивала ткань платья его матушки, как он ощутил эрекцию.

Возможно, Джулиан прав? И это от Брейва надо защищать Рейчел?

— Добрый вечер, Брейвен.

Брейвен повернулся и увидел виконта Чарлтона с дежурной улыбкой на лице.

— И вам доброго вечера, Чарлтон. Отличную вечеринку вы устроили.

Чарлтон улыбнулся. Нельзя сказать, что он был уродлив или вызывал отвращение. Он был несколько тяжеловат, и ему не помешало бы почаще мыться, однако отвращение вызывали его личные качества.

— Рад это слышать. Должен признаться, что мне показалось, будто вам здесь не нравится. Может быть, вам не по вкусу леди?

Что-то в его игривом тоне заставило Брейва ощетиниться. Какому мужчине приятно, если кто-то усомнится в его сексуальных предпочтениях?

— Мне больше нравится наблюдать, — ответил он и тут же понял, что это звучит двусмысленно.

Чарлтон так сильно хлопнул его по спине, что Брейву показалось, будто у него оторвалось легкое.

— Так вот оно что! Когда-то мне тоже нравилось. Надо было предупредить меня, старина. Наверху есть комната, где проделаны специальные отверстия, позволяющие видеть все, что происходит в соседнем помещении. Я мог бы предоставить ее вам.

Брейв усилием воли постарался сохранить вежливое выражение лица.

— Вы очень любезны, старина, но мне вполне удобно там, где я нахожусь. Я присматриваюсь к кобылкам, прежде чем выбрать подходящую и оседлать. — Услышь то, что он говорит, его отец, он шлепнул бы его по губам. Чарлз Уичерли воспитывал своего сына не для того, чтобы тот стал распутником, и Брейв не одобрял, когда женщин использовали только, а потом бросали.

Возможно, именно по этой причине Миранда предпочла ему грубого конюха.

Чарлтон расхохотался и снова хлопнул его по спине.

— Вы правы, Брейвен, вы правы! Пусть молодая кобыла, пусть кляча, лишь бы везла меня туда, куда я хочу!

Брейв, спрятав за стаканом гримасу отвращения, сделал глоток. Он не знал, надолго ли у него хватит терпения наблюдать всю эту мерзость, которая могла бы вогнать в краску даже римского императора.

Чарлтон наклонился к нему так близко, что Брейв ощутил исходивший от него запах. Пахло сексом и потными ногами — убийственное сочетание!

— Правда, я вовремя сориентировался и решил приобрести новую кобылку, Брейвен.

Брейвен насторожился.

— Вот как? А старую отправите пастись на травке?

Чарлтон фыркнул и покачал головой.

— Я собираюсь жениться.

Брейв с насмешливым сочувствием кивнул:

— Решили обзавестись детишками, а? Не смущайтесь, Чарлтон, в конце концов, это с каждым из нас случается.

Чарлтон вздохнул:

— И это тоже, но я решил жениться не только ради наследников. Синица в руках лучше, чем журавль в небе, — сказал Чарлтон, вкладывая в старую пословицу какой-то загадочный смысл.

Брейв покачал головой:

— Я вас не понял.

Чарлтон подошел еще ближе, и Брейву пришлось отступить на шаг, чтобы от вони не слезились глаза.

— Видите этих женщин, Брейвен? Пришлось пригласить их из Лондона, но и там с трудом удалось набрать нужное количество.

— Может, им не нравится сельская местность?

— Им не нравлюсь я.

«Их можно понять».

— Не может быть.

— Но это правда. Ходят слухи, будто у меня извращенный вкус.

— Ну, в этом вы не одиноки, — сказал Брейв. — У половины англичан извращенный вкус.

— Как бы то ни было, в Лондоне остался всего один бордель, в который меня допускают, но и там далеко не все девушки желают меня обслуживать. Смекнув, что никто другой меня не обслужит, они стали взимать с меня баснословную цену.

В голове Брейва кусочки старой головоломки вставали на свои места, образуя полную картину.

— А жене платить не надо.

Чарлтон кивнул.

— К тому же жена не может отказать мужу.

Значит, сэр Генри, зная все это, продает свою падчерицу Рейчел этому развратнику? Он, несомненно, запросил за нее кругленькую сумму, а Чарлтон, несомненно, рад заплатить.

— Когда состоится это счастливое событие?

Чарлтон пожал плечами:

— Пока точно не знаю. Но хочу, чтобы это произошло как можно скорее. Так я мог бы сэкономить деньги, — сказал Чарлтон. — Ну что ж, Брейвен, можете наблюдать сколько душе угодно. Если пожелаете, присоединяйтесь. Здесь есть чем поразвлечься.

Единственное, чем хотелось бы сейчас поразвлечься Брейву, — это избить Чарлтона и сэра Генри до полусмерти.

— Спасибо, Чарлтон, но, думаю, с меня достаточно на сегодня. — Поставив стакан на стойку бара, Брейвен повернулся спиной к озадаченному виконту и зашагал к двери.

Он был намерен любой ценой, так или иначе, защитить Рейчел от этого гнусного типа.

И вовсе не по доброте сердечной.

Глава 5

Зачем Брейву понадобилась ее шляпка?

Рейчел, шагавшая по направлению к Талливуду, в сотый раз мысленно задавала себе этот вопрос, побывав в лавке модистки. Владелица объяснила, что после того, как они с Белиндой вчера ушли, в лавке не было обнаружено никаких посторонних шляпок, но граф Брейвен, заходивший с друзьями, действительно держал в руках дамскую шляпку.

Ну что ж, мог бы по крайней мере вернуть шляпку. Но видимо, для него было важнее присутствовать на вечеринке у виконта Чарлтона.

Или Брейву не пришло в голову, что это ее единственная шляпка, если не считать шляпки из розового бархата, которую она никак не могла решиться надеть? Конечно, Брейв привык к тому, что леди имеют богатый гардероб, но у Рейчел это была единственная шляпка, пригодная для носки. Отправляясь в город, она была вынуждена позаимствовать шляпку у матери, потому что ей не хотелось появляться в лавке у модистки в шляпке, которую накануне купила Белинда. Все сразу же догадались бы о щедром подарке Белинды, и Рейчел почувствовала бы себя неловко.

Интересно, когда он намерен вернуть шляпку? При одной мысли о том, что она его увидит, Рейчел почувствовала радостное волнение. Брейв привлекательный мужчина, и Рейчел в долгу перед ним за спасение жизни.

После того поцелуя на балконе у Уэствудов все изменилось. Чтобы не пришлось встречаться с ним с глазу на глаз, она платье его матери возвратила через слугу.

В лавке она ощутила его присутствие. Она была совершенно потрясена его запахом, звучанием его голоса, выражением лица, которое оставалось печальным, даже когда он улыбался — если можно назвать улыбкой чуть дрогнувшие уголки губ.

Рейчел чувствовала, что ее влечет к Брейву. А это означало, что следует держаться от него подальше. Она не могла отдаться человеку, который не был ее мужем, это противоречило всем принципам, на которых она была воспитана. В лучшем случае она станет всеобщим посмешищем, потому что женщина в ее положении, даже если она хочет выйти замуж, не может надеяться выйти замуж за графа, тем более если граф никак не проявил своего влечения к ней.

Рейчел не знала, что хуже: чтобы Брейв ответил ей взаимностью или же не ответил. Если бы не ответил, пострадала бы ее гордость, если бы ответил...

Впрочем, об этом нечего и думать. Пока мать не освободится от сэра Генри, Рейчел не сможет выйти замуж.

— Вас ожидает в гостиной джентльмен, мисс, — доложил Поттс, дворецкий, едва она вошла в дом.

Рейчел удивилась:

— Джентльмен? — Может быть, это Брейв? У Рейчел сладко замерло сердце.

Отдав Поттсу плащ и шляпку, девушка пригладила ладонью волосы и поспешила в гостиную.

Улыбка сбежала с ее лица, как только она узнала посетителя.

Это был виконт Чарлтон.

Поднявшись с кресла, он направился к ней.

— Рад вас видеть, мисс Эштон.

— Доброе утро, лорд Чарлтон. — Как того требовали правила приличия, Рейчел протянула виконту руку. Ее ошеломил отвратительный запах смеси одеколона, застарелого пота и помады для волос. — Что привело вас сюда, лорд Чарлтон? — Рейчел отдернула руку прежде, чем он успел ее поцеловать. Она не села и не предложила сесть виконту.

Он озадаченно взглянул на нее.

— Гм-м, вам, несомненно, известно, что мы с вашим отчимом пришли к соглашению.

— Нет.

— Неизвестно? — растерялся лорд.

Спокойствие. Надо соблюдать спокойствие. Если с ней случится истерика, она потеряет последний шанс выпутаться из этой ситуации. Она ему откажет, причем сделает это спокойно, с достоинством, как положено высокородной леди.

Сохраняя вежливое выражение лица, Рейчел пожала плечами:

— Впервые слышу о соглашении между моим отчимом и вами, лорд Чарлтон.

— Гм-м, видите ли, дорогая, я просил у вашего отчима вашей руки, и он дал свое согласие. — Виконт улыбнулся, обнажив давно не чищенные зубы.

— Понятно, — сказала Рейчел. — А почему, позвольте узнать, не посоветовались со мной?

Чарлтон нахмурил лоб.

— Это еще зачем? Условия брачного договора согласованы между сэром Генри и мной. Вы женщина, и они вас не касаются.

Рейчел с трудом удалось скрыть удивление.

— Да, но это меня покупают и продают.

— Вас передают от отца к мужу, так делается всегда. Советоваться с вами нет надобности. Соглашение достигнуто, и через месяц мы поженимся, — заявил виконт и направился к двери.

Призвав на помощь всю свою храбрость, Рейчел, не поворачиваясь к нему, произнесла:

— Нет.

Ошибиться на сей раз было трудно. Громко топая сапогами, виконт вернулся и остановился перед ней.

— Что вы сказали?

Рейчел спокойно встретила его взгляд.

— Я сказала: «Нет, лорд Чарлтон, я не выйду за вас замуж».

Чарлтон побагровел от гнева.

— Вы сильно ошибаетесь, если думаете, что ваше слово что-нибудь значит, мисси. Я заплатил за вас хорошие деньги, и теперь вы моя.

Как ей могло прийти в голову, что она сможет отказать тому, кого для нее выбрал сэр Генри? Он презирает ее так же сильно, как она его ненавидит, и выбор жениха тому подтверждение.

Рейчел усмехнулась:

— Под словом «моя» вы подразумеваете, что я ваша в постели, лорд Чарлтон?

Он окинул ее с головы до ног цепким взглядом, и Рейчел почувствовала себя так, словно вывалялась в грязи.

— Да, супружескую постель это тоже включает, — произнес Чарлтон.

Рейчел вздрогнула, но продолжала действовать по задуманному плану.

— В таком случае вы приобретете подпорченный товар.

Испачканные помадой для волос пальцы потянулись к округлости ее груди, видневшейся над вырезом платья.

— Если ты не девственница, это даже лучше, милашка.

Рейчел почувствовала, что снова близка к истерике, и выпалила первое, что пришло в голову:

— К тому же у меня сифилис.

Чарлтон замер.

— Что вы сказали?

Рейчел не знала, насколько угрожающе звучит такое признание, но по выражению его лица поняла, что сказала нечто ужасное.

Рейчел чуть не рассмеялась.

— Да, у меня сифилис. Разве сэр Генри вам не сказал?

— Нет, он не сказал.

— Гм-м. — Рейчел пожала плечами. — Странно. В любом случае, лорд Чарлтон, вы теперь понимаете, почему я не могу выйти за вас замуж. Это было бы нечестно с моей стороны.

Виконт был так зол, что Рейчел испугалась, как бы его тут же не хватил удар.

— Мисс Эштон, а вы мне не лжете?

Рейчел взглянула на него с самым невинным видом.

— Лорд Чарлтон, не каждая девушка готова признаться в том, что у нее сифилис, тем более если у нее его нет.

Он, кажется, поверил этому, хотя даже идиоту понятно, что доведенная до отчаяния женщина может сказать что угодно, лишь бы не выходить замуж за того, кто вызывает у нее отвращение. Очевидно, виконт считал себя завидным женихом.

— Да, вы правы. Извините, что отнял у вас время, и благодарю за вашу искренность. Будьте уверены, я об этом никому не скажу.

Рейчел в этом не сомневалась. Чарлтон едва ли захочет, чтобы кто-нибудь узнал о его унижении.

Несколько минут спустя Рейчел увидела, как конь виконта Чарлтона галопом скакал по дороге, а сам виконт сидел, склонившись к шее коня, будто за ним гнался сам дьявол.

Опустившись на банкетку возле окна, Рейчел поздравила себя с победой. Ей удалось предотвратить брак с лордом Чарлтоном. Она заставила его усомниться в порядочности сэра Генри, и он никогда больше ему не поверит. Итак, брак с Чарлтоном ей пока не грозит.

Интересно, какова будет реакция сэра Генри, когда он узнает о случившемся?

Вряд ли придет в восторг.

— Что ты сказала Чарлтону?

Оторвавшись от рукоделия, Рейчел, словно не заметив испуганного взгляда матери, спокойно посмотрела на отчима. После отъезда Чарлтона прошло почти шесть часов. Рейчел предполагала, что сэр Генри появится раньше.

Он стоял в дверях в мятой одежде, с всклокоченными волосами.

— Добрый вечер, сэр Генри, — сказала Рейчел. — Надеюсь, повар оставил вам что-нибудь на ужин.

Круглая физиономия сэра Генри побагровела от злости, но Рейчел за себя не боялась. Отчим никогда и пальцем не тронул ее. Однако срывал злость на матери.

— Мама, позволь мне поговорить с сэром Генри.

— Хорошая мысль, — сказал сэр Генри. — Незачем ей слышать, какая негодная у нее дочь. Отказалась выйти замуж за пэра Англии!

Одного взгляда на лицо Мэрион хватило, чтобы понять, что с ним лучше не спорить. Бросив встревоженный взгляд на дочь, она отложила рукоделие и поспешила выйти из комнаты.

Отчим подошел к Рейчел, и она поднялась на ноги.

— Вы, наверное, уже поговорили с лордом Чарлтоном? — спросила она. Не было смысла оттягивать неизбежное.

Сэр Генри кивнул.

— Он рассказал мне очень интересную историю и потребовал, чтобы я вернул ему деньги, которые он заплатил за брак с тобой. Он сказал, будто ты сообщила ему, что у тебя сифилис.

— Да, я это сделала, — призналась Рейчел с улыбкой.

Сэр Генри ударил Рейчел по лицу с такой силой, что у нее на глазах выступили слезы. Она бы упала, но успела ухватиться за подлокотник кресла.

Отчим подтащил ее к себе, схватив за шаль, так что они оказались нос к носу. Рейчел стало страшно.

— Я сказал ему, что ты солгала, что у тебя просто приступ девичьего невроза и что вы поженитесь, как было запланировано.

Рейчел не отвела глаз, хотя почувствовала во рту привкус крови. Отступать она не собиралась. Даже если он изобьет ее до синяков, она не согласится выйти замуж за Чарлтона.

— Надеюсь, вы не потратили полученные от Чарлтона деньги, сэр Генри, потому что вам придется возместить всю сумму. — Она говорила таким холодным и самоуверенным тоном, что никто бы даже не догадался, что она страшно испугана. — Если вам удастся убедить Чарлтона, что сифилиса у меня нет, я все равно найду способ избежать брака с ним.

Сэр Генри толкнул ее. Она ударилась о дубовую каминную полку спиной и вскрикнула от боли. Упади она левее, попала бы в огонь.

Уж не этого ли он добивался?

Заметив, что он двинулся в ее сторону, Рейчел огляделась в поисках какого-нибудь тяжелого предмета и нащупала кочергу, лежавшую возле камина.

С трудом поднявшись на ноги, Рейчел, забыв о боли и страхе, подняла кочергу, словно меч.

— Положи кочергу на место, — потребовал он, весь подобравшись, словно животное перед прыжком.

Боже милосердный, похоже, ему это нравится! Нравится, что у нее кровоточит рана. Рейчел и не подозревала, как сильно он ее ненавидит.

— Убирайся! — крикнула она, взмахнув кочергой, когда он попытался приблизиться к ней. — Если подойдешь, убью!

Сэр Генри ухмыльнулся, от чего у нее по спине побежали мурашки.

— Ты не можешь без конца сопротивляться мне, Рейчел. Рано или поздно я тебя сломаю и ты выполнишь все, что я прикажу.

Рейчел вздернула подбородок.

— Как только мне исполнится двадцать пять, вы не посмеете даже пальцем ко мне прикоснуться, мерзавец. А до тех пор я буду сопротивляться, не сомневайтесь.

Он наморщил лоб.

— Двадцать пять? А что произойдет, когда тебе исполнится двадцать пять? — спросил он, потом рассмеялся. — А-а, ты имеешь в виду свое наследство? Да? Надеешься получить свои сбережения на черный день и покинуть родное гнездо?

— Именно так. И вам меня не остановить.

Он продолжать хихикать. Рейчел насторожилась.

— Я давно тебя остановил.

Рейчел стало не по себе. Подняв кочергу, она снова заняла оборонительную позицию в надежде, что он не заметит, как дрожит у нее рука.

— Что вы имеете в виду?

— Нет у тебя никакого наследства. Было, да сплыло.

— Сплыло?

Сэр Генри, ухмыляясь, кивнул.

— Вскоре после женитьбы на твоей матери я позаботился о том, чтобы прибрать его к рукам. Это не составило труда, поскольку я был назначен твоим опекуном до достижения тобой совершеннолетия.

Она ухватилась за каминную полку, чтобы не упасть, не выпуская из второй руки кочергу.

— Ты лжешь, — прохрипела Рейчел, хотя его вид свидетельствовал о том, что это правда. Он украл ее будущее, ее независимость.

Единственный шанс спасти мать.

Сэр Генри снова рассмеялся.

— Похоже, дорогая, я вышел победителем из игры, — сказал он, направляясь к двери.

Рейчел даже не взглянула на него.

— Ты выйдешь замуж за Чарлтона через месяц. Я буду рад отдать тебя, особенно мужчине с такими пристрастиями, как у Чарлтона.

Дверь закрылась, а в ушах у Рейчел все еще звучал злобный смех сэра Генри.

Девушка смотрела на капельки крови на юбке. Что делать? Теперь они с матерью целиком во власти этого изверга. Надо придумать способ, как от него освободиться. Иначе их ждет неминуемая гибель. Но одной ей с этим не справиться.

Рейчел с трудом поднялась и, осторожно ступая по ковру, направилась к двери. В коридоре было тихо. Она добралась до лестницы, спустилась вниз и с опаской огляделась.

Поттс увидел ее, побледнел и вытаращил глаза.

— Мисс Рейчел! — воскликнул он. — С вами все хорошо?

— Все хорошо, Поттс, — заверила его Рейчел. — Сэр Генри ушел?

Дворецкий кивнул:

— Да, мисс. Только что уехал верхом.

— Отлично. — Превозмогая боль, Рейчел попросила Поттса подать ей плащ и перчатки. С помощью дворецкого надела плащ, что стоило ей немалых усилий, покрылась испариной, натягивая перчатки.

— Позаботься, пожалуйста, Поттс, чтобы к возвращению моего отчима в кабинете у него стояла бутылка бренди.

Поттс удивился, но виду не подал.

— Будет сделано, мисс. Могу ли я спросить, куда вы направляетесь?

— Нет, Поттс. Тебе лучше этого не знать. — Рейчел открыла дверь и, вдохнув прохладный ночной воздух, направилась к конюшням.

Несколько минут спустя, стиснув зубы от боли, которую причиняло каждое движение, она, сидя на резвом мерине, неслась галопом в сторону Уикс-Энда.

К Брейву.

Брейв только что возвратился с вечерней верховой прогулки, чувствуя себя лучше, чем когда-либо за последние месяцы. Давненько он не доставлял себе удовольствия во весь опор мчаться верхом. Он успел забыть, как чувствуешь себя, когда встречный ветер сечет лицо, а все окружающее сливается в одну сплошную массу.

Но чтобы снять тяжесть с души, недостаточно промчаться верхом по вересковым пустошам. Не так-то просто освободиться от чувства вины, давившей на его плечи после смерти Миранды, и последовавшего за этим периода саморазрушения, но он по крайней мере перестал ходить кругами, и перед ним образовалась дорога, которая, возможно, вела к искуплению.

И эта дорога начиналась с Рейчел Эштон.

Дело не в том, что помощь ей могла бы изменить то, что произошло с Мирандой. Он надеялся, что, если удастся изменить к лучшему жизнь одного человека, это позволит ему как-то искупить свой грех. Независимо от личной заинтересованности Брейв просто не мог равнодушно относиться к тому, что Рейчел собираются продать этому развратнику Чарлтону. Возможно, у него ничего не получится, но он должен попытаться.

Это давало ему цель в жизни. Одним она могла показаться слишком незначительной, другим — несколько мелодраматичной, но если бы он смог предотвратить брак Рейчел с Чарлтоном, ему было бы совершенно безразлично, что об этом думают остальные. Вытащить Рейчел из реки было недостаточно.

Габриэль и Джулиан встретились с ним за ужином.

— Когда вы уезжаете в Хитерингтон-Парк? — поинтересовался Брейв.

— Завтра, — ответил Джулиан, отрезая ломтик мяса в винном соусе. — Пробудем там несколько недель, вернемся сюда, а потом — в Лондон. Скоро день рождения Летиции, и она настаивает на моем присутствии. — Отправив в рот кусочек мяса, Джулиан зажмурился от удовольствия. — Великолепно. Повар у тебя изумительный.

— Француз, — заметил Габриэль, блеснув глазами. — А все французское изумительно.

— Судишь по своей любовнице? — спросил Джулиан, глотнув вина.

Габриэль усмехнулся.

Странно слышать, когда Нанетт называют его любовницей. Они вместе уже несколько лет. Брейва удивляло, что их связь длится так долго. Нанетт — милая женщина, но слишком послушная и тихая для такого, как Габриэль.

Габриэлю нужна женщина энергичная, волевая, вроде Лилит. Возможно, именно поэтому он теперь избегал слишком темпераментных женщин.

Брейв испытал нечто подобное, когда влюбился в Миранду. Пусть даже его сердце снова было способно на нежные чувства, он не спешил их демонстрировать. Не хотел больше страдать либо причинять кому-либо другому боль.

Как это часто случалось за последние дни, Брейв подумал о Рейчел. Интересно, что бы она подумала, если бы знала о нем правду? Может, усомнилась бы в его психическом здоровье? Или отнеслась к нему с сочувствием и попыталась понять? Скорее всего испытала бы разочарование.

Брейв не знал, что предпочтительнее. Однако понимал, что, если Рейчел влечет к нему так же сильно, как его к ней, нельзя сделать вид, будто того поцелуя не было.

Брейва он потряс до глубины души.

Габриэль был циником, Джулиан — романтиком. Габриэль выбрал Нанетт за ее красоту, невинность, а также за то, что у них были общие интересы. Любимой женщиной Джулиана на данный момент была одна вдова, которая обожала поэзию и искусство. Чувства в расчет не принимались. Конечно, он и его друзья любили друг друга, но был ли кто-нибудь из них способен забыть об осторожности ради одного поцелуя?

Прикосновение губ Рейчел вызвало у него чувство благоговения. Брейв фыркнул. Уж не находится ли он на пути к спасению?

— Что тебя развеселило? — поинтересовался Джулиан.

Брейв покачал головой:

— Ничего. Я думал о религии.

Джулиан приподнял брови.

— Ничто так не веселит, как мысли о Страшном суде, тебе не кажется?

— Пожалуй, — ответил Брейв.

Мысль о том, что он может разочаровать Рейчел, встревожила его. Не потому ли, что он возлагал слишком большие надежды на то, что они могут друг друга спасти?

После ужина они отправились в бильярдную выпить бренди и сыграть несколько партий. Все они хохотали над какой-то историей, рассказанной Джулианом, когда в дверь постучал Рейнолдс:

— Прошу прощения, лорд Брейвен, но вас хочет видеть молодая леди.

Брейв насторожился, заметив выражение лица пожилого дворецкого.

— Молодая леди? — удивился Габриэль. — Ты кого-нибудь ждешь, Брейв?

Брейв покачал головой и направился к двери.

— Нет, не жду. Где она, Рейнолдс? Я не задержусь, — пообещал он друзьям.

— Можешь не торопиться, — ответил Джулиан. — Мы пока насладимся твоим прекрасным бренди.

Брейв был уверен, что, возвратившись, застанет их полупьяными.

В Зеленой гостиной ярко пылал камин и были зажжены все свечи. Рейнолдс, видимо, счел, что в ярко освещенной комнате посетительнице едва ли придет в голову совершить что-либо противозаконное. Если она не собиралась соблазнять графа-отшельника, то зачем пожаловала сюда?

Она сидела у огня, повернувшись к нему спиной. Заметив отблеск пламени на белокурых волосах, Брейв сразу же догадался, кто это.

— Рейчел, что ты здесь делаешь?

Она с трудом поднялась, и, увидев ее лицо, он все понял.

Ее волосы были в беспорядке, потемневшие глаза казались огромными на бледном лице. Кровь, струившаяся из уголка рта на подбородок, засохла, правая сторона лица распухла и покраснела.

— О Господи! — прошептал Брейв, подойдя к ней. — Что произошло? — Первое, что ему пришло в голову, — это мысль о том, что Чарлтон ее изнасиловал, чтобы вынудить выйти за него замуж. Если предположение его верно, Чарлтон не доживет до утра.

— Он ударил меня, — сказала Рейчел.

Брейв повел ее к софе и усадил. Она поморщилась.

— Что с тобой? Где болит? — спросил он.

— Спина. Он толкнул меня на каминную полку.

Дрожа от гнева, Брейв направился к небольшому шкафчику в углу, налил ей рюмку хереса и подал.

После чего сел на софу рядом с ней. Рейчел сделала глоток, и он заговорил:

— Расскажи, что случилось. — Брейв старался говорить спокойно, хотя готов был задушить собственными руками того, кто причинил ей боль.

Рейчел избегала его взгляда, устремив глаза на хрустальную рюмку и покачивая ее в руке.

— Сегодня ко мне приходил Чарлтон...

Чарлтон. Так он и знал!

— Он сказал, что они с сэром Генри договорились о нашем браке. Я отказала. Он слышать не хотел об отказе, и мне пришлось солгать. Я сказала, что у меня сифилис.

Брейв был потрясен ее выдержкой. До чего она умна и находчива! И до чего безрассудна! Как рисковала собой!

— И он тебе поверил?

— Сначала поверил, но потом сэр Генри рассказал ему правду.

Брейв был ошеломлен рассказом Рейчел. Сэр Генри издевался над ее матерью, избил Рейчел, украл ее наследство и теперь собирался насильно выдать ее замуж.

Брейв знал, что баронет — человек весьма неприятный, но он не подозревал, насколько это презренный тип.

Придется поговорить с этим сэром Генри Уэстхейвером.

— Рейчел, ты должна уйти из его дома.

Она покачала головой:

— Я не могу оставить мать.

— Но, Рейчел, если ты будешь продолжать воевать с ним... — Ему не хотелось даже думать о том, что может сделать с ней сэр Генри. Брейв этого не допустит.

— Нет! — воскликнула Рейчел, вскочив на ноги и охнув от боли. — Я буду воевать с ним до конца. Пусть не ждет от меня послушания и покорности с помощью побоев, как он это сделал с матерью. Я увезу ее из его дома! Наверняка мы сможем его остановить.

«Мы?» Она имеет в виду себя и мать или включает и его в это уравнение? Он уже решил, что сделает все возможное, чтобы помочь ей.

Брейв был знаком с английским законодательством меньше, чем хотелось бы, но знал, что закон будет на стороне сэра Генри. Давным-давно какой-то варвар решил, что жена является собственностью мужа и он имеет право поступать с ней как заблагорассудится. Так, например, мужчине не разрешалось бить жену палкой, которая была бы толще его большого пальца, и хотя жестокое обращение считалось основанием для развода, доказать в суде, что оно действительно имело место, было почти невозможно. А поскольку развод считался делом скандальным, большинство женщин предпочитали терпеть издевательства.

Брейв был свидетелем того, на какие жестокости способен Уэстхейвер. Он также был свидетелем супружеской неверности баронета на вчерашней вечеринке у Чарлтона.

— Видел ли кто-нибудь, кроме тебя, следы побоев на теле твоей матери?

Рейчел мрачно покачала головой.

— Слуги знают, что он чудовище, но не уверена, что им известно все. Мама скрывала синяки и ссадины. Стыдилась их. Я помогала ей одеваться, чтобы служанка не заметила следов побоев.

— Возможно, мне удастся использовать свое положение, чтобы помочь тебе.

В глазах Рейчел вспыхнула надежда.

— Я мог бы помочь тебе пройти нужные каналы, если твоя мать хочет развода, но процесс будет долгим и мучительным, причем ей придется давать показания против сэра Генри. Рассказывать о жестоком обращении, которое терпели ты и твоя мать, а сэр Генри вполне может запугать мать и заставить ее прекратить процесс.

Судя по выражению лица Рейчел, Брейв понял, что именно так оно и будет. В этот момент не было на земле человека, которого он ненавидел бы больше сэра Генри.

— Значит, никакой надежды, — прошептала Рейчел.

У Брейва защемило сердце.

— Если у вас в семье есть какой-нибудь высокопоставленный, желательно титулованный, родственник, он, возможно, смог бы оказать помощь. Вы с матерью могли бы укрыться в безопасном месте до начала слушания дела.

— У нас никого нет. Мне остается лишь убить его, не так ли?

Брейв не сомневался, что, оказавшись в безвыходном положении, Рейчел Эштон не задумываясь покончит с сэром Генри.

Суд не будет снисходителен к Рейчел, если она убьет баронета, хотя от его убийства выиграло бы все человечество.

Нет, он этого не допустит.

Брейв обнял ее и крепко прижал к груди.

— Я сделаю все, что в моих силах.

— Что заставляет тебя поступать подобным образом? — спросила Рейчел с надеждой в голосе.

Брейв и сам не знал. Просто он не мог допустить, чтобы Рейчел вернулась к Уэстхейверу, зная, на что тот способен.

Они обменялись взглядами, и Брейв легонько поцеловал девушку в висок и щеку. Ему страстно хотелось поцеловать ее в губы, но на них запеклась кровь.

В дверь заглянули Габриэль и Джулиан. Сгорая от любопытства, они не могли больше оставаться в неведении.

Брейв не знал, что заставило его поднять голову. Понимал лишь, что Джулиан, брат Миранды, пристально наблюдал с порога, как он обнимает женщину, прильнувшую к нему, как плющ к каменной стене.

И тут он понял, что назад пути нет, если он намерен спасти Рейчел, а заодно и самого себя.

Габриэль и Джулиан тихо попятились, но Рейчел успела их заметить и высвободилась из объятий Брейва.

— Я знаю, как решить твою проблему.

— Как? — спросила она.

Брейв, судорожно сглотнув, встретился с ней взглядом. То, что он собирался предложить, могло стать и спасением, и погибелью для обоих.

— Выходи за меня замуж.

Глава 6

«Может, он сошел с ума?»

Рейчел невольно попятилась.

— Ты серьезно?

Судя по выражению его лица, Брейв не шутил. Он шагнул к ней и остановился, когда она отступила еще на шаг.

— У тебя есть другие варианты?

Какие у нее могут быть варианты? Ситуация была, прямо скажем, практически безвыходной, но она все же не теряла надежду.

— Я не уверена, — ответила она, обняв себя руками, потому что ей стало вдруг страшно холодно. — Но я уверена в другом: замужество ослабило бы, а не усилило контроль, который я имею над собственной жизнью.

От удивления у него округлились глаза.

— Ты мне не доверяешь?

— А почему я должна тебе доверять? Ты доверил бы мне свое будущее?

Взглянув ему в глаза, Рейчел поняла, что именно это он и намеревается сделать. Она вздрогнула.

— Не обижайтесь, милорд, но знаю по опыту, что доверять можно только самой себе. И уж никак не мужчинам.

Ее отец погиб в результате собственной безответственности: ехал на слишком большой скорости. Сэр Генри, конечно, не был ее отцом. Но любой, кто пытался за ней ухаживать, быстро отказывался от своих намерений, столкнувшись с ее отчимом.

Те же, кого сэр Генри не отпугнул, как, например, Дэвид, не спешили жениться. Чарлтон согласился жениться, но в своих низменных целях, чтобы распоряжаться ее телом по своему усмотрению.

— Думаю, у тебя нет выбора, Рейчел. У нас обоих нет выбора.

Рейчел прищурилась:

— Что ты хочешь этим сказать?

— О нас уже болтают, — вздохнув, признался он. — Всем известно о том, что произошло на реке, и о платье моей матери.

Для человека, который редко выходит из дома, он был на редкость хорошо осведомлен обо всех сплетнях.

Он шагнул к ней, но на этот раз Рейчел некуда было отступать. Она оказалась прижатой к письменному столу.

— К утру весь город будет знать, что ты приходила сюда нынче вечером. Одна. Какими бы преданными ни были мои слуги, они всего лишь люди, и весь город в конце концов узнает о том, в каком виде ты была. Мои друзья видели, как я держал тебя в объятиях.

Рейчел закрыла глаза, осмысливая услышанное. Пропади все пропадом, Брейв прав.

На сей раз она преступила грань, и это ей с рук не сойдет. Ее решение пойти к нему было чисто импульсивным. Она не подумала о последствиях. А последствия были самые серьезные!

— Рейчел, — сказал он, взяв ее за плечи. — Я тоже не хотел, чтобы все получилось так, как получилось.

Его слова не принесли облегчения. Наоборот. Это напомнило ей извинение за то, что он ее поцеловал.

— Ты мне нравишься, — продолжал он. — Я нахожу тебя привлекательной. Тебя тоже ко мне влечет. — Он улыбнулся. — Возможно, не о таком муже ты мечтала...

«Нет, он действительно спятил, если думает, что какая-нибудь женщина не захотела бы его иметь своим мужем!»

— ...но я все же лучше, чем Чарлтон. И хочу помочь тебе и твоей матери.

— А что ты потребуешь взамен?

Он отпустил ее плечи.

— Что ты имеешь в виду?

«Неужели он считает меня такой наивной и думает, будто я не понимаю, что в чем-то это ловушка?»

— Что ты ждешь от этого брака, Брейв? Трудно поверить, что ты делаешь это исключительно по доброте сердечной.

Он побледнел, и она поняла, что права. Ему что-то от нее нужно.

— Я хочу того же, чего большинство мужчин моего общественного положения. Если я вступлю в брак и проживу с тобой всю оставшуюся жизнь, то хочу, чтобы наш брак был настоящим.

У Рейчел пересохло во рту.

— Тебе нужен наследник.

— И не один.

Боже милосердный, он хочет... он хочет... С ней! У нее вспыхнули щеки. Только бы он не почувствовал в ней желание. Одна лишь мысль о том, чтобы довести тот поцелуй до логического завершения, вызвала томление во всем теле и заставила напрячься соски.

Что за грязные мысли! Но если граф Брейвен считает, что спать с ней — это достаточная компенсация за то, что он предлагает для нее сделать, он, видимо, совсем лишился разума. Разве он не понимает, что любая здравомыслящая женщина будет безумно счастлива родить ему столько толстеньких, здоровых младенцев, сколько он пожелает? Да если он вырвет ее мать из лап сэра Генри, Рейчел родит ему столько наследников, что хватит на крикетную команду!

Он смотрел на нее, ожидая ответа. У Рейчел гулко билось сердце. Даже обдумывать его предложение было безумием, но разве у нее есть выбор? Она должна как можно скорее покинуть дом сэра Генри и увезти с собой мать. И Брейв ей поможет...

— Ты подпишешь обещание помочь моей матери? Будешь свидетельствовать против сэра Генри?

Брейв удивился, но виду не подал.

— Подпишу.

Она улыбнулась:

— Тогда я выйду за тебя замуж.

Рейчел повернула ключ и открыла дверь. Помедлила на пороге, опасаясь, что сейчас выскочит сэр Генри и набросится на нее с кулаками.

Но этого не случилось.

В холле, освещенном всего двумя свечами, было полутемно. На цыпочках, чтобы не шуметь, Рейчел снова заперла дверь. Было далеко за полночь, и в доме стояла тишина, как в церкви. Слуги давно уже спали.

— Добрый вечер, мисс.

Рейчел вздрогнула, с трудом сдержав готовый вырваться возглас.

— Поттс, — прошептала она, — что ты здесь делаешь в столь поздний час?

Старый дворецкий был в халате и ночном колпаке. Уголки его тонких губ приподнялись в печальной улыбке. Он помог ей снять накидку.

— Простите, что напугал вас, мисс Рейчел, мы сегодня тянули жребий: кому ждать вашего возвращения. Жребий выпал мне.

Рейчел была тронута заботой слуг.

— Считай, что тебе не повезло. А теперь иди спать. — Рейчел направилась к лестнице.

— Слушаюсь, мисс Рейчел, — поклонился старик. — Думаю, вам интересно будет узнать, что баронет недавно вернулся домой и в данный момент находится в библиотеке.

Рейчел остановилась.

— Он спит? — Сердце у нее замерло, однако она поклялась себе не бояться.

— Чего не знаю, того не знаю. Я взял на себя смелость оставить ему две бутылки бренди вместо одной, как вы приказали, мисс. Он вел себя спокойно. — Глаза старика лукаво блеснули.

— Спасибо, Поттс. — Рейчел улыбнулась.

— Я на вашей стороне, мисс. А теперь, если я вам больше не нужен, отправлюсь, пожалуй, в постель.

— Приятных сновидений, Поттс.

Рейчел проводила его взглядом, взяла свечу, которую ей оставил дворецкий, и пересекла холл в направлении библиотеки. Она надеялась, что отчим напился до потери сознания. Она обещала Брейву ничего не говорить сэру Генри об их предстоящем бракосочетании, пока он не поговорит с баронетом. А ей так хотелось сообщить сэру Генри эту новость, чтобы позлорадствовать. Девушка с трудом верила, что все произошедшее в Уикс-Энде ей не приснилось. Брейв предложил ей выйти за него замуж! Предложил ей и ее матери защиту, пока они не возбудят против ее отчима судебное дело! Подписанное им обещание на этот счет лежало у нее за вырезом платья. Он вернул ей надежду, она до конца жизни будет ему благодарна. Она гнала от себя глупые мысли, которые одолевали ее, пока она мчалась домой из Уикс-Энда. Рейчел заглянула в кабинет. Сэр Генри громко храпел, завернувшись в плащ, в любимом кресле у потухающего камина. Его двойной подбородок покоился на груди, поднимаясь и опускаясь с каждым вздохом. Пустая бутылка валялась на полу в нескольких дюймах от забрызганных грязью сапог. В нескольких футах от нее лежала другая.

Рейчел усмехнулась. Он не устоял перед искушением и выпил вторую бутылку, оставленную Поттсом, поэтому не поднялся в комнату матери, чтобы сорвать на ней гнев.

— Скоро мы от тебя избавимся, — прошептала Рейчел.

Все еще улыбаясь, Рейчел закрыла дверь и торопливо поднялась по лестнице. Она провела детство в доме, где всегда звучал смех, и тишина Талливуда пугала ее, хотя она и не верила в привидения.

Уикс-Энд был тоже тихим домом, но это было поправимо, если позвать гостей. Брейв уже согласился устроить через неделю импровизированную вечеринку в честь помолвки, как только состоится первое оглашение. Несмотря на отсутствие заблаговременного уведомления об этом событии, никто не откажет графу и не упустит возможности посплетничать насчет такой спешки. Можно было не сомневаться в том, что весь приход сочтет причиной этого либо желание замять какой-то скандал, либо стремление заключить брак по любви.

Рейчел помедлила, остановившись на верхней площадке. Как было бы чудесно, если бы они заключили брак по любви, а не из чувства долга! Конечно, она хотела забрать свою мать у сэра Генри, а Брейв решил ей помочь, но разве не было бы великолепно выйти замуж по любви?

Возможно, ей не суждено выйти замуж по любви, но умирать старой девой она не хотела. И вообще не хотела умирать, а это вполне может случиться, если сэр Генри узнает, что она затеяла.

«Я не допущу, чтобы сэр Генри вновь поднял руку на тебя или твою матушку», — вспомнились ей слова Брейва. Достать луну с неба он ей не пообещал. Да и к чему?

Рейчел, практичная по натуре, не была настроена романтически. Брейв не клялся ей в любви, хотя и не отрицал, что его влечет к ней. Рейчел тоже влекло к нему. Чем еще можно было объяснить трепет, который охватывал ее, когда он был рядом.

Девушка направилась в спальню матери. Ей не хотелось будить ее, но надо было рассказать о предстоящем бракосочетании с Брейвом.

Мать сидела в постели и читала при свете свечи.

— Испортишь глаза, — с улыбкой произнесла Рейчел.

— Я боялась заснуть, пока ты не вернешься домой, — сказала Мэрион, отложив книгу.

— Как ты узнала, что я ушла?

— Мне сказал Поттс. — Мать с болью посмотрела на распухшее лицо дочери. — Тебе стало небезопасно находиться в этом доме, Рейчел.

Усевшись на краешек кровати, Рейчел накрыла своей рукой руку матери.

— Мы скоро покинем этот дом, мама.

Глаза Мэрион испуганно округлились.

— Что ты ему сказала?

— Ничего такого, о чем он сам бы не догадался. — Она взяла в руки книгу, которую читала мать. — «Гордость и предубеждение».

— Я читаю ее с большим интересом. Так что ты сказала Брейву?

Рейчел посмотрела матери прямо в глаза.

— Я сказала ему, что сэр Генри бьет тебя и пытается принудить меня выйти замуж за лорда Чарлтона.

— Не может быть! — воскликнула Мэрион. — Как ты могла, Рейчел?

Черт бы побрал эту смехотворную гордость ее матери!

— А ты бы хотела, чтобы я сидела сложа руки и позволила сэру Генри избивать нас обеих? Или продать меня первому попавшемуся мерзавцу, который предложит более высокую цену? Тебя, возможно, это устраивает. Меня — нет! — Рейчел произнесла это резким тоном и тут же сменила его на мягкий: — Брейвен намерен помочь нам освободиться от сэра Генри.

— Каким образом? — Мэрион задала этот вопрос таким безнадежным тоном, что Рейчел захотелось рассказать ей все, что они запланировали, но она не осмелилась сделать это из опасения, что сэр Генри что-то заподозрит и попытается выбить из матери правду. Она решила сказать ей лишь то, что было необходимо знать.

— Он предложил мне выйти за него замуж.

— Выйти замуж?

— Он предложил защитить нас своим именем, мама. Это будет брак по расчету.

Мэрион покачала головой:

— Замужество не игра, Рейчел.

— Только не читай мне нотаций. Я знаю, ты надеялась, что в конце концов я выйду замуж по любви, но ведь сэр Генри намерен продать меня виконту Чарлтону еще до конца этого месяца.

Мэрион охнула.

— Он этого не сделает!

— Он уже получил у Чарлтона деньги. К тому же присвоил наследство, которое мне оставил отец.

Ошеломленная, мать молча уставилась на нее.

— Мы теперь можем от него уехать. Мы должны это сделать.

Мэрион опустила глаза.

Неужели мать не понимает, что все это значит?

— Я намерена выйти замуж за Брейвена, мама. Хочу начать новую жизнь. И избавить тебя от этого чудовища. — Рейчел сделала глубокий вдох. — Я десять лет наблюдала, как ты умираешь, и больше не желаю этого видеть. — Она надеялась, что слова ее звучат убедительно. Оставить мать одну она не могла даже ради собственной свободы.

На глазах Мэрион блестели слезы. Рейчел стиснула зубы, опасаясь, что и сама расплачется.

— Генри не всегда был таким, — прошептала мать. — В течение нескольких первых лет он был внимательным супругом. Ты это помнишь? Он был тогда таким милым. Я и не подозревала, что он может быть другим. А если бы знала, то никогда бы не вышла за него замуж.

Рейчел помнила. Как муж и как отец сэр Генри оставлял желать лучшего, но пока он ухаживал за матерью, он делал вид, что хорошо относится к Рейчел. Все это прекратилось сразу же после свадьбы. Хорошее отношение к Мэрион продлилось несколько дольше.

— Позволь мне сделать это для тебя, — уговаривала Рейчел мать. — Позволь мне спасти тебя.

Когда погиб отец, Рейчел была слишком мала, чтобы воспрепятствовать браку матери с сэром Генри, но теперь она в состоянии спасти ее.

Холодные пальцы с любовью погладили ее по щеке.

— Ты так похожа на своего отца, — сказала Мэрион.

У Рейчел защипало глаза. С годами она все чаще слышала эти слова.

— В чем же?

— В тебе есть его сила духа, — тихо сказала мать. — Его решительность. Ничто не могло ему помешать выполнить задуманное.

Как ни пыталась, Рейчел не смогла скрыть привычную горечь.

— Жаль, что ему не пришло в голову обеспечить тебя после своей смерти. Тогда мы не оказались бы в подобной ситуации.

— Не говори так об отце, — с укоризной произнесла мать.

— Почему? Я любила отца не меньше тебя, но, не будь он таким легкомысленным и бесшабашным, тебе не пришлось бы выходить замуж за сэра Генри. Мы прожили бы и одни. — Она не простила отцу того, что он не обеспечил мать, и эта рана вновь открылась теперь, когда она узнала, что он не принял никаких мер, чтобы защитить то, что он оставил ей.

Мэрион строго взглянула на дочь:

— Твой отец никогда не был легкомысленным. А тебя он буквально обожал. Он любил нас обеих больше, чем жизнь. Как ты смеешь забывать об этом?

У Рейчел дрожала нижняя губа, но гнев не позволял ей остановиться.

— В таком случае почему он оставил тебя без гроша, с ребенком на руках? Разве не поэтому ты согласилась на брак с Генри Уэстхейвером? Почему ты не смогла воспользоваться деньгами, которые он оставил мне?

— Потому что мы думали, что проживем вместе всю жизнь! — воскликнула мать. — Ему было всего сорок, когда он ушел в мир иной. Мы полагали, что будем стариться вместе. Мечтали о внуках, которых ты нам подаришь... — Мать всхлипнула и замолчала.

Рейчел стало стыдно, и она обняла мать.

— Прости, мама. Прости!

Бросив взгляд в зеркало, висевшее над туалетным столиком матери, и увидев их отражение, Рейчел обнаружила в своем лице черты отца и матери.

Они дали ей жизнь, и сейчас в этом сходстве девушка черпала силу.

Когда утром Габриэль и Джулиан вышли к завтраку, Брейв уже сидел за столом. Ни один из них не обмолвился о том, что вчера здесь была Рейчел. Рейчел не та женщина, в чей адрес можно отпускать шуточки.

— Я женюсь.

Габриэль замер с ложкой в руке.

— Я не ослышался?

Джулиан промолчал, лишь озадаченно поглядел на Брейва поверх кофейной чашки.

— Можешь идти, Чарлз, — обратился Брейв к слуге и развернул на коленях салфетку. Он не хотел говорить о том, в каком положении оказалась Рейчел, в присутствии слуг. Слуги болтливы, а сэру Генри не обязательно знать, что побудило Брейва сделать предложение Рейчел.

Он взял кусочек ветчины, положил сверху кусочек яичницы и отправил в рот.

— Великолепно! — воскликнул он. Друзья не сводили с него глаз. Подержав их еще какое-то время в неведении, Брейв сообщил: — Я женюсь на Рейчел Эштон сразу после оглашения.

Удовольствие, которое он получил, глядя на выражения их лиц, было несколько подпорчено чувством вины. Он женится на Рейчел Эштон.

Но он не должен был жениться. Ни на ком.

— Что побудило тебя предпринять этот шаг?

Брейв вскинул голову. На мгновение ему показалось, что он может объяснить ситуацию.

— Что заставляет тебя на ней жениться? — повторил Габриэль. — Если тебе нужна женщина, то для этого вовсе не обязательно вступать в брак.

Отодвинув тарелку, Брейв облокотился на стол.

— Думаешь, я женюсь потому, что меня одолела похоть? — Он рассмеялся бы над таким предположением, если бы мысль о Рейчел в его постели не отзывалась мучительным томлением во всем теле. Любой мужчина из плоти и крови не мог не желать Рейчел. Ее тело создано для любви, жизненная энергия бьет ключом. Быть с ней — все равно что оказаться в эпицентре урагана.

— Разве я не прав? — спросил Габриэль.

— Откровенно говоря, Гейб, — сказал Джулиан, — мне иногда кажется, что у тебя не только манеры, но и мозги как у козла.

Габриэль усмехнулся:

— Прошлый раз, насколько я помню, ты сравнивал меня с бараном.

— Ну, это из-за запаха, — сказал Джулиан, глотнув кофе. — Ты знаешь, Брейв, ни Гейб, ни я никому словом не обмолвимся о том, что прошлой ночью видели тебя с мисс Эштон. Но объясни, ради Бога, почему ты решил жениться на ней?

Рейчел не понравилось бы, узнай она, что Брейв обсуждает с друзьями ее проблемы, но Габриэлю и Джулиану Брейв мог доверить даже собственную жизнь.

— Прошлым вечером она пришла сюда, потому что ей некуда было идти. Сэр Генри избил ее.

Джулиан прищурился, Габриэль стиснул зубы. У обоих жестокое обращение с женщинами вызывало гнев.

— С ее матерью он обращается еще хуже, — продолжил Брейв. — Я обещал ей помочь обратиться в суд с целью расторжения брака.

— И, женившись на ней, ты окажешь ей не только финансовую поддержку, но и защитишь своим титулом, — добавил Джулиан.

— Именно так, — согласился Брейв, переводя взгляд с Джулиана на Габриэля. — Не стану лгать. Здесь дело не только в моем благородстве. Меня влечет к Рейчел. И я предпочту, чтобы матерью моих детей была женщина, заслуживающая моего уважения. — Он не мог заставить себя признаться друзьям, что, помогая Рейчел, надеется как-то искупить свою вину перед Мирандой. Этим он пока не был готов поделиться с ними.

— Все это весьма романтично, — заметил Джулиан.

Брейв с горечью усмехнулся:

— Я был влюблен однажды, Джулиан. Результаты оказались плачевными. Рейчел не предъявляет мне никаких особых требований. Хочу лишь, чтобы она родила мне наследника.

Габриэль вскинул бровь.

— А что, если со временем она потребует от тебя большего?

Брейв вздрогнул. Об этом он не подумал. Что, если Рейчел полюбит его, а он не сможет ей ответить взаимностью?

— Не потребует. Она согласна с условиями нашего соглашения.

— Не могу сказать, что я полностью согласен с твоим решением, Брейв, — Джулиан покачал головой, — но, если ты этого хочешь, возражать не стану.

Габриэль посмотрел на Брейва так, что тот заерзал на стуле. Казалось, он видел его насквозь. Все его страхи и надежды, таящиеся за рыцарским поступком.

— Чем мы можем помочь?

Их преданность была трогательной, пусть даже они считали, что он сошел с ума.

— Я попросил бы вас обоих сопровождать меня сегодня, когда я поеду к сэру Генри. — Он положил в рот кусочек яичницы и поморщился: яичница остыла.

— Ведь ты не собираешься просить у него позволения, не так ли? — спросил Габриэль.

— Нет, конечно, — ответил Брейв. — Хотя вряд ли он отказал бы мне.

Джулиан бросил на стол салфетку.

— Разумеется, мы поедем, раз тебе нужна наша поддержка.

— Не нужна мне поддержка, — усмехнулся Брейв, — просто вы не позволите мне его убить.

— Что заставило вас оказать мне честь своим визитом, лорд Брейвен? — спросил сэр Генри, с явной неохотой отложив книгу.

Брейв вошел в библиотеку, холодно усмехнувшись явной неприязни, звучавшей в тоне баронета. Скользнув взглядом по богатой меблировке, он представил своих друзей. Сэр Генри был одет по последней моде, пил дорогое вино, тогда как Рейчел и ее мать носили чуть ли не лохмотья.

— Я намерен обсудить с вами вопрос, весьма важный для нас обоих, сэр Генри. — Поскольку Брейву не предложили сесть, он оперся плечом о каминную полку, а Джулиан и Габриэль остались стоять у двери. Положив шляпу и перчатки на дубовую полку, Брейв посмотрел в лицо сэру Генри.

— Что же это за вопрос? — спросил сэр Генри, продолжая держать бокал с вином.

— Дело в том, что я намерен жениться на вашей падчерице.

Сэр Генри поперхнулся вином. Тонкие красные ручейки сбежали по его толстому подбородку прямо на серовато-синий жилет.

— Проклятие! — воскликнул он, вскочив с кресла, утер лицо тыльной стороной руки, отыскивая глазами что-нибудь более подходящее.

Брейв театральным жестом предложил ему носовой платок.

— Итак, что скажете?

Даже не поблагодарив, баронет выхватил у Брейва платок и вытер рот и подбородок.

— Нет! — прохрипел он. — Я хочу выслушать ваши объяснения, черт бы вас побрал! Как вам и Рейчел это пришло в голову?

Брейв не мог рассказать ему, что Рейчел приехала в Уикс-Энд избитая и окровавленная и что он предложил ей свою помощь. Баронет мог заставить Рейчел рассказать ему все, и тогда Брейву действительно пришлось бы убить сэра Генри, если бы тот попытался снова ее ударить.

— Мы с Рейчел тайно встречаемся уже некоторое время, — сказал он, подумав, что это не совсем ложь.

— Запутался в ее юбках, не так ли, Брейвен? — Баронет хохотнул и допил портвейн. — Ну что ж, я восхищен вашим чувством долга, старина, но вы вовсе не обязаны жениться на этой девчонке.

Брейв вспыхнул.

— Не понимаю, о чем вы говорите, сэр Генри.

Сэр Генри погрозил ему пальцем:

— Вы все прекрасно понимаете, Брейвен. Зачем покупать корову, если можно получить молоко бесплатно, а? Кроме того, Рейчел уже обещана другому мужчине. Человеку, который не настаивает на том, чтобы невеста была девственницей. Так что вы, можно сказать, оказали мне услугу.

Брейв с трудом сдерживал ярость. Разговор мог бы показаться абсурдным, если бы Брейв не знал Рейчел, но он знал ее и уважал и готов был измолотить баронета до полусмерти.

— Такому мужчине, как вы, нужна чистая женщина, — продолжал сэр Генри. — Но я не запрещаю вам спать с ней.

— К чему вы клоните, сэр Генри?

Баронет передернул плечами.

— Зачем вам жениться, если вы можете наслаждаться ею сколько пожелаете за некоторое вознаграждение.

Так вот оно что! Этот мерзавец решил продать ему тело Рейчел, ее невинность, а затем перепродать Чарлтону.

Сэр Генри не просто презренный мерзавец. Он ненавидит Рейчел.

Но почему?

У Брейва кружилась голова, он с трудом сдерживался, чтобы не задушить этого гада.

Ему на выручку пришел Джулиан:

— Сэр Генри, вы неправильно истолковали намерения моего друга.

— Вот как? — Баронет сердито посмотрел на него.

Джулиан улыбнулся, хотя Брейв заметил, как заиграли у него на скулах желваки. Хорошо бы Джулиан избавил его от хлопот и сам придушил сэра Генри.

— Никаких противозаконных отношений между Брейвом и вашей падчерицей не было. Она невинна.

Брейв уже взял себя в руки. Противозаконных? Он чуть не рассмеялся.

Сэр Генри хрюкнул. Свинья, она и есть свинья.

— Так он действительно хочет жениться на этой девчонке?

Джулиан кивнул.

Сэр Генри с подозрением обвел взглядом Брейва и его друзей и задиристо вздернул подбородок.

— Не уверен, хочу ли я отдать ее, — заметил он. — За женитьбу на ней мне уже предложили весьма внушительную сумму.

Брейв напрягся.

Джулиан делал все возможное, чтобы разрядить обстановку.

— Уверен, вы оба могли бы...

— Сколько? — прорычал Брейв.

Сэр Генри и Джулиан вздрогнули. Габриэль подошел к Брейву и положил ему руку на плечо.

— Ну что ж, следует учесть расходы, связанные с бракосочетанием, — начал сэр Генри, ослабив галстук и судорожно сглотнув. — И еще ей потребуется новое платье. Да и у меня появятся расходы...

— Я все оплачу, — бросил Брейв, приближаясь к сэру Генри, словно кот к жирной мыши. — Сколько вы за нее хотите?

Глаза у сэра Генри алчно блеснули.

— Десять тысяч, — заявил он, ухмыльнувшись.

Джулиан охнул. Брейв кивнул:

— Согласен. Я прикажу своему поверенному составить соглашение. — Он взглянул на баронета. — Надеюсь, вы понимаете, что никогда больше не получите от меня ни гроша?

На лице сэра Генри отразилось разочарование, но оно тут же уступило место жажде быстрого обогащения.

— Да, да. Конечно.

Брейв прищурился:

— Учтите, что, если с Рейчел или ее матерью что-нибудь случится до брачной церемонии, я буду считать соглашение расторгнутым.

— Что с ней может случиться?

Брейв пожал плечами:

— Мало ли что. Несчастный случай. Кто-нибудь из них может упасть с лестницы, наткнуться на дверь. Вы знаете, как неосторожны бывают женщины? — Он приподнял бровь.

Сэр Генри побагровел.

— Мне ли не знать этого, лорд Брейвен?

— Вот и хорошо. Теперь, когда я убедился, что моя будущая графиня в надежных руках, я пожелаю вам всего хорошего. Идемте, друзья.

Габриэль и Джулиан откланялись. Брейв кланяться не стал. Лишь повернулся на каблуках, испытав радость, что покидает логово этого чудовища.

— Надеюсь, вы понимаете, во что ввязываетесь, Брейвен, — крикнул ему вслед сэр Генри. — Впрочем, девочке будет лучше под вашей крышей, чем под моей.

Брейв обернулся и ответил с ледяной улыбкой:

— Совершенно с вами согласен, сэр Генри.

Глава 7

— Какая же ты красивая!

Взглянув в зеркало, Рейчел посмотрела на отражение матери, которая радостно улыбалась, а потом на себя.

Она и в самом деле хорошо выглядела, но назвать ее красивой было сильным преувеличением.

Энни искусно уложила ее волосы в высокую прическу. Слегка припудрила носик, затем ложбинку между грудями, и кожа приобрела перламутровый оттенок. Пудра более темного оттенка помогла замаскировать покраснение на щеке. След от удара все еще был заметен. Энни проделала отличную работу, чтобы скрыть это. Ресницы она чуть подкрасила, на разбитые губы нанесла помаду нежного розового оттенка.

Где-то после полудня слуга доставил семейные сапфиры Уичерли. Тяжелую дубовую шкатулку сопровождала короткая записка от Брейва, где он выражал уверенность в том, что блеск драгоценных камней сопоставим с блеском ее глаз. Открыв шкатулку, Рейчел охнула. Никогда в жизни она не видела такого количества драгоценных камней. Она вздохнула, когда холодное колье в платиновой оправе прикоснулось к коже. Тяжелые сережки оттягивали мочки ушей и свисали вниз, и ей хотелось повернуть голову, чтобы полюбоваться их блеском.

Миссис Форд позаботилась о том, чтобы ее вечернее платье было готово вовремя. Они с Белиндой оказались правы в выборе цвета. Сочный ярко-синий цвет шелка оттенял ее глаза, а кожа ее по контрасту казалась алебастрово-белой. Из зеркала на Рейчел смотрела элегантная незнакомка.

Покажется ли она красивой Брейву? Девушка с надеждой взглянула на свое отражение. Мужчину, который придает большое значение глазам, ее внешность не оставит равнодушной. После того как он сделал ей предложение, она видела его всего раз — в церкви, в то утро, когда состоялось первое оглашение. Как только были названы их имена, присутствующие уставились на них и стали перешептываться. Рейчел покраснела до корней волос под любопытными взглядами. Но Брейв улыбался ей своей полуулыбкой и смотрел на нее так, будто их брак не был фиктивным. И это приободрило Рейчел, придало ей сил.

— Со стороны графа было весьма предусмотрительно послать тебе эти драгоценности, — сказала Мэрион, оглаживая перед бархатного шоколадно-коричневого платья. Она выглядела великолепно и напоминала ту маму, которую Рейчел помнила с детства.

Рейчел пожала плечами. Ей не верилось, что Брейв небезразличен к ее чувствам. Она не удивилась бы, если бы ее внешний вид произвел на него впечатление. Но нельзя допускать и мысли, что она ему небезразлична, поскольку причины его женитьбы на ней очевидны. Пусть даже он считает, что ее глаза сияют ярче сапфиров.

— Согласна, это очень мило с его стороны, но может сложиться впечатление, будто мы вступили в брак по любви. — По правде говоря, Рейчел все чаще забывала о том, что это не так.

Мэрион как-то странно взглянула на нее и отвела взгляд.

— А если бы ты влюбилась? — спросила она. — Что в этом плохого?

— Это было бы ужасно, потому что Брейв меня не любит. — Рейчел подошла к матери.

— А если бы любил? — спросила Мэрион. Лицо ее выражало надежду, как у ребенка, который настойчиво утверждает, что единорог существует.

Рейчел печально улыбнулась:

— Это не имеет значения. Кто в таком случае будет заботиться о тебе? Этот брак затеян с единственной целью: освободить тебя от сэра Генри. А как я смогу это сделать, если буду жить в миле от тебя?

— Неужели я настолько слаба и хрупка, что нуждаюсь в опеке?

— Мама...

— Не пытайся уговорить меня, будто я ребенок, а ты — мамаша. — Мэрион подошла к окну и стала смотреть в него.

— Я не это имела в виду.

Мать резко повернулась к ней.

— Я и так чувствую себя виноватой, а теперь еще оказывается, что мешаю тебе устроить свою жизнь. Если потребуется, я пройду через скандальный бракоразводный процесс, но не допущу, чтобы ради меня ты жертвовала собой.

Рейчел улыбнулась.

— Я знаю, мама, — успокоила она мать, понимая, однако, что никогда не сможет жить своей жизнью, пока не будет уверена, что мать свободна от сэра Генри.

Но прежде чем Мэрион ответила, дверь спальни с грохотом распахнулась и на пороге появился сэр Генри. Рейчел, заслонив мать, с вызовом посмотрела ему в глаза.

— Я так и знал, что найду вас здесь, — пророкотал он, оглядев обеих с головы до ног. — Если вы не спуститесь вниз через две минуты, мы опоздаем!

Прихватив свои шали и ридикюли, Рейчел с матерью направились к двери. Рейчел подвела Мэрион к мужу. Насмешливо и в то же время презрительно окинув отчима взглядом, Рейчел сухо заметила:

— Весьма колоритное одеяние.

Он раздулся от гордости как индюк.

— Да, костюм великолепный, ты не находишь?

— Да уж.

Несмотря на скряжничество, когда дело касалось расходов на семью, сэр Генри был весьма щедр по отношению к себе самому. Заказывал костюмы у лучшего портного, фасоны выбирал, не считаясь с возрастом. Галстук у него был завязан сложным узлом, уголки воротника сорочки упирались в щеки и были так туго накрахмалены, что он едва мог повернуть голову. Пиджак был из темно-синего бархата, жилет в зеленую и серебряную полоску. Панталоны светло-горчичного цвета так плотно облегали нижнюю часть тела, что Рейчел содрогнулась, подумав, что кое-что было бы лучше скрыть от посторонних глаз.

— Ну что ж, не будем заставлять графа и его гостей нас ждать, — сказала Мэрион, взяв мужа под руку.

— Минутку, — сказал сэр Генри, сбросив ее руку. — Мне нужно кое-что сказать Рейчел.

Мэрион перевела настороженный взгляд с сэра Генри на дочь.

— Мы спустимся через минуту. — Рейчел ободряюще улыбнулась матери.

Чуть помедлив, Мэрион повернулась и вышла из комнаты. Сэр Генри закрыл за ней дверь.

— Что вам нужно, сэр Генри? — Рейчел скрестила на груди руки. — Полагаю, это не будет трогательным разговором отца с дочерью?

Он погрозил ей пальцем:

— Твой острый язычок доведет тебя когда-нибудь до беды, мисси.

Рейчел пожала плечами:

— Только не сегодня. Так что вам нужно?

Сэр Генри поправил жилет и даже не взглянул на падчерицу.

— Ты должна быть примерной женой, — сказал он, поправляя манжеты. — Лорд Брейвен заплатил за тебя кучу денег.

Рейчел словно окатили ушатом ледяной воды.

— Что-о?

Отчим наконец взглянул на нее.

— Неужели ты думаешь, что я отпустил бы тебя бесплатно?

Рейчел ушам своим не верила. Значит, Брейв заплатил за нее? Чарлтон всегда был бы готов ссудить сэра Генри деньгами, тогда как Брейв не станет потворствовать жадности отчима. Поэтому сэр Генри воспользовался случаем, чтобы содрать с графа кругленькую сумму. Как она расплатится с Брейвом за его доброту? Ведь у нее ничего нет.

— В устах некоторых отцов такое заявление могло бы показаться даже трогательным, но не в устах такого жадного мерзавца, как вы.

Сэр Генри побагровел, ноздри у него раздулись. Он замахнулся на нее.

— Ах ты, неблагодарная маленькая сучка! — воскликнул он, но тут же отпрянул и опустил кулак.

— Сколько он вам заплатил?

Сэр Генри с ненавистью взглянул на нее.

— Могу с уверенностью сказать, гораздо больше, чем ты стоишь.

Рейчел лукаво улыбнулась:

— Так мало? — Она шагнула к отчиму. — Вы всегда ненавидели меня, сэр Генри?

Он нисколько не удивился ее вопросу. Судя по выражению ее лица, он понимал, что она знает ответ.

— Да, — хрипло ответил он. — Я думал, это пройдет, но ты была живым напоминанием о своем отце. Твоя мать без конца говорила о том, как ты похожа на него. Она любила тебя, как никогда не любила меня, и все потому, что ты была его дочерью. — В его глазах Рейчел увидела такую ненависть, что даже испугалась. Руки его сжались в кулаки. — Она не могла любить меня, когда ты была рядом и напоминала ей о нем. Когда тебя здесь не будет, она снова полюбит меня. — Это звучало как предостережение.

Возможно, Рейчел посочувствовала бы ему, не преврати он жизнь матери в сущий ад. Рейчел покачала головой:

— Она никогда не полюбит вас, сэр Генри. Это чувство вы из нее выбили.

Он побелел как полотно.

— Я заставлю ее полюбить себя, — упрямо заявил он. — Пусть даже это убьет меня.

Рейчел пошла мимо него к двери и, оглянувшись, сказала:

— Если бы такое случилось, наша жизнь изменилась бы к лучшему.

— Не передумал? — пророкотал Габриэль.

Брейв потер руки. Сэр Генри с таким энтузиазмом поздравлял его, что едва не сломал пальцы.

— А тебе хотелось бы, чтобы я передумал, Гейб? — с улыбкой спросил граф.

— Я бы не так тревожился, — ответил Габриэль. — Силы небесные, Брейв, ты женишься, а ведешь себя так, словно это для тебя ничего не значит.

Брейв понял это еще в церкви, когда состоялось первое оглашение. Все эти любопытные взгляды, от которых Рейчел краснела, и шепоток вызывали у Брейва желание обнять свою невесту и защитить ее от всех тех, кто смеет относиться к ней непочтительно. Она и без того страдала, придя в церковь с опухшей щекой и разбитой губой. Нельзя допустить, чтобы к физической травме добавилась еще и психологическая.

Брейв потащил друга в укромный уголок на лестничной площадке. Когда дом строился, бальный зал не был предусмотрен, и отец Брейва устроил его, объединив несколько комнат на цокольном этаже. С того места, где они стояли, можно было наблюдать за гостями, прогуливающимися по главному холлу, и ждать прибытия Рейчел, не попадая в поле зрения остальных.

Слуги превзошли самих себя, готовясь к торжеству. Всеми силами они старались показать, как рады его женитьбе.

Брейв также был тронут тем, что Габриэль и Джулиан изменили свои планы, чтобы присутствовать на празднике. Отложили поездку в поместье Джулиана, решив вернуться в Йоркшир и поохотиться после дня рождения Летиции. Предполагалось, что они задержатся в Уикс-Энде до дня бракосочетания.

— Я сознаю последствия моей женитьбы, дружище, — сказал Брейв, когда они с Габриэлем оказались в укромном уголке. — Сэр Генри не сможет больше поднять руку ни на Рейчел, ни на ее матушку. Разве одного этого мало?

— Но является ли этот благородный поступок подлинной целью твоей женитьбы на ней? — спросил Габриэль.

Несмотря на участившееся сердцебиение, Брейв не дрогнув встретил проницательный взгляд друга.

— Сколько времени прошло с тех пор, как ты спал с женщиной? — продолжил Габриэль. — Восемнадцать месяцев?

— Немного больше, — краснея, ответил Брейв.

— У тебя благородная цель, друг мой, но скажи по чести, разве ты не представлял себе Рейчел в своей постели?

— Нет, — хрипло прошептал Брейв. В постели он пока ее не представлял. Зато представлял на полу, у стены, даже в грязи на дороге.

Он мысленно впивался пальцами в ее мягкую плоть, ощущал вкус пота на ее коже, раз за разом вторгаясь в ее тело, пока оба не доходили до экстаза. Однако подобные фантазии лишь будоражили его. Мысль о том, что он скоро будет обладать ею, лишь усиливала вожделение.

— Ты лжешь.

— Не твое дело, — огрызнулся Брейв.

— Понятно, — бросил Габриэль. — Видимо, я переступил границы дозволенного. Прошу прощения.

Последовало напряженное молчание. Брейв смотрел куда-то вдаль, Габриэль разглядывал носок своего ботинка.

— Но это не смешно, Гейб. Из-за чего мы спорим?

— Я обвиняю тебя в том, что ты равнодушно относишься к своему браку. Но теперь я понял, что ты не так равнодушен, как я думал. Скорее наоборот.

Невесело усмехнувшись, Брейв встретился с ним взглядом.

— Поверь, я небезразличен к прелестям Рейчел, но отдаю себе отчет в своих поступках. Чтобы снова все не испортить.

— Друг мой, ты часто брал на себя больше ответственности, чем следовало, винил себя в том, чего не совершал, но когда брался за что-нибудь, доводил дело до конца. И никогда ничего не портил. Только улучшал.

Брейв улыбнулся:

— Хотелось бы думать, что ты прав.

— Я почти всегда прав.

Их внимание привлекла суета у входа. Прибыли новые гости. Сердце Брейва учащенно забилось. Приехала Рейчел.

Сэр Генри и Мэрион уже поднимались по лестнице. Сэр Генри был одет как денди, мать Рейчел неброско, но элегантно. Брейв заметил сходство матери с дочерью.

Следом за ними шла, держась за перила, Рейчел. Видно было, что она нервничает.

Брейв радовался, что окружающая его полутьма позволяет ему насладиться ее видом, оставаясь незамеченным. Она наверняка удивилась бы, заметив, что он не сводит с нее глаз, словно влюбленный школьник.

Как же она красива! Ее обнаженные плечи словно вырезаны из слоновой кости, цвет волос напоминает самый светлый оттенок золота. Глаза кажутся бездонными.

Платье сидело на ней безукоризненно, подчеркивая каждый изгиб фигуры, но не выставляя напоказ ее соблазнительные формы. Цвет идеально подходил ей, почти соответствуя цвету драгоценных камней на шее. Из глубокого, в соответствии с модой, декольте виднелась верхняя часть груди, приподнятой высоким корсажем. Узкая юбка была длинной, ниже щиколоток. С того места, где Брейв стоял, ему была видна линия бедер и чуть округленный живот.

— Ради Бога, не забывай дышать, старина! — шепнул ему на ухо Габриэль.

Брейв вздохнул. Он даже не заметил, что затаил дыхание, наблюдая за тем, как поднимается по лестнице невеста.

— Ты когда-нибудь видел более красивую женщину? — спросил Брейв, выходя из тени.

— Очень хорошенькая девушка, — произнес Габриэль.

— Считаешь, что я преувеличиваю? — нахмурившись, спросил Брейв.

Габриэль покачал головой:

— Не сомневаюсь, ты видишь ее именно такой, самой красивой на свете.

Пожав плечами, Брейв шагнул ей навстречу.

— У каждого свой идеал красоты, — сказал он.

— Кто бы сомневался, — сказал в ответ Габриэль, следуя за другом. На его лбу залегла морщина: что-то его явно беспокоило.

— Добрый вечер, сэр Генри, леди Мэрион.

Рейчел замерла, когда из тени вышел Брейв, чтобы приветствовать их. Она так старалась не наступить на подол собственного платья, что не заметила его.

Разве существовал на свете мужчина красивее, чем он? Высокий, длинноногий, широкоплечий, с узкими бедрами, он выглядел идеальным натурщиком для скульптора, ваявшего греческих богов. Только черный фрак, такой же, как у большинства людей его положения, выдавал в нем простого смертного. Но и здесь Рейчел была уверена, что ни на одном из присутствующих мужчин фрак не сидел так безупречно, как на нем.

В его шоколадно-карих глазах не было обычной сдержанности: они горели так, что Рейчел затрепетала в предвкушении.

— Добрый вечер, Рейчел. — Бархатные, баритональные нотки его голоса тоже вводили в искушение, как и его взгляд.

Рейчел умудрилась улыбнуться.

— Добрый вечер, милорд.

— Вы позволите? — Он предложил ей руку.

Их разделяло множество слоев ткани, однако Рейчел могла поклясться, что чувствовала жар и твердые мускулы его предплечья под своей ладонью. Интересно, что бы она почувствовала, будь они без одежды?

Рейчел вспыхнула и взглянула на жениха, надеясь, что он не догадался, какое греховное направление приняли ее мысли.

А Брейв? Боже милосердный, он буквально пожирал ее глазами! Рейчел бросило в дрожь, соски напряглись, она ощутила пульсацию где-то между ног, однако столь бурная реакция ее нисколько не смутила. Что греха таить! Она хотела Брейва и, как ни старалась, не могла не думать о предстоящей ночи. Она хотела его, и обманывать себя на этот счет не было никакого смысла.

Едва они появились в зале, как грянул гром аплодисментов и раздались приветственные возгласы. Рейчел увидела знакомые улыбающиеся лица.

Брейв не поскупился на расходы. Бальный зал буквально утопал в цветах. Стены и потолок были задрапированы шелком, лакеи в ливреях обносили гостей шампанским.

Рейчел утратила дар речи. Никогда в жизни она не видела такого великолепия.

Заиграл оркестр.

— Могу ли я удостоиться чести станцевать с вами? — Брейв окинул ее затуманившимся взглядом, и она утонула в бездонной глубине его глаз.

Что, если он почувствует сквозь перчатку, как взмокла ее ладонь? А интуиция подскажет ему, что в этом виноват огонь, вспыхнувший где-то внизу ее живота?

Было в этом мужчине нечто такое, что заставило Рейчел забыть обо всем, чему ее учили. В это мгновение она готова была забыть даже о матери, лишь бы почувствовать его пальцы на своем обнаженном теле.

Он увлек ее в центр зала. Все взгляды были прикованы к ним. Заметил ли кто-нибудь, что она вздрогнула, когда Брейв провел рукой по ее спине?

— Рейчел, — прошептал Брейв, прижав ее к себе так, что она ощутила жар его бедер сквозь прохладный шелк платья. — Ты самая красивая из всех присутствующих здесь женщин. Я говорю это не потому, что ты моя невеста, так что не обвиняй меня в лести.

Он улыбнулся, поддразнивая ее. Улыбка его была заразительна, и Рейчел улыбнулась в ответ.

— Спасибо, Брейв. Позволь мне, в свою очередь, сказать, что ты самый красивый и элегантный джентльмен в этом зале.

Брейв вскинул бровь.

— Разумеется, не считая сэра Генри.

Рейчел рассмеялась:

— С сэром Генри никто не может сравниться. — Улыбка исчезла с ее лица. — Я слышала, это тебя следует благодарить за деньги на приобретение его очередного шикарного костюма?

Брейв не стал отрицать. Рейчел было приятно, что Брейв заплатил сэру Генри огромные деньги, лишь бы тот согласился на их брак. К тому же он помог ей освободить мать. А сам получил взамен ничем не примечательную жену.

— Сэр Генри заявил, что не отдаст тебя, не получив выкупа.

«Сукин сын».

— Сколько ты ему дал?

Брейв отвел взгляд.

— Это тебя не касается.

Рейчел возмутилась:

— Еще как касается!

— А если я не скажу, ты топнешь ножкой и надуешь губки? — явно забавляясь, спросил Брейв.

— Вполне возможно.

— В таком случае обсудим этот вопрос, только не здесь. И не сегодня. Потому что мне придется надеть для этого пару грубых сапог.

— Как я смогу отблагодарить тебя за доброту? — спросила Рейчел, зная, что это невозможно.

— С меня достаточно и того, что я помог тебе освободиться из-под власти сэра Генри, — ответил он. — Не говоря уже о том, что я тоже извлек из этого кое-какую выгоду.

Брейв взглянул на нее, и она увидела в его глазах нежность, которой прежде не замечала.

— Должен признаться, Рейчел, что, делая предложение, я думал только о тебе. Я не мог оставаться в стороне, зная, что сэр Генри собирается выдать тебя замуж за такого негодяя, как Чарлтон.

Брейв почти не знал ее, но они были крепко связаны друг с другом. Движимая какой-то неведомой силой, Рейчел в отчаянии пошла к нему, и он не отказал. Сделал все, что в его силах.

— Я знаю, ты очень гордая, — продолжал он. — И у меня нет слов, чтобы выразить, как много для меня значит, что ты приняла мою помощь.

Рейчел молча смотрела на него. Он позволил ей заглянуть в свой внутренний мир, почувствовать терзавшую его боль. Когда-то жизнь жестоко обошлась с Брейвом. Ни одна женщина не смогла бы устоять и не прикоснуться к сердцу мужчины, когда оно обнажено перед ней.

Если она не проявит осторожности, то может отдать ему свое сердце. Быть может, это будет достойной платой за все, что он для нее сделал?

Но вернет ли она когда-нибудь свое сердце обратно?

Куда, черт возьми, она подевалась?

Раздраженный и немного встревоженный, Брейв пересек зал в направлении балконной двери. Заглянув во все мыслимые места в поисках своей невесты, он ее не нашел. Когда он видел ее последний раз, она танцевала с Габриэлем, но это было не менее получаса назад. Может, она забыла, что обещала ему следующий вальс?

Выйдя на балкон, он с удивлением подумал, почему сразу не пошел сюда. Дул прохладный ветерок, воздух был чистым и прозрачным.

Облокотившись о мраморную балюстраду, Брейв закрыл глаза, чувствуя, как ветерок осушает испарину, выступившую у него на лбу. После напряжения, которое Брейв испытал, ему просто необходима была передышка.

Жаль, что рядом не было Рейчел. Холодный воздух не позволил бы разгореться пламени, которое охватило его, когда он заглянул в ее фиалково-синие глаза. Он мог бы поклясться, что она смотрела на него с таким же вожделением, как и он на нее. Ему даже показалось, что ее соски затвердели под тонким шелком платья.

Почувствовав напряжение в паху, Брейв сделал глубокий вдох. Лучше не думать об этом. Не вспоминать, какое искушение он испытал, когда его руки в танце скользнули к ее ягодицам и он прижался к ее соблазнительному телу.

— Разве мы не собирались танцевать следующий танец? — В голосе Рейчел он уловил нотки возмущения. Как у разгневанной любовницы. И у Брейва почему-то потеплело на душе. Он и сам не знал почему. Да и не хотел знать.

— Собирались, — ответил он, — но я не мог тебя найти.

— Конечно, не мог, потому что я была внутри, а ты гулял здесь, пренебрегая своими обязанностями хозяина. — Она явно поддразнивала его, о чем говорила ее лукавая улыбка. В лунном свете Рейчел походила на королеву из волшебной сказки, и ее неземная красота вызывала у него благоговейный трепет.

— Сюда доносится музыка, — сказала она. — Может, потанцуем на свежем воздухе?

— А может, лучше вернуться в зал? — сказал он, полагая, что не стоит танцевать с ней в темноте. Можно потерять над собой контроль. — Тебе, должно быть, холодно.

Она взяла его руку, положила себе на талию, потом подошла ближе и взяла его за другую руку, встав в позицию для вальса.

— Я согреюсь в танце, — улыбнулась она.

Он приподнял бровь.

— Может быть, ты и поведешь меня?

Она рассмеялась, запрокинув голову и открыв его пылкому взгляду стройную шею и округлости грудей над вырезом платья. Он с трудом подавил желание прижаться к ее губам.

— Покружи меня, — попросила она.

Он выполнил ее желание.

— Сколько ты выпила?

Рейчел, споткнувшись, остановилась.

— Думаю, много.

— Может быть, тебе лучше сесть? — спросил он, с беспокойством глядя на нее.

Она подошла еще ближе и вцепилась в его плечо.

— Ты обещал мне танец.

Будь на ее месте другая женщина, Брейв усадил бы ее в ближайшее кресло, чтобы она пришла в себя, но перед ним стояла Рейчел, и ощущение ее тела, прижатого к его телу, одурманивало и было опасным.

Надо либо танцевать с ней, либо заняться с ней любовью, и Брейв стал танцевать.

Рейчел то и дело спрашивала, как сможет отблагодарить его. А как он сможет ее отблагодарить? Ведь благодаря Рейчел жизнь его обрела смысл. Он постепенно становился таким, каким был прежде. Становился самим собой. Этого не мог добиться даже Фелпс, со всеми его теориями и книгами.

Брейв круто повернул ее, и она споткнулась. Опасаясь, как бы Рейчел не подвернула ногу, Брейв приподнял ее так, что она упала на него всем телом. Когда он снова поставил ее на ноги, она как-то странно на него посмотрела.

— Ты всегда спасаешь меня, — сказала она и вздохнула. Или ему это только показалось?

Брейв усмехнулся. Завтра утром ее будет мучить похмелье.

— Пожалуй, так оно и есть.

Рейчел кивнула.

— Ты похож на странствующего рыцаря.

— Вот как? — удивился он, едва не фыркнув.

— Да. Думаю, тебе нравится меня спасать, — заявила Рейчел. В ее глазах играли озорные огоньки.

Знала ли она, как дразнят его ее глаза? Понимала ли, что он ощущает каждый дюйм ее соблазнительного тела сквозь тонкий шелк платья? Чувствовала ли, как напряглось его естество?

— Ну что ж, я действительно предпочитаю спасти тебя, чем не спасти, Рейчел, — сказал Брейв. Чтобы сохранять способность здраво мыслить, он попытался отстраниться и держаться от нее на почтительном расстоянии.

Она потянулась за ним следом, и близость ее тела продолжала сводить его с ума.

— Часто ли женщины обращались к вам с просьбой спасти их, милорд?

— Иногда такое случалось, — признался Брейв. Бриджи явно стали ему тесны.

— И ты всех их спасал?

Брейв уловил легкую дрожь в ее голосе. Несмотря на их договоренность, ей все-таки хотелось чувствовать себя особенной, не такой, как все. Брейв не мог не признать, что еще ни одну женщину он не хотел так, как Рейчел.

— Не всех, конечно. — Не станет он вспоминать о Миранде. Портить очарование этого момента.

— А что ты надеялся получить от тех, кого не спас?

Брейв пристально посмотрел на нее. Она выглядела такой неуверенной и такой беззащитной. Рейчел заслуживала полного доверия.

— Я надеялся, что одна из них, возможно, спасет меня, — ответил он.

Взгляды их встретились. Она прикоснулась к его щеке. Он вздрогнул.

— Научи меня, как это сделать.

У него замерло сердце. Она поняла. Конечно, поняла, ведь она долгие годы пыталась спасти свою мать.

Он в отчаянии привлек Рейчел к себе.

Похоже, у них входит в привычку целоваться на балконе, подумал Брейв, прикасаясь губами к ее губам. Она раскрыла губы, с готовностью впуская его язык, который немедленно принялся исследовать укромные уголки ее рта. Он ощутил вкус шампанского, черной икры и жизни. И никак не мог насытиться ею.

Ее язык встретился с его языком, причем не с девичьей робостью, а с женской уверенностью, отвечая лаской на ласку. Она обвила руками его шею, прильнула к нему.

И Брейв с особой силой почувствовал, что в этой женщине его спасение.

Глава 8

— Объявляю вас мужем и женой.

Холодное прикосновение губ Брейва к ее губам было ни капельки не похоже на то, что почувствовала Рейчел на балконе в ночь празднования их помолвки. И уж конечно, этот напряженный бесстрастный поцелуй не шел ни в какое сравнение с пламенным поцелуем, который рисовался ей в мечтах в течение последних двух недель.

Она, конечно, понимала, что он едва ли мог засунуть язык ей в рот на глазах у половины населения деревни, но разве нельзя было проявить хотя бы немного теплоты? Не было и намека на то, что он помнит их поцелуй в ту ночь. Видимо, он его забыл.

Или хотел забыть.

Может быть, он сожалел о том поцелуе? Но он сам сказал, что хочет, чтобы их брак был настоящим, сказал, что хочет наследника. И доказал ей, что она ему небезразлична.

Рейчел взглянула на него, но в его потемневших глазах не увидела ни страсти, ни воспоминаний. А ведь Брейв говорил, что его к ней влечет.

Разумеется, такой поцелуй не положит конец слухам о том, что его хитростью заставили жениться на ней. Она знала: в деревне считали, что Рейчел ему не пара. Ведь Брейв — граф.

Но она не должна придавать этому значения. Она заключила с Брейвом соглашение не для того, чтобы заполучить любящего мужа, а ради спасения матери. И этому ничто не должно помешать.

В дальнейшем надо вести себя осторожнее. Не давать воли чувствам. Иначе не миновать беды. Рейчел все понимала, но, когда Брейв был рядом, ничего не могла с собой поделать.

Она больше не позволит себе таких полетов фантазии. Что бы ни произошло между ними. Их брак основан на взаимной выгоде. И если бы Рейчел не побежала к Брейву домой, они не оказались бы сейчас в таком положении.

Но она не сожалела об этом. Ведь появилась возможность освободить мать от сэра Генри.

Когда они возвращались, Рейчел смотрела прямо перед собой.

— Тебе нездоровится?

— Все хорошо, спасибо. — Рейчел густо покраснела.

Когда они вышли из церкви, высоко в небе сияло солнце, но воздух уже был прохладным. Брейв усадил Рейчел в открытую карету, где заранее были приготовлены толстые шерстяные пледы, чтобы они могли закутаться.

Рейчел рассеянно улыбнулась тем, кто их поздравлял, а Брейв, в синем фраке и бриджах цвета слоновой кости, бросал в толпу пригоршни серебряных монет, улыбался и шутил. Однако взгляд у него оставался серьезным. Что же с ним случилось? Почему в глазах у него печаль? Она боялась, что влюбится в него, а сердце у него, судя по всему, было несвободно.

Наконец он плюхнулся на сиденье рядом с ней, торопливо укутал их пледами, и карета покатила по длинной аллее, которая вела в Уикс-Энд.

— Ну, дело сделано, — бодро заметил Брейв. — Осталось лишь пережить завтрак, и можно будет расслабиться.

— Извини, что причинила тебе беспокойство, — промолвила она не без сарказма.

Он повернулся к ней, прищурившись от солнца.

— С чего ты взяла, что причинила мне беспокойство? — спросил он, и, заметив, что Рейчел удивленно приподняла бровь, фыркнул. — Не могу сказать, что я в восторге от всех этих формальностей, но ты никакого беспокойства мне не причинила. — Он легонько сжал ее руку.

К завтраку в Уикс-Энд прибыло множество гостей, и праздничное застолье затянулось на несколько часов. Даже слуги присоединились к поздравлениям, и Рейчел была тронута их добрым отношением к ней.

В душе Рейчел снова затеплилась надежда.

Наконец, устав от еды и разговоров, Рейчел незаметно улизнула из банкетного зала, укрывшись в двухэтажной библиотеке.

Закрыв за собой тяжелую дверь, не пропускавшую звуки, Рейчел пересекла комнату по синему, с золотистым орнаментом, ковру и подошла к окну. У нее вырвался вздох облегчения. Она не привыкла так долго находиться в обществе, не только потому, что сэр Генри был скрягой, а еще и потому, что видела в глазах многих жалость, а иногда и осуждение.

Из окна открывался великолепный пейзаж. Газон, полого спускавшийся от дома, был еще зелен, несмотря на осень, и по нему бродили с полдюжины уток. Через речку Уик был переброшен каменный мостик. В этом месте река была совсем не похожа на ту, в которой она недавно едва не утонула, здесь ее спокойная янтарно-синяя поверхность покрывалась рябью, лишь когда ее задевала крылом птица или появлялась рыба. Дальше виднелись деревья с ярко окрашенной листвой и пологие холмы, на которых паслись овцы.

Рейчел стала хозяйкой всего этого великолепия. Теперь она сможет в свое удовольствие бродить по дому, а также по всей территории, где так любила гулять в детстве. Она улыбнулась, возблагодарив судьбу, которая швырнула ее в реку в тот вечер, когда она встретилась с Брейвом.

Не случись этого, неизвестно, что сталось бы с ней? Может быть, ее не было бы в живых? Или она была бы замужем за виконтом Чарлтоном?

Не важно, что Брейвен не испытывает к ней такого же влечения, как она к нему. Она обязана ему жизнью, а он пока не попросил у нее взамен ничего, кроме детей. Любая женщина на ее месте была бы счастлива.

— Я заметила, как ты проскользнула сюда.

Услышав голос матери, Рейчел, не поворачивая головы, улыбнулась.

— У меня от шума разболелась голова, — объяснила Рейчел, глядя на овец на дальних холмах. — Надеюсь, этот вид избавит меня от головной боли.

— Вид чудесный, — согласилась Мэрион, подойдя к дочери. — Тебе очень повезло.

— Тебе тоже, — сказала Рейчел. — Скоро убедишься в этом.

Искоса взглянув на дочь, мать покраснела.

— Мне достаточно того, что ты счастлива. Возможно, что моя семейная жизнь тоже изменится к лучшему.

Рейчел с ужасом уставилась на нее.

— Что ты хочешь этим сказать, мама? — Мэрион еще сильнее покраснела. — Я что-то не заметила, чтобы служанки готовили для тебя комнату. Надеюсь, ты погостишь у нас? — продолжала Рейчел. Было решено, что Мэрион останется у них столько, сколько сможет, а если повезет, то до начала бракоразводного процесса.

Мэрион вздернула подбородок, но смотрела по-прежнему в сторону.

— Сэр Генри считает ребячеством твое желание, чтобы мать находилась рядом в твою первую брачную ночь. Он сказал, что никому не будет вреда, если мы поживем несколько дней отдельно друг от друга, тем более что потом я смогла бы приехать в гости.

— И ты согласилась? — Рейчел резко отвернулась к окну, только на сей раз ей хотелось стукнуть по стеклу кулаком или головой. Но она лишь прижала к вискам руки, чтобы унять пульсирующую боль.

— Он рассуждает очень разумно, — объяснила мать. — Он просто хочет, чтобы мы некоторое время побыли отдельно друг от друга. — Нежная рука опустилась на плечо Рейчел. — Видишь ли, я действительно верю, что он пытается измениться.

— Измениться? — Рейчел изо всех сил ударила ладонью по оконному переплету.

Мэрион побледнела и отпрянула назад.

— Да он убьет тебя! — воскликнула Рейчел. — И ты позволишь ему это сделать! — Пропади все пропадом. Она теперь не сможет остановить его.

— Нет, — сказала Мэрион. — Он обещал, что теперь все будет по-другому. — Говоря это, она по-прежнему отводила глаза.

— Что? Теперь, когда меня там не будет? — Рейчел всплеснула руками. — Да никто не помешает ему сделать с тобой все, что угодно.

Мэрион в отчаянии заломила руки.

— Вы никогда не любили друг друга. Возможно, теперь, когда ты уехала из дома, все наладится?

Рейчел не верилось, что ее разумная мать несет такую чушь. Неужели она и впрямь верила тому, что говорила? А что, если верила? Попытка убедить ее в том, что сэр Генри хочет причинить ей зло, может привести к совершенно противоположному результату.

Вздохнув, Рейчел взяла себя в руки и постаралась говорить спокойным тоном.

— Обещай, что переедешь к нам, если он хотя бы повысит на тебя голос. — Мать кивнула. — А теперь тебе лучше вернуться к гостям. — Рейчел показала взглядом в сторону двери. Головная боль возобновилась с удвоенной силой. — Сэр Генри, несомненно, уже заметил твое отсутствие.

Мать обняла ее за плечи, и Рейчел ощутила аромат жасмина и роз. Рейчел закусила губу, с трудом сдерживая слезы. Она слишком хорошо знала своего отчима, чтобы поверить, будто он способен так быстро измениться. И если сэр Генри не причинит ее матери сильных телесных повреждений, Рейчел не удастся забрать мать из его дома. Закон будет на его стороне.

— Обещаю приехать к тебе через несколько дней, — с улыбкой промолвила Мэрион и открыла дверь.

Рейчел лишь кивнула в ответ, грустно улыбнувшись, и мать выскользнула из библиотеки.

Снова оставшись одна, Рейчел опустилась в кресло и приложила руку ко лбу. Все ее планы рушатся. Что подумает Брейв, когда узнает, что ее мать возвратилась домой с сэром Генри? Он может подумать, что Рейчел обманным путем заставила его жениться на себе, как об этом болтали сплетники. Нет, он поймет, что сэр Генри обвел мать вокруг пальца.

Что, если ее мать решит остаться с сэром Генри? Брейв прогонит ее? Но Рейчел ни за что не вернется в Талливуд! Возможно, Брейв потребует, чтобы она осталась и выполнила свою часть условий их сделки? Или же даст ей денег, чтобы она смогла уехать в Лондон и работать до конца дней своих в какой-нибудь швейной мастерской, пока не сотрет в кровь пальцы.

Ей не хотелось даже думать об этом.

Рейчел откинулась в кресле и, закрыв глаза, стала размышлять о том, почему он поцеловал ее на вечеринке, посвященной их помолвке. Она вновь и вновь вспоминала нежное прикосновение его губ к своим губам, пока головная боль не отступила.

И не заметила, как заснула.

Когда Брейв нашел ее, она лежала, свернувшись калачиком, в любимом кресле его отца. На губах ее блуждала счастливая улыбка.

«Интересно, чему она радуется? — подумал Брейв. Ему не хотелось ее будить. — Наверняка не тому, что ее матушка уехала с сэром Генри».

Гости уже разошлись. Мэрион сразу же сообщила ему, что у его супруги — супруги! — разболелась голова.

Джулиан и Габриэль ушли последними, пообещав вернуться после поездки в Лондон. Брейв сожалел о том, что нарушил их планы, но был рад, что они остались с ним. Друзья, несомненно, уехали бы раньше, но хотели убедиться, что Брейв не спятил окончательно.

Пусть друзья думают что угодно, но Брейву казалось, что он целую вечность не видел свою жену, не прикасался к ней, и он был намерен сделать это немедленно.

В церкви он с трудом сдержался, чтобы не поцеловать ее так, как ему хотелось. Он не мог забыть их поцелуй на вечеринке. Желание мучило Брейва. В течение тех коротких мгновений он поверил, что Рейчел, возможно, хочет его так же, как он ее. Но поскольку никаких других признаков желания он не заметил, можно было предположить, что он принял влечение под влиянием алкоголя за нечто большее.

То, что он поцеловал ее, было ошибкой. Как было ошибкой и то, что он опустился сейчас на колени перед ее креслом. Ее губы оказались так близко. Стоило только наклониться и...

Ее ресницы затрепетали в нескольких дюймах от его глаз. Брейв замер, сердце его учащенно забилось. Он ждал, когда она откроет глаза и увидит его.

— Ой! — вскрикнула она и, замахав руками, вскочила с кресла. Брейв, сконфуженно улыбаясь, потирал лоб, куда она довольно ощутимо стукнула его рукой. Крови, слава Богу, не было.

Она стояла в нескольких футах от него, прижав одну руку к сердцу, другую — к голове.

— Что ты пытался сделать? Убить меня? — спросила она.

Брейв поднялся с пола.

— Это ты правильно догадалась, — сухо ответил он. — Ведь я женился на тебе только для того, чтобы получить твое состояние и титул, а теперь, когда я все это имею, тебе пора умереть. — Он снова потер лоб. — Я не виделся с тобой несколько часов. Я беспокоился.

— Несколько часов? — удивилась Рейчел и взглянула в окно.

Брейв не отрывал от нее глаз, любуясь ее точеным профилем на фоне алого и оранжевого великолепия заката.

— Ты проспала празднование собственного бракосочетания, — напомнил он, пытаясь говорить шутливым тоном.

Она даже не сочла нужным притворяться, что счастлива, став его женой. А Брейву так хотелось, чтобы она была рядом.

— Извини! — Рейчел покачала головой. — Я хотела немного побыть в одиночестве, а потом пришла мама и...

— ...и сказала, что уходит с сэром Генри, — договорил за нее Брейв. — Тебе, наверное, было неприятно это слышать.

Она плотно сжала губы.

— Не то слово. Я думала, меня хватит удар. Я просто не в силах была вернуться к гостям. Раскалывалась голова.

Брейв подошел к ней.

— Я понимаю. Гости пришли бы в ужас и разбежались, увидев тебя. А сейчас как ты себя чувствуешь?

— Похвастаться нечем, — пробормотала Рейчел, потирая рукой шею.

— Позволь-ка. — Брейв принялся массировать ей плечи.

— Силы небесные! — простонала Рейчел, ухватившись за книжные полки.

Ее хриплый возглас отозвался дрожью у него в паху. Как, интересно, она отреагировала бы, если бы он спустил с плеч ее платье и высвободил груди? Попыталась бы прикрыться и дала ему пощечину или позволила бы их ласкать?

Шевельнувшаяся в брюках плоть напомнила о том, что он давно не занимался любовью.

— Это книга моего отца, — раздался голос Рейчел.

Брейв с трудом оторвал взгляд от ее нежного тела.

Рейчел сняла с полки том в кожаном переплете и повернулась к нему. Их разделяли всего несколько дюймов и несколько сотен страниц бумаги, исписанной чернилами.

Брейв взглянул на заглавие: «Монография о правах и обязанностях человека». Он вспомнил эту книгу. Он был еще мальчишкой, когда его отец получил ее в подарок от Эдварда Эштона. Не странно ли, что их отцы были такими близкими друзьями, тогда как Брейв и Рейчел почти не общались. Отец Брейва очень уважал Эдварда Эштона. Интересно, как бы отнесся его отец к тому, что Брейв женился на дочери его близкого друга?

— Мой отец мнил себя философом, — с печальной улыбкой произнесла Рейчел.

Брейв кивнул.

Рейчел погладила корешок книги.

— Он погиб, когда мне было четырнадцать лет.

— В результате дорожно-транспортного происшествия, не так ли?

— Да, — шепнула Рейчел, и глаза ее затуманились. — Мама даже не смогла соблюсти положенный год траура. Мы были так бедны, что ей пришлось выйти замуж за сэра Генри всего через несколько месяцев после папиной смерти.

Что мог он сказать? Что бы он ни сказал или ни сделал, это не могло изменить прошлого. Он в этом убедился на собственном опыте.

— Можно взглянуть?

Мгновение помедлив, Рейчел протянула ему книгу.

Чувствуя на себе ее пристальный взгляд, Брейв с благоговением листал потрепанные страницы, на полях было множество пометок.

— Почитаю ее, с большим интересом.

— Ты не обязан это делать лишь потому, что ее написал мой отец.

— Я хочу прочесть ее, потому что она, судя по всему, очень много значила для моего отца.

— Конечно. Ведь они были близкими друзьями. Ты когда-нибудь встречался с моим отцом?

Кивнув, Брейв положил книгу на ближайший стол.

— Кажется, встречался. Папа часто говорил о нем. К его мнению он действительно относился с уважением. — Он улыбнулся, пытаясь как-то поднять настроение. Она неожиданно погрузилась в меланхолию, и он не знал, как ее развеселить.

— Мой отец не боялся высказывать свое мнение, — усмехнулась Рейчел. — Полагаю, он придерживался радикальных взглядов.

— А-а, теперь понятно, откуда это в тебе.

Ее глаза заискрились, и Брейв вздохнул с облегчением.

— Да, я унаследовала некоторые его черты, — сказала она. — Извини, что оставила тебя одного с толпой гостей.

Рейчел явно не хотела продолжать разговор о своем отце. Брейв ее понимал. Разговаривать о своем отце ему тоже было больно.

— Все с большим сочувствием отнеслись к недомоганию, которое ты почувствовала. И, уходя, пожелали тебе скорейшего выздоровления. — Несколько джентльменов пожелали ему удачи на брачном ложе, но об этом Брейв не упомянул.

— Они очень добры, — произнесла Рейчел, потупившись.

— Не надо так нервничать. Ты как натянутая струна, — сказал он, покачав головой, и снова принялся массировать спину. — Если говорить честно, все с пониманием отнеслись к тому, что ты ушла. Поэтому не стоит так переживать.

Она широко распахнула глаза.

— Переживать? Кто сказал, что я переживаю?

Он усмехнулся и легонько сжал ее плечи.

Она застонала.

Брейв приподнял бровь. Рейчел сердито посмотрела на него.

— Ладно, уговорил. Я действительно расстроена. Но не потому, что пропустила большую часть праздника.

Он продолжал старательно массировать мышцы, чтобы увидеть радость на ее лице.

— Тогда в чем же дело?

— Моя мать ушла с человеком, от которого я пыталась ее освободить.

— Думаешь, он может ее избить?

Рейчел пожала плечами:

— Сама не знаю. Он может избить ее до полусмерти, а может осыпать лепестками роз. Но она уверена, что все у них будет хорошо.

Брейв, массируя ей шею, с трудом подавил желание наклониться и вдохнуть аромат ее блестящих золотистых волос.

— А ты тоже в этом уверена?

— Разумеется, нет, — ответила Рейчел. — Вряд ли сэр Генри так быстро изменится. Его жестокость сродни безумию.

Интересно, что подумает Рейчел о его сумасшествии? После смерти Миранды он чувствовал, что сходит с ума. Поверит ли она, что это пройдет? Возможно, посмеется над его глупостью. Или почувствует к нему жалость, или сочтет его слабовольным. Как бы то ни было, он никогда ей не признается в этом.

Мысль о том, что он может ее разочаровать, пугала. Только теперь он осознал, насколько был одинок до того, как встретил ее. В тот вечер, когда он вытащил ее из реки, с его глаз словно спала пелена.

Он продолжал массировать ее тело, и под его руками оно стало теплым и розовым. Боже милосердный, какая у нее чудесная кожа!

Аромат ее духов, запах корицы и цветов, дурманил голову.

Рейчел открыла глаза, но Брейв не поднял головы. Его руки скользнули с плеч на нежные округлости грудей, видневшихся из декольте. У Рейчел участилось дыхание.

Он посмотрел на ее лицо. Синие глаза Рейчел затуманились от желания. Стон вырвался из его груди.

Рейчел ухватилась за лацканы его фрака. Чувствовала ли она, как гулко бьется его сердце?

Брейв обхватил ладонями ее ягодицы и прижал их к своему мужскому естеству.

Тишину библиотеки нарушало лишь их прерывистое дыхание. Брейв сорвал с ее плеч платье и обнажил грудь.

Рейчел не пыталась остановить его, хотя его грубость, должно быть, причинила ей некоторый дискомфорт. Она вздрогнула и прижалась к нему. На старом как мир языке тела это означало «да».

Он снова завладел ее губами, погрузив язык в горячую влагу ее рта; пальцы нащупали затвердевшие соски. Рейчел судорожно сглотнула.

Никогда еще Брейв не хотел ни одну женщину так, как ее. Он опустился на колени и потянул Рейчел вниз. Она села на Брейва верхом, и ее груди оказались на одном уровне с его губами.

Его руки отыскали завязки пояса, а губы сомкнулись на одном из затвердевших сосков. Рейчел, упершись пятками в ковер, приподняла бедра и стала ими двигать, тихонько постанывая.

Пальцы Брейва под ее юбками, миновав украшенные рюшками подвязки, ощутили влагу, сочившуюся по внутренней поверхности бедра. Почувствовав это, его жезл пришел в полную боевую готовность, желая как можно скорее погрузиться в это великолепие.

Нащупав крошечный бугорок, Брейв стал осторожно гладить его кончиком пальца.

Рейчел застонала.

Он задрал подол ее платья выше бедер.

Скорее бы погрузиться в нее и дойти до экстаза.

Брейв расстегнул бриджи, жезл выскочил и прижался к влажным губам ее лона, и Брейв одним рывком вошел в нее.

Рейчел напряглась.

— Нет, Брейв!

Нет? Брейв замер. Никогда еще он не брал женщину против ее воли. И не сделает этого сейчас. Пусть даже Рейчел его законная жена.

Брейв отпрянул, засовывая в штаны свой жезл. Он был взбешен. Зол на себя, на свой жезл, особенно на Рейчел. Что, черт возьми, с ней случилось?

И тут Брейв опомнился. Он так сильно хотел Рейчел, что едва не овладел ею прямо на полу, словно проституткой. Было от чего прийти в ужас.

— Мы не можем этого сделать, — сказала она, оправляя платье. — То есть можем, но не здесь и не таким образом. — Она кивком указала в сторону двери, и Брейв, оторвав взгляд от ее роскошного платья, которое испортил, тоже взглянул на дверь, которая была приоткрыта.

Брейв будто получил удар в пах. Рейчел девственница, невинное существо, а он чуть было не лишил ее невинности на полу, в комнате, куда в любой момент мог кто-нибудь войти!

Он обещал защитить ее, помочь ей, а сам набросился на нее. Рейчел заслуживает лучшего обращения.

— Брейв!

Он мгновенно повернул голову и встретился с ней взглядом. Она сидела на полу в разорванном платье и выглядела такой маленькой, такой робкой. Губы у нее припухли, лицо раскраснелось.

— Ты ничего не хочешь сказать? — спросила она.

«Я спасу тебя, если ты пообещаешь спасти меня». Напрасно он ей это сказал.

— Я забылся, — прохрипел он в ответ. — Потерял над собой контроль. Хорошо, что тебе удалось взять себя в руки. Впредь надо быть осторожнее.

— Ты прав. — Рейчел отвела взгляд.

Брейв улыбнулся, хотя ему хотелось зарычать.

— Вот и хорошо. А теперь пойди отдохни к себе в комнату. Если хочешь, я прикажу повару прислать тебе поднос с ужином.

Рейчел кивнула и поднялась на ноги.

Брейв увидел по выражению ее лица, что она унижена, и у него сердце сжалось от жалости. Но он не мог подойти к ней, не мог утешить. Если они намерены выжить в этом браке и сохранить рассудок, им следует держаться подальше друг от друга.

— Спокойной ночи, Брейв.

— Спокойной ночи.

Она ушла и унесла сердце Брейва.

Глава 9

На следующее утро Рейчел поднялась с восходом солнца. Всю ночь она не сомкнула глаз.

Из головы не шла ужасная сцена в библиотеке, когда они с Брейвом остались наедине. А почему, собственно, ужасная? Она была потрясающей, пьянящей, напряженной.

И все же Рейчел его остановила. Она вспомнила, где они находятся, а также обстоятельства их брака. Брейв не питал к ней никаких чувств, кроме вожделения. Он хотел овладеть ею прямо на полу. И она едва не отдалась ему, охваченная страстью.

Эта страсть ее пугала. С каждым днем Рейчел все больше и больше влекло к Брейву. Она не могла перед ним устоять. Однако она питала к нему и более серьезные чувства, а он — только похоть. Ни капли нежности.

И все же ей не давала покоя мысль, что она совершила ошибку, не отдавшись ему, когда они были в библиотеке.

До конца жизни она не забудет лица Брейва в тот момент. Рейчел прочла на нем разочарование, обиду, даже злость. Но злился он на нее или на самого себя, Рейчел так и не поняла.

Спустив ноги с огромной кровати под балдахином, Рейчел встала на пушистый ковер. Ее поместили в спальню, предназначенную для графини, и она подумала, что могла бы очень быстро привыкнуть к светло-зеленому с золотом великолепию этой комнаты, если бы не тот факт, что от спальни Брейва ее отделяла лишь небольшая гостиная.

Интересно, он еще в постели? Спал ли он?

Тряхнув головой, Рейчел подошла к гардеробу и достала одно из своих старых платьев. Не такое красивое, как новые, сшитые на заказ у миссис Форд, зато застежка была спереди и Рейчел могла надевать его без посторонней помощи.

Рейчел умылась, оделась и заколола волосы в пучок высоко на затылке.

Ее мать вставала рано, хотя сэр Генри привык спать до полудня, поэтому Рейчел, надев теплый плащ и перчатки, отправилась пешком в Талливуд. Солнечные лучи уже согревали воздух, заставляя остатки тумана стелиться по земле, и Рейчел не терпелось подняться на следующий холм, чтобы полюбоваться оттуда видом деревни, словно поднимающейся из облаков.

К тому времени как Рейчел добралась до Талливуда, туман почти рассеялся.

В Талливуде из нескольких труб вился дымок. Внешне помещичий дом производил впечатление гостеприимной сельской резиденции, но Рейчел хорошо знала, что это не так.

Она постучала. Дверь открыл Поттс. Его голубые глаза радостно блестели, когда он принимал ее верхнюю одежду. Таким довольным Рейчел, пожалуй, никогда его не видела, и на сердце у нее потеплело. Он поклонился Рейчел и назвал ее «леди Брейвен», и Рейчел почувствовала себя самозванкой.

Она прошла в столовую и с облегчением увидела, что мать там одна.

— Рейчел, дорогая, что ты здесь делаешь? — спросила Мэрион.

— Не угостите ли завтраком?

Мэрион улыбнулась, будто знала, что произошло и почему Рейчел оказалась здесь.

— Конечно. Садись, пожалуйста.

Рейчел села. Мать положила ей на тарелку ветчину, яичницу и горячие поджаренные хлебцы.

— Только не говори, что вы с Брейвеном поссорились, — сказала мать.

Рейчел ела без всякого аппетита.

— Нет, мы не ссорились, — сказала она, вспомнив холодный тон Брейва, когда он пожелал ей спокойной ночи.

Мать взглянула на нее, и Рейчел заерзала под ее взглядом.

— Вы занимались любовью?

— Не совсем, — вспыхнув, ответила Рейчел.

— Что значит «не совсем»? Дорогая моя, это или происходит, или не происходит.

Уж не насмехается ли над ней мать?

— Мы... — Господи, ей не верилось, что она разговаривает об этом с матерью. Со своей матерью! — Мы почти сделали это.

Мэрион спокойно намазывала маслом кусочек хлеба, как будто обсуждение отношений между супругами было у них в порядке вещей.

— Так что же произошло? — спросила она, не поднимая глаз.

— Он остановился. — Рейчел еще сильнее покраснела. — Я остановила его.

— Почему? — спросила мать.

— Сама не знаю. — Рейчел оглянулась. Не подслушивает ли их сэр Генри. — Я испугалась.

— В первый раз это немного страшно, — сказала Мэрион и вдруг спросила: — Он не сделал тебе больно?

— Не в этом дело. Просто мне показалось, что это неправильно. — Рейчел с пылающими глазами поведала матери то, в чем еще и сама не до конца разобралась. — Мне показалось это деловой операцией, как будто выполнялись условия контракта.

Мэрион пристально взглянула на нее. В ее глазах светилась любовь.

— Так оно и есть. Это называется «осуществлением брачных отношений на законных основаниях».

— Но я не хочу, — понизив голос, сказала Рейчел, — чтобы, первый раз занимаясь любовью со своим мужем, я как будто подписывала контракт. Из-за этого мне начинает казаться, что я превращаюсь в его собственность.

Сейчас мать напомнит ей, что она теперь действительно является собственностью Брейва. Принадлежит ему, как ее мать принадлежит сэру Генри. Но тут она подумала, что Брейв полная противоположность ее отчиму.

Мэрион пожала плечами и отломила еще кусочек хлеба.

— Брейвен не мальчик. Он, как и ты, прекрасно знает, что такое супружеские отношения. Даже если иногда кажется, что действиями мужчины управляет его половой орган, можешь быть уверена, что этот половой орган ни за что не позволит направить себя туда, где он не желает находиться.

«О чем это, черт возьми, толкует мать? Что еще за направление полового органа?»

Мэрион вздохнула.

— Пойми, Брейвену известно, что только физическая близость сделает вас настоящими супругами. Возможно, именно это он и намеревался сделать — заставить тебя расслабиться, а не скреплять печатью какое-то соглашение, или как ты это там называешь?

Рейчел показалось, что мать сошла с ума. Называя их супругами, она подразумевала такие же отношения между ними, какие были у нее с отцом Рейчел. Те отношения, которые благословил Господь, а не какое-то подобие финансового соглашения, которое предпочитало общество.

— Все это вздор, мама. Разумеется, Брейв не хочет, чтобы мы стали настоящими супругами.

Мать положила на хлеб ложечку джема.

— Почему?

«Потому что я нужна ему для того, чтобы родить наследника».

— Потому что он даже не знает меня, — сказала она. Рейчел тоже не знала его, но это не мешало ей мечтать о том, что они проведут вместе всю оставшуюся жизнь. А также о том, что он будет улыбаться ей по-настоящему, а не этой своей печальной полуулыбкой.

— Не обязательно знать о человеке все, чтобы его любить, — сказала мать. — Я была уже три года замужем за твоим отцом, когда узнала, какой у него любимый цвет. А на пятом году супружеской жизни — что он боится коров.

Рейчел укоризненно взглянула на нее:

— Но эти вещи не имеют значения, мама.

Мэрион усмехнулась. Рейчел давно не видела, как она улыбается.

— Имеют, если ты стоишь посреди поля, а твой муж залез на дерево, потому что корова отбилась от стада и решила пощипать травки рядом с вами.

Рейчел не знала, то ли ей смеяться, то ли плакать. Она опустила голову и вздохнула.

Нежная рука взяла ее за запястье. Мэрион улыбнулась.

— Я хочу сказать, что ни ты, ни Брейвен не можете контролировать свои чувства друг к другу. Всему свое время. Когда будешь готова, отдашься ему. А если полюбишь, не будешь его останавливать. Конечно, это страшновато, но стоит того.

По спине Рейчел пробежал холодок. Интересно, мать все еще говорит о ней и Брейве или о чем-то другом?

— А ты... — начала Рейчел, стараясь подавить отвращение. — Ты полюбила сэра Генри? — При этой мысли ее чуть не вырвало.

Мэрион покраснела.

— В последнее время он очень мил, — тихо ответила Мэрион.

Рейчел была близка к истерике. Не может быть, чтобы такое случилось!

— Только не говори, что ты передумала разводиться!

— Я этого не сказала. А если бы и передумала, что в этом плохого?

— Но ты не можешь оставаться здесь, — заявила Рейчел.

— Это мне решать, Рейчел, — сказала Мэрион, но, заметив ужас в глазах дочери, добавила: — Я не передумала относительно отъезда отсюда. Пока. Но когда решу, тебе не нужно будет беспокоиться ни об этом, ни обо мне. Я сама смогу о себе позаботиться.

Рейчел едва сдержала смех.

— К тому же сэр Генри пообещал измениться, — продолжала она. — Самое меньшее, что я могу сделать, — это принять его слова на веру, пока он не доказал обратное.

— Неужели ты ему поверила?

— Я не знаю, чему верить. Но он попросил дать ему шанс, и я согласилась. Неужели ты, вместо того чтобы радоваться моему счастью, предпочтешь, чтобы я до конца жизни оглядывалась через плечо?

— Конечно, я предпочла бы видеть тебя счастливой в браке, только не с сэром Генри! — Рейчел отодвинула тарелку. — Не могу поверить, что ты собираешься остаться с ним после всего, что было!

— Не считай меня дурой, — возразила мать. — Я не сказала, что намерена остаться с сэром Генри. Я только собираюсь дать ему шанс.

Рейчел не сомневалась, что ее отчим неисправим. Да, он может быть обаятельным. Когда ему нужно. Но стоит матери не угодить ему, и он изобьет ее. Рейчел приложила ладонь ко лбу. Надо держать ситуацию под контролем. Она не допустит, чтобы мать осталась в Талливуде. Пусть даже придется увезти ее насильно. Все лучше, чем в гробу.

— Какой срок ты ему дала?

— Мы не назначали определенных сроков.

Рейчел кивнула. Оставалось лишь одно: силой заставить мать покинуть этот дом. Но что толку? Сэр Генри все равно явится за ней, и мать вернется к нему.

— Ты сердишься, — сказала Мэрион.

— Нет, не сержусь, — солгала Рейчел. — Просто я в замешательстве.

Мать потрепала ее по руке:

— Не тревожься, дорогая. Все в конце концов образуется. Всегда так бывает.

Рейчел решила было напомнить матери, что у них обеих редко что образуется, но передумала. Ей просто хотелось уйти. Побыть одной и подумать. Брейв женился на ней, чтобы освободить ее и мать от сэра Генри, но мать не хочет развода, и теперь их брак с Брейвом теряет всякий смысл. О последствиях ей не хотелось думать.

— Мне пора, — сказала Рейчел, поднимаясь из-за стола. — Брейв не знает, что я ушла. К тому же я очень устала. Пойду домой, отдохну. — Она поцеловала мать. — Скоро увидимся.

Мэрион улыбнулась.

— Береги себя, дорогая. Не надо все принимать так близко к сердцу.

Рейчел не ответила, погладила мать по плечу и, взяв сумку, ушла.

Возвращаться в Уикс-Энд она не спешила. Там ее ждет только унижение.

Рейчел побрела к реке и села на торчавший из земли корень дерева, того самого, с которого Брейв спас ее месяц назад.

Рейчел казалось, что с тех пор прошла целая вечность. Знал бы он, какие неприятности его ждут, не стал бы ее спасать.

В какой момент ее жизнь осложнилась? Раньше все было просто. Единственной целью было освободить мать от сэра Генри. Она сделала все, что могла. Но мать спутала все карты. И усилия Рейчел оказались напрасными.

Однако она не собиралась сдаваться. Но, поразмыслив, пришла к выводу, что положение безвыходное, и дала волю слезам, закрыв лицо руками.

— Рейчел, почему ты плачешь?

Подняв голову, она увидела Брейва. Он подошел к ней, опустился на колени.

— Рейчел, милая! — Он снял перчатку и смахнул слезы с ее лица. — Что случилось?

Она покачала головой, не в силах вымолвить ни слова.

Брейв нежно прикоснулся к ее щеке.

— Скажи, чем я могу помочь?

Рейчел бросилась в его объятия и разрыдалась.

Брейв не мог припомнить, когда последний раз видел рыдающую женщину. И сейчас при виде Рейчел сердце его болезненно сжалось.

Напрасно он предложил ей помощь, она еще сильнее расплакалась. Пусть выплачется, подумал Брейв.

Ночью он почти не спал из-за нее. Не помогло даже бренди. Он выпил полбутылки. У него лишь пересохло во рту и стали путаться мысли.

Когда утром Брейв постучался к ней и, войдя, обнаружил, что в комнате ее нет, он запаниковал, опасаясь, что, расстроившись прошлой ночью, она вернулась в Талливуд.

Но, поразмыслив, он решил, что Рейчел не из трусливых и не сбежит. Тем более к сэру Генри. Должно быть, она где-нибудь уединилась, чтобы подумать о том, как быть с ним и как освободить мать от сэра Генри. Рейчел была одержима идеей спасения матери.

Она думала, что он спасает ее. Ей даже в голову не приходило, что она спасает его. Как бы она отреагировала, узнав, что он женился на ней не только для того, чтобы помочь ей, но и чтобы помочь самому себе? Почувствовала бы она, что он ее использовал, или просто стала бы его спасать?

А кто спасет ее от него? Или его от нее? После прошлой ночи Брейв понял, что ни сэр Генри, ни его собственное чувство вины не так опасны, как Рейчел, когда она находится рядом с ним.

Рейчел постепенно успокаивалась, и Брейв предложил ей носовой платок, который вынул из кармана.

Рейчел поблагодарила Брейва и вытерла слезы.

От влажной травы у него промокли брюки на коленях, и он сел на корень дерева рядом с ней. Их плечи соприкасались.

— Может, расскажешь, что тебя так расстроило? — спросил Брейв, когда Рейчел перестала всхлипывать.

Он догадался, что Рейчел придет сюда, на то место, где их свела судьба. За последние несколько недель он и сам не раз побывал здесь.

— Я чувствую себя ужасно глупо, — сказала молодая женщина. Голос ее охрип от слез.

— Почему? — спросил он, хотя знал ответ. Он и сам чувствовал себя довольно глупо.

— По многим причинам. Будем делать вид, будто вчера вечером ничего не случилось? Если да, лучше об этом не говорить.

— Мы с тобой не актеры, чтобы притворяться.

— Согласна, — ответила Рейчел.

— Ты считаешь, что дело зашло слишком далеко, или сожалеешь о том, что мы не пошли дальше? — спросил Брейв, избегая ее взгляда.

Рейчел невесело рассмеялась:

— И то и другое.

От ее слов Брейву стало жарко, даже голова закружилась.

— Значит, мы одинаково восприняли то, что произошло вчера.

Рейчел посмотрела ему в глаза:

— Правда?

— Правда. — Он легонько сжал ее руку. Я очень давно не был с женщиной, а ты такая красивая, соблазнительная!

Рейчел улыбнулась.

— Неудивительно, что меня к тебе влечет. А тебя ко мне. По крайней мере из любопытства. Тебе хочется узнать, что происходит между мужчиной и женщиной. — Он боялся поверить, что это нечто большее, чем любопытство. — На мгновение мы оба потеряли над собой контроль. Ничего постыдного в этом нет.

— Я знаю, что происходит между мужчиной и женщиной, — с вызовом заявила Рейчел.

— Неужели?

— Главное мне рассказали, детали нарисовало воображение.

— Извини, если напугал тебя. Я не нарочно.

— Знаю, что не нарочно. Ты не напугал меня, скорее ошеломил.

Он сжал ее руку:

— Не надо спешить. Все будет так, как ты захочешь.

Рейчел кивнула:

— Ты прав. Брак не бывает без супружеских отношений.

— Совершенно справедливо, — согласился Брейв. — Скажешь мне, когда будешь готова.

Он безумно хотел ее и уже представлял себе, как просыпается рядом с ней последующие пятьдесят лет, а то и больше. Но чтобы она стала ему настоящей женой, он должен честно рассказать ей о своем прошлом. Однако он не мог предугадать ее реакцию и боялся рисковать. Лучше немного повременить, привыкнуть друг к другу. Но где взять силы, чтобы выдержать эту отсрочку.

— Надеюсь, то, что произошло вчера вечером, не единственная причина твоих слез?

Рейчел покачала головой.

— Утром я ходила к маме.

— Там все в порядке? — У Брейва отлегло от сердца.

Рейчел презрительно фыркнула.

— Сэр Генри пообещал исправиться, и мама намерена дать ему шанс. До чего же она наивна! Она решила повременить с переездом к нам.

Но если леди Мэрион не покинет сэра Генри, каким образом Брейв поможет Рейчел? Как искупит свою вину в гибели Миранды? Поймав себя на том, что думает только о себе, Брейв покачал головой. Именно его эгоизм и привел тогда к трагедии.

— Рейчел, такие, как сэр Генри, быстро не меняются. Рано или поздно он возьмется за старое, и твоя мать уйдет от него. Мы должны набраться терпения и понемногу готовиться к бракоразводному процессу.

Рейчел повернулась к нему. В ее взгляде было столько надежды, что у Брейва болезненно сжалось сердце.

— Боюсь, он просто убьет ее.

Брейв обнял ее за плечи и крепко прижал к себе.

— Не думаю, что сэр Генри собирается убить твою матушку. Он просто хочет держать ее в подчинении. Твоя матушка подвергалась бы большей опасности, если бы ушла от него. С нашей же стороны было бы разумнее всего усыпить бдительность сэра Генри.

— Ты действительно считаешь, что маме сейчас безопаснее находиться с ним?

Он кивнул:

— Да, пока сэр Генри уверен, что контролирует ситуацию. Поверь своей матери, Рейчел. Неужели ты думаешь, что она останется с ним, если он снова поднимет на нее руку, тем более что в любой момент может уйти к нам?

— Я... я не знаю. Хотелось бы надеяться на ее благоразумие. — Глаза Рейчел наполнились слезами.

— Не переживай так. Дай матери возможность принять решение. Мы будем готовы помочь ей в любой момент. Как только понадобится.

— Мы? — удивилась Рейчел.

Он улыбнулся:

— Не думаешь же ты, что я женился на тебе только из-за твоей красоты? Я обещал помочь тебе, и выполню свое обещание. А сейчас давай вернемся домой и попросим повара приготовить нам по чашке горячего шоколада. А потом, если захочешь, сыграем в карты.

Он поднялся и помог Рейчел подняться.

— А может быть, партию в бильярд?

— Как скажешь. — Брейв продел ее руку под свой локоть и повел к дому.

На подъездной дорожке у парадного входа они увидели черную лакированную карету. Слуги разгружали и вносили в дом сундуки и картонки.

— Прибыла моя матушка, — сказал Брейв в ответ на вопросительный взгляд Рейчел.

Более неудобное время для визита было невозможно выбрать. За последние два года он виделся с ней всего несколько раз, в то время, когда находился под наблюдением доктора Фелпса. Хотя она никогда не говорила об этом, Брейв знал, что разочаровал ее своей болезнью.

Рейчел замерла на месте.

— Твоя матушка?

— Видишь ли, у меня тоже есть мать, — подзадорил он ее.

— Судя по багажу, она намерена задержаться здесь надолго. Я не могу встретиться с твоей матерью в таком виде.

Он хотел было предложить ей войти в дом через вход для слуг, но тут услышал звонкий голос:

— Балтазар!

Слишком поздно.

— Извини, Рейчел. Придется тебе встретиться с ней.

Рейчел вздохнула и улыбнулась.

Анабелла Уичерли, которая выглядела, как и подобает вдовствующей графине, подошла к ним с лучезарной улыбкой на красивом лице. Несмотря на несвоевременный приезд, Брейв был рад видеть ее.

Ее безупречно уложенные белокурые волосы слегка тронула седина. На элегантном дорожном костюме синего цвета не было ни морщинки. Лицо тоже было гладким. Морщинки собирались лишь вокруг глаз, когда она улыбалась. Так по крайней мере она всегда говорила сыну.

Графиня протянула к Брейву руки, и он обнял ее. Она казалась такой маленькой в его объятиях, от нее пахло свежестью и розами. Этот запах всегда вызывал у него улыбку.

— Здравствуй, мама. Почему ты не предупредила о своем приезде?

Его мать отступила на шаг, держа его на расстоянии вытянутой руки. Она все еще улыбалась.

— Извини, что не предупредила заранее. Это было спонтанное решение. — Она перевела взгляд на Рейчел. — Познакомь меня со своей подружкой.

Рейчел сразу же шагнула вперед. Она была на полголовы выше его матери, однако Анабелла славилась тем, что заставляла трепетать даже самого Веллингтона. Рейчел посмотрела ей в глаза.

— Рейчел, это моя мама, Анабелла, вдовствующая графиня Брейвен. Мама, это Рейчел, моя жена.

Графиня не подала виду, что потрясена. Взяв Рейчел за руку, она сказала с улыбкой:

— Очень сожалею, дорогая, что не присутствовала на церемонии бракосочетания.

Брейв почувствовал вопросительный взгляд Рейчел, но продолжал смотреть на мать.

— Я думал, ты все еще во Франции, мама, — сказал он. По правде говоря, он совсем об этом не думал. Если бы Габриэль и Джулиан не оказались здесь в то время, он и их не пригласил бы. Все его мысли были только о Рейчел: о том, что она его спасает, о том, что он спасает ее, о том, что она будет принадлежать ему.

— Пожалуй, я пойду в дом, — сказала Рейчел, присела в реверансе, повернулась и направилась в сторону дома.

Брейв уголком глаза наблюдал, как она взбежала по ступенькам и скрылась за дверью.

— Балтазар, что происходит? Ты действительно женат на этой девушке? Почему у нее заплаканные глаза?

Улыбка сползла с лица Брейва. Он должен был как-то объяснить матери ситуацию. О подлинной причине своей женитьбы на Рейчел Брейв говорить не собирался. Это было его личное дело.

— Идем в дом, мама, я тебе все объясню.

Она взяла его под руку, и он повел ее вверх по лестнице.

— Кстати, мама, Рейчел ничего не знает ни о Миранде, ни о Фелпсе. Прошу тебя, не заводи разговор на эту тему.

Глава 10

Рейчел отложила встречу со свекровью до послеобеденного времени. Она приказала принести поднос с обедом в свою комнату, приняла ванну, привела себя в порядок и надела более элегантное платье. Ей хотелось предстать перед вдовствующей графиней в наилучшем виде.

Что рассказал ей Брейв об их браке? О ней? Известно ли леди Брейвен, что мать ее будущих внуков всего лишь один из объектов благотворительности? Вряд ли Брейв ей об этом сказал. Наверняка вдовствующая графиня решит, что Рейчел вышла замуж за Брейва ради титула.

Лучше самой рассказать обо всем, прежде чем кто-нибудь ее опередит. По крайней мере она расскажет правду, скрыв лишь некоторые аспекты их брака.

Принятое решение, а также новое платье придали Рейчел уверенности в себе, и ближе к вечеру она отправилась на поиски свекрови. Но нигде ее не нашла и уже хотела вернуться обратно, как вдруг увидела графиню на пороге кабинета Брейва. Она разговаривала с каким-то джентльменом.

Спрятавшись за украшенной искусной резьбой деревянной опорой лестничных перил, Рейчел прислушалась к их разговору, но с такого расстояния слов разобрать не могла. Вскоре графиня и джентльмен скрылись в кабинете, и дверь за ними закрылась.

Интересно, кто это?

Только было Рейчел собралась снова двинуться вверх по лестнице, как заметила Рейнолдса.

— Рейнолдс?

— Да, леди Брейвен. Что вам угодно?

Рейчел смущенно улыбнулась.

— Не сочти меня чересчур любопытной, но я хотела бы знать, что за мужчина разговаривал с графиней.

— Да это же доктор Фелпс, леди Брейвен. Врач милорда.

Рейчел наморщила лоб.

— Графиня заболела?

Дворецкий смутился, словно сболтнул лишнее. Рейчел насторожилась.

— К кому пришел доктор, Рейнолдс?

— К лорду Брейвену, миледи, я как раз шел за графом.

— Значит, лорд Брейвен болен? — Любопытство уступило место тревоге.

Лицо дворецкого оставалось непроницаемым.

— Вам лучше знать, леди Брейвен.

Рейчел поняла, что дворецкий предан своему господину и ничего ей не скажет.

— Спасибо, Рейнолдс. Можешь идти. Я сама сообщу лорду Брейвену о визите доктора Фелпса.

По выражению лица дворецкого было видно, что именно этого ему хотелось меньше всего.

— Слушаюсь, миледи. Если я вам потребуюсь, то я буду проверять хозяйственные счета.

Рейчел почувствовала себя неловко. Возможно, у Брейва с врачом должен состояться конфиденциальный разговор. А может, они просто друзья. В любом случае это ее не касается. А почему, собственно, не касается? Или она ему не жена? Может быть, он действительно ожидал, что она возьмет инициативу в свои руки и соблазнит его?

Рейчел нашла Брейва в библиотеке. На какое-то мгновение она застыла на пороге, любуясь им. Вот сейчас бы и соблазнить его. Было бы очень неплохо.

Брейв раскинулся на софе без пиджака и очень напоминал большого ленивого кота.

Ее взгляд невольно метнулся влево, к книжному шкафу, возле которого прошлым вечером они едва не занялись любовью. Кажется, с тех пор прошла целая вечность, но при воспоминании об этом Рейчел залилась румянцем.

Поглощенный чтением, Брейв не заметил, как она вошла.

— Что ты читаешь?

— Книгу Эдварда Эштона. Слышала о таком?

Она улыбнулась шутке.

Брейв отложил книгу, но не поднялся. Его ленивая поза показалась Рейчел чувственной и соблазнительной, казалось, он предлагал ей себя.

Заманчивое предложение, что и говорить.

— Тебе что-нибудь нужно, или ты просто соскучилась?

— Сказать, что мне что-нибудь нужно, — ты будешь разочарован, сказать, что соскучилась, — возгордишься. Считай, и то и другое.

Брейв хохотнул.

— Я женился на дипломате. Ну что ж, чем могу быть полезен?

— К тебе пришел доктор Фелпс. Он сейчас в кабинете с твоей матерью.

Брейв напрягся.

— Почему о нем не доложил Рейнолдс? — спросил он, поднимаясь с софы.

Рейчел остановила на нем пристальный взгляд. Как странно он себя ведет:

— Я его случайно увидела и сказала, что сама сообщу тебе об этом. Ты болен, Брейв?

Он поднял голову. На лице его не отразилось никаких эмоций.

— Почему ты об этом спросила?

Рейчел пожала плечами:

— Доктор Фелпс твой доктор, не так ли?

— Кто тебе об этом сказал? Мама?

— Рейнолдс, — ответила она и отступила на шаг, испугавшись холодной пустоты, появившейся в его взгляде. Он говорил с ней как с чужим человеком. Рейчел это и испугало, и рассердило. — Что, черт возьми, с тобой происходит? — возмущенно спросила она. — Я просто поинтересовалась, не болен ли ты.

— С какой стати?

— Меня беспокоит твое здоровье.

Брейв побледнел, хотел что-то сказать, но вдруг отвернулся от нее.

— Я ценю вашу заботу, мадам, но не нуждаюсь в ней. Прошу вас впредь не утруждать себя.

Уж лучше бы он дал ей пощечину. Почему вдруг он стал таким грубым? В чем она перед ним провинилась? Какая же она дура! Вообразила, будто он отвечает ей взаимностью.

Брейв, даже не взглянув на нее, направился к двери.

— А теперь извини, доктор Фелпс меня заждался.

— Иди, я тебя не держу, — пробормотала Рейчел, едва сдерживая слезы.

Некоторое время спустя Рейчел в стареньком костюме для верховой езды вышла из дома.

К тому времени, как она вдела ногу в стремя, ее гнев несколько поутих, но обида не прошла. Он был так холоден. Совсем не тот человек, каким она его считала. Чем она заслужила подобное обращение?

Возможно, ей не следовало проявлять любопытство относительно доктора Фелпса, но едва ли любопытство могло вызвать у него столь странную реакцию. Он как будто захлопнул дверь перед ее носом и не позволил войти в его жизнь.

Этому могло быть одно объяснение: Брейв серьезно болен. Подъехав к тропинке, ведущей через лес, Рейчел замедлила бег своей резвой буланой кобылки. Почему эта мысль не пришла ей в голову раньше?

Потому что она разозлилась, на что Брейв и рассчитывал. И умышленно был холоден с ней. Не хотел, чтобы она узнала правду.

Гнев, охвативший Рейчел, уступил место тревоге. Брейв молод, силен и с виду совершенно здоров. По какой-то причине он хранит свой недуг в тайне. Быть может, недуг этот смертельный?

У Рейчел болезненно сжалось сердце. Быть может, поэтому Брейв решил ей помочь? И попросил родить наследника? Но почему в таком случае он ей самой предоставил решить, когда наконец они займутся любовью?

Да потому что он джентльмен. А она эгоистка, которая думает только о собственных проблемах.

Если Брейв действительно болен смертельной болезнью, ему потребуется ее поддержка, и он ее получит, хочет того или нет.

Тропинка, по которой Рейчел поехала, вывела ее к реке выше по течению. Трава здесь была густая и мокрая, со скалы в реку с легким шумом низвергался небольшой водопад.

Яркие оттенки листвы резко контрастировали с холодными серебристо-серыми тонами воды и скал и более темными — земли и древесной коры. Это был поистине райский уголок.

Рейчел никак не ожидала встретить здесь свекровь.

— Я все думала, когда наконец ты меня заметишь? — сказала Анабелла Уичерли, сидевшая на большом камне у реки. — Красиво здесь, правда?

— Да, — ответила Рейчел.

Если это не перст судьбы, то как еще можно назвать эту встречу? Ей представлялась идеальная возможность выяснить, чем все-таки болен Брейв. Рейчел соскользнула на землю и подвела кобылу к тому же дереву, к которому графиня привязала своего коня. Накинув поводья на ветку, она потрепала кобылу по шее и с улыбкой повернулась к свекрови:

— Надеюсь, я не нарушила вашего уединения?

Анабелла жестом указала на камень рядом с тем, на котором сидела.

— Конечно, нет. Я рада компании.

— Знаете, я выросла неподалеку отсюда, однако этот водопад вижу впервые, — сказала Рейчел, опустившись на камень.

— Меня это не удивляет, — дружелюбно заметила графиня. — Мы с мужем старались держать его в тайне. — Она с улыбкой огляделась вокруг. — У каждой супружеской пары должно быть свое особое местечко.

Рейчел сразу же почувствовала себя незваной гостьей. Она была поглощена своими заботами и не подумала, что у графини могут быть свои причины находиться здесь.

— И все же я нарушила ваше уединение, о чем весьма сожалею.

Анабелла похлопала ее по ноге.

— Пустяки, дорогая. Говорю же тебе, что рада компании. Это позволяет не поддаваться унынию. Так ты сказала, что выросла в этих местах? Где именно?

— Последние десять лет я жила в Талливуде с матерью и ее мужем, сэром Генри Уэстхейвером, а до этого — со своими родителями в небольшой усадьбе Уиндфлер.

Анабелла всплеснула руками:

— Так ты, должно быть, дочь Эдварда? То-то мне знакомо твое лицо.

Рейчел, покраснев, кивнула. Судя по всему, они встречались с графиней много лет назад, но она этого не помнила.

— Извините меня, леди Брейвен. Я получила кое-какие неприятные новости и была не в себе. Надеюсь, вы не шокированы моей невоспитанностью?

— Вовсе нет, дорогая. Зови меня Анабеллой. Как-никак мы теперь одна семья.

— Очень сожалею, что вы не были на церемонии бракосочетания.

Анабелла махнула рукой, затянутой в элегантную перчатку:

— Балтазар даже не знал, что я вернулась в Англию. Он не хотел в твое отсутствие рассказывать о том, как вы решили пожениться.

Рейчел еще не решила, что следует, а чего не следует говорить свекрови.

— Может быть, после ухода доктора Фелпса выпьем втроем по чашечке чаю?

Анабелла насторожилась.

— Ты знаешь доктора Фелпса?

Рейчел покачала головой.

— Только в лицо. Я видела, как вы с ним разговаривали, когда он приехал. Рейнолдс сказал мне, кто он такой.

— Да, доктор Фелпс лечил моего мужа — он страдал мигренями.

Рейчел призадумалась. Не может быть, чтобы Брейв так расстраивался из-за какой-то мигрени.

— Он и Брейва лечит от какого-нибудь недуга?

Анабелла пожала плечами:

— Насколько мне известно, у моего сына превосходное здоровье.

Рейчел уловила нотки облегчения в голосе графини и подумала, что следовало бы задать вопрос по-другому, но, получив такой ответ, обрадовалась и не стала больше ни о чем расспрашивать. Анабелла, несомненно, что-то скрывает, но не близкую смерть Брейва.

— Ты, пожалуй, права, — сказала Анабелла, поднявшись с камня. — Сейчас самое подходящее время поймать моего сына. Не хочешь ли вернуться домой?

— С удовольствием. По крайней мере познакомимся поближе. — Рейчел тоже поднялась.

— Отлично. Я хотела бы узнать, как вы с Балтазаром встретились.

«А я хотела бы узнать побольше о Балтазаре».

Ответив Анабелле улыбкой на улыбку, Рейчел отвязала кобылу и подвела к камню, собираясь сесть в седло. Возвратиться домой вместе с матерью Брейва было весьма разумно, особенно если доктор Фелпс еще не уехал. Возможно, он скажет ей, что происходит с Брейвом. Как-никак она теперь графиня.

— Итак, как вы с ним встретились? — спросила Анабелла, когда они бок о бок ехали по лесной тропинке.

— Он вытащил меня из Уика и спас мне жизнь, — сказала Рейчел. — Я была уверена, что мы оба утонем.

Анабелла явно испугалась, и Рейчел вновь подумала, что многого не знает.

— Должно быть, вы оба натерпелись страху?

— Еще бы, — ответила Рейчел.

— Значит, это была любовь с первого взгляда? — Анабелла старалась говорить непринужденным тоном, хотя это ей плохо удавалось.

Рейчел вздохнула. О здоровье Брейва она так ничего и не узнала, а теперь у нее возникло еще множество вопросов. Почему, например, мать Брейва так странно отреагировала, узнав, что он спас жизнь Рейчел.

— Он был подобен рыцарю в сверкающих доспехах, — сказала молодая женщина, уклонившись от прямого ответа.

Добравшись до конюшни, они обнаружили там лошадь доктора Фелпса.

— Должно быть, им есть о чем поговорить, — заметила Рейчел, слезая с лошади.

— Уверена, так оно и есть, — улыбнулась Анабелла.

— Но ведь Брейв не болен?

Свекровь тоже спешилась и вздохнула.

— Рейчел, я уже сказала, что, насколько мне известно, мой сын абсолютно здоров. Опровергнуть это может только сам Балтазар. Почему бы тебе не поговорить с ним?

— Я пыталась. Он ответил, что мне не о чем тревожиться.

— Значит, так оно и есть, — улыбнулась Анабелла. — А теперь, с твоего позволения, я хотела бы привести себя в порядок перед чаем.

Глядя вслед удаляющейся свекрови, Рейчел задумалась. Может быть, Брейв и его матушка полагают, что она не должна интересоваться здоровьем Брейва, поскольку фактически еще не стала его женой. Она поделилась с ним своими опасениями относительно сэра Генри, заговорила о своем отце, хотя редко говорила о нем даже с матерью и Белиндой. А Брейв ведет себя с ней так, будто она чужая.

Рейчел этого не допустит, Брейв предложил ей свою помощь. Теперь настало время помочь ему. Но сначала надо выяснить, в чем заключается его проблема.

И Рейчел выяснит. Чего бы это ей ни стоило.

— Почему вы не рассказали жене о том, что случилось с вами после смерти Миранды?

Брейв поднял голову, вертя в пальцах белую королеву с шахматной доски, раскрытой на столике у окна, возле которого он стоял.

— Потому что это ее не касается, — заявил он. «Так же, как и вас, Фелпс», — вертелось у него на языке.

Улыбка доктора Фелпса говорила о том, что именно такого ответа он и ожидал.

— Но ведь она ваша жена.

Брейв перестал вертеть в пальцах шахматную фигуру, но продолжал смотреть на нее.

— Ну и что, что жена, — сказал он. Слова эти оставили во рту привкус горечи. — Какой смысл ей об этом рассказывать?

— Думаете, она не поймет? — спросил Фелпс.

Брейв, сцепив руки за спиной, устремил взгляд в окно.

— Нет, не думаю.

Рейчел отлично поняла бы его желание спасти Миранду, поскольку сама была одержима стремлением спасти свою мать. Вполне возможно, она поймет также, каким образом это связано с его желанием помочь ей. Но она, с ее целеустремленностью, не поймет, почему он потерпел неудачу.

Брейв был готов на все, только бы Рейчел не узнала, что он тогда не помог Миранде, когда она его просила об этом.

— Насколько я понял, если вы поможете Рейчел освободить ее мать от мужа, который плохо с ней обращается, то тем самым искупите свою вину в трагедии с Мирандой.

Брейв слышал, как за его спиной доктор Фелпс записывает свои вопросы и его ответы на листке бумаги. Этих заметок у него, наверное, набралось уже на целую книгу.

— Главное — восстановить равновесие, — объяснил Брейв. — Я не мог спасти Миранду, но, если спасу Рейчел, восстановлю равновесие.

Выслушав его, доктор снова принялся писать.

— А если вам не удастся помочь жене?

Глядя в темнеющее небо, Брейв пожал плечами:

— Тогда равновесие нарушится еще сильнее, хотя, возможно, будет достаточно и того, что я пытался помочь.

— Но вы не хотите, чтобы она об этом знала?

— Нет, — решительно заявил он.

— Вы полагаете, она не предпримет дальнейших попыток выяснить характер наших с вами отношений?

Вспомнив обиженный взгляд Рейчел, когда он сказал, чтобы она не утруждала себя заботами о нем, Брейв тряхнул головой, но прогнать воспоминание не удалось.

— Полагаю, она больше не будет задавать вопросов, — сказал Брейв. Видит Бог, он умел любого поставить на место.

— А теперь поговорим о том, о чем давно не говорили.

Брейв повернулся к доктору. Фелпс сидел в кресле, положив ногу на ногу. Согласившись поговорить с ним, Брейв хотел доставить врачу удовольствие. На самом же деле его мысли были поглощены Рейчел. Брейву нужна была компания. Но теперь он уже сожалел, что просто не напился.

— О чем это?

— О Миранде.

— За последний год мы, кажется, ни о чем другом не говорили, — нахмурившись, сказал Брейв.

— Мы говорили о ее смерти и о том, как это повлияло на вас, но мы давно не обсуждали ее как личность. Скажите, что вы чувствуете по отношению к ней?

— Зачем? — с недоумением спросил Брейв. — Ведь она умерла почти два года назад. Разговор о ней ничего не изменит.

— Все может измениться само собой, — загадочно ответил Фелпс. — Я пытаюсь понять, как изменились ваши чувства с тех пор, как мы последний раз говорили о Миранде. И как вы ее воспринимаете в настоящий момент.

Брейву все это казалось бессмысленным. Как мог он воспринимать Миранду, если она умерла?

— Что именно вы хотите знать?

— Какой вы представляете ее себе в настоящий момент?

— Своенравной. Немного испорченной. Хорошенькой.

— А как воспринимали, когда она была жива?

— Мне казалось, что я влюблен в нее. Она была самой хорошенькой из всех, кого я знал. Женитьба на ней навсегда связала бы наши семьи.

— Как вы относитесь к тому, что она влюбилась в простолюдина, в данный момент?

Печально покачав головой, Брейв ответил:

— Мне ее жаль. Она влюбилась в мужчину, который не отвечал ей взаимностью, поверила его лживым обещаниям.

— А как вы относитесь к тому, что она совершила самоубийство?

— Я чувствую себя виноватым, — признался он. — Она обратилась ко мне за помощью, но я ей отказал. Я не знал, что она покончит с собой, предпочтя смерть скандалу. Полагаю, она не думала при этом ни о своей семье, ни о моих чувствах.

Фелпс взглянул на него.

— Однако вы все еще чувствуете свою вину, хотя контролировать ситуацию не могли.

— Я должен был что-то сделать.

— Вы пытались.

— Недостаточно настойчиво. — Брейв отвел глаза.

— А что именно вы могли сделать?

— Наверное, жениться на ней, — пожал плечами Брейв.

Вздохнув, Фелпс отодвинул записи и взял свой чемоданчик.

— На сегодня хватит. Как только сравню сегодняшние записи с записями, сделанными в прошлый раз, пришлю вам экземпляр своих выводов. — Он помедлил. — Не понимаю, почему вы пытаетесь все это скрыть? Хотите совет?

— Разумеется.

— Поговорите с женой. Интуиция подсказывает мне, что она не станет осуждать вас так строго, как вам кажется.

— Надо об этом подумать, — сказал Брейв.

Попрощавшись с доктором, Брейв закрыл дверь и рухнул в кресло. Он был в полном изнеможении, как всегда после общения с Фелпсом.

Возможно, доктор прав. Надо во всем признаться Рейчел, и пусть думает о нем что хочет. Но у нее хватает и своих проблем.

Он совершил большую ошибку, женившись на Рейчел. Ему нужен был полноценный брак. Он хотел, чтобы Рейчел полностью отдавалась ему, как отдавалась всему, за что бралась, однако сознавал, что ничего не может дать ей взамен.

Стук в дверь прервал его размышления. Мать и Рейчел приглашали его на чашечку чая. Он удивился. Неужели Рейчел хочет видеть его? Однако, взглянув на ее милое личико, он не заметил ни упрека, ни осуждения. Только беспокойство.

Интересно, как бы она отреагировала, расскажи он ей о Миранде? О том, что он отказал ей в помощи. И она в отчаянии покончила с собой. Простила бы Рейчел? Или сочла чудовищем, похожим на сэра Генри? Почему, черт возьми, ему было важно знать, что она думает о нем? Почему он так отчаянно нуждался в ее одобрении?

Потому что впервые после смерти Миранды почувствовал, что появился шанс все наладить.

Восстановить равновесие, о котором он говорил доктору Фелпсу. После этого ему будет проще разобраться в своих чувствах к Рейчел. Нежность, которую он к ней питал, не что иное, как его собственная проклятая уязвимость, которую необходимо преодолеть. Он должен стать таким, как его отец, обладавший железной волей.

Глава 11

После чаепития с Брейвом и его матерью Рейчел ушла к себе. Она надеялась поговорить с Брейвом с глазу на глаз, дать ему понять, что он может на нее положиться, может довериться ей, какой бы сложной ни была его проблема. Говорить об этом в присутствии его матери Рейчел не могла.

Рейчел переоделась в ночную сорочку и халатик и села к письменному столу. Она готовила материалы для суда, описывая факты жестокого обращения сэра Генри с ее матерью и надеясь, что они достаточно убедительны для получения развода.

Рейчел легла спать и утром чувствовала себя отдохнувшей. Она умылась, оделась и написала матери записку, пригласив ее на чай.

Когда Рейчел спустилась в столовую, оказалось, что муж уже позавтракал, и она испытала разочарование, смешанное с облегчением.

— У лорда Брейвена в городе дела, миледи, — сообщил ей Рейнолдс, протягивая конверт, и добавил: — Лорд велел вам передать.

— Спасибо, Рейнолдс. Можешь идти, — сказала Рейчел.

Как только дворецкий удалился, она села на стул и, сгорая от нетерпения, вскрыла письмо.

«Тебя не было за завтраком. Нам надо поговорить. Чуть позднее буду ждать тебя в кабинете. Брейв».

Извинением это нельзя было назвать, но то, что Брейв заметил ее отсутствие за завтраком, было хорошим признаком.

Не спеша позавтракав, Рейчел отправила матери записку и приказала заложить экипаж, собираясь к Белинде. Она не виделась с подругой со дня свадьбы, а поскольку Белинде тоже скоро предстояла свадьба, Рейчел хотелось видеться с ней как можно чаще.

Кроме того, Белинда знала все сплетни и могла рассказать что-нибудь о Брейве и его тайнах.

Экипаж катил, подпрыгивая на ухабах, по разбитой сельской дороге. Поглядывая в окошко на проплывающие мимо пейзажи, Рейчел подумала о том, как сильно изменилась ее жизнь за последний месяц. В ее распоряжении была такая роскошь, как экипаж. Когда она была ребенком, у них был экипаж, но ей не позволяли ездить на нем одной. А теперь она едет, расположившись на мягком сиденье. На ней новое платье, накидка и розовая шляпка, подарок Белинды.

У нее не осталось ни одного старого платья. Благодаря щедрости Брейва она полностью обновила свой гардероб. Естественно, он не мог допустить, чтобы его жена была одета как оборванка, но Рейчел была тронута его необычайной щедростью.

Теперь Рейчел принадлежала к могущественной элите. С ней вынужден был считаться не только ее отчим, но и весь город. Сплетничать о ней теперь могли только за ее спиной. Никто не осмелился бы оскорбить ее. Однако, как ни парадоксально, она не сможет всем этим воспользоваться даже для того, чтобы помочь матери, если ее муж этому воспротивится.

А ее мать вполне может предпочесть остаться с сэром Генри.

Нет, она и помыслить об этом не могла. Такого не должно случиться.

Оставалось думать о Брейве. Принимая его предложение, она позволила себе думать, что делает это исключительно для того, чтобы помочь матери. Правда, выбора у нее практически не было, брак с Чарлтоном не в счет, но благородное предложение Брейва было не единственной причиной брака с ним. О лучшем и мечтать не приходилось. Она не солгала, когда сказала его матери, что он казался ей рыцарем в сверкающих доспехах. Ведь он спас ее от верной гибели.

Он был красив, богат, добр. Рассердился только раз, когда Рейчел заговорила о докторе Фелпсе. Он был самым завидным женихом в Йоркшире, но его внешность и состояние, и даже его доброта, не шли ни в какое сравнение с подлинной причиной, заставившей Рейчел посвятить ему всю оставшуюся жизнь.

Подлинной причиной были чувства, которые Рейчел к нему питала.

К своему ужасу, она вдруг почувствовала, что влюбляется в него. При нормальных обстоятельствах влюбиться в собственного мужа было бы прекрасно, но не в том случае, если он не отвечает взаимностью и с ним произошло нечто такое, из-за чего совместная жизнь может оказаться невозможной.

Проезжая мимо поворота к Талливуду, Рейчел взглянула на дом сквозь окошко экипажа. Тревожные мысли о Брейве сменились другими заботами.

Серое облако дыма, поднимавшегося из труб, растворялось в потемневшем небе. Талливуд, построенный из красного кирпича в стиле Тюдор, выглядел весьма живописно среди пологих холмов. В поле паслись лошади, дорога, ведущая к дому, была без рытвин и ухабов.

Хотя этот дом являлся ей в ночных кошмарах, он выглядел почти гостеприимно.

Интересно, проснулась ли уже ее мать? Может быть, она улыбается сэру Генри за завтраком? Или лежит в постели избитая, не в силах подняться.

Рейчел откинулась на сиденье, чтобы не смотреть на дом. Если она будет расстраиваться, это не поможет матери. Ей придется поверить, что сэр Генри относится к ней хорошо, пока мать или Поттс не опровергнут эти сведения. Мать может и промолчать, но Поттс расскажет Рейчел всю правду.

Рейчел сидела, откинувшись на сиденье, но, как только экипаж въехал в деревню, выпрямилась.

Вскоре экипаж свернул на дорогу, ведущую к дому отца Белинды. Мистер Мейхью неодобрительно относился к тому, что мать Рейчел вышла замуж за сэра Генри, не дождавшись конца траура. Легко осуждать других.

Рейчел не стала дожидаться в гостиной, а пошла прямо в спальню Белинды.

Белинда сидела в кровати, откинувшись на гору подушек. Ее темные волосы и белая кожа идеально сочетались с розовато-белой гаммой цветов, в которых была выдержана спальня.

— Почему ты до сих пор в постели? — спросила Рейчел, развязывая ленты шляпки.

Белинда поднесла к губам изящную фарфоровую чашечку и отпила глоток.

— Рейчел, сейчас всего десять часов.

Рейчел бросила шляпку на сундучок, стоящий в изножье кровати, и расстегнула плащ.

— Я на ногах с семи утра.

— Ты ведешь себя неестественно, — заявила Белинда. — Если бы у меня был такой муж, как у тебя, то я оставалась бы в постели целый день — при условии, что он был бы рядом.

Рейчел густо покраснела.

— Ты же знаешь, что фактически мы не женаты, — сказала она, подумав, что так будет продолжаться, пока она не скажет Брейву, что готова исполнить свой супружеский долг.

— Гм-м, очень жаль. — Белинда отпила еще глоток из чашки и похлопала по кровати рукой, приглашая Рейчел сесть.

Рейчел очень осторожно села, стараясь не запачкать сапожками постельное белье.

Белинда зевнула.

— Прости. Мы вчера допоздна играли в карты у Коулзов.

— Это мне надо извиниться. Знай я, не приехала бы к тебе сегодня.

Ее подруга недоверчиво покачала головой.

— Если бы ты знала, приехала бы в девять!

— Ты слишком хорошо меня знаешь, — рассмеялась Рейчел.

— Что правда, то правда. И поскольку я хорошо тебя знаю, то думаю, что это не простой визит вежливости. Выкладывай, в чем дело!

— Мне нужна кое-какая информация, — сказала Рейчел.

Белинда слегка нахмурилась.

— Что за информация?

— О Брейве.

Брови Белинды взлетели вверх.

— Надеюсь, тебе не нужны такие детали, как рост, цвет волос и тому подобное? — не без ехидства спросила Белинда.

Рейчел проигнорировала замечание.

— Есть вещи, о которых я не могу спросить его, потому что не получу ответа.

— Не уверена, что смогу тебе помочь. Он твой муж, и ты знаешь о нем больше, чем я.

— Но я не знаю о его прошлом. После смерти моего отца я редко видела Брейва. Последний раз — на похоронах его отца. Ты вращалась в тех же кругах, где и он, посещала те же вечеринки. Разве ваши матери не были знакомы?

— Стало быть, тебе нужны сплетни, — сказала Белинда, пристально глядя на подругу.

— Я хотела бы узнать, что заставило молодого повесу перестать улыбаться. Не заболел ли он, не произошел ли с ним какой-нибудь несчастный случай.

— Зачем это тебе?

Рейчел вздохнула. Она потеряла отца. Теперь может потерять мать. Она не хотела потерять еще и Брейва.

— Я хочу научить его снова улыбаться, если это в моих силах. К тому же я любопытна, — добавила она.

Белинда кивнула. На ее изогнутых, как лук купидона, губах появилась лукавая улыбка.

— Понимаю, — сказала она. — Попробую вспомнить, что я слышала о Брейве. — Подумав, Белинда сказала: — Однажды я подслушала, как леди Истерли сказала леди Пемброук, что его мужскому достоинству может позавидовать любой жеребец-производитель. Такая информация подойдет?

Рейчел вспыхнула до корней волос, а ее подруга расхохоталась.

— Нет, — проворчала Рейчел, — не подойдет! — Боже милосердный, она не сможет теперь даже взглянуть на Брейва, не подумав об этом. В тот вечер в библиотеке его член показался ей довольно большим на ощупь, но ей ведь не с чем было сравнивать.

Белинда внимательно наблюдала за ней.

— Гм-м, что-то в выражении твоего лица заставляет меня спросить тебя, права ли была леди Истерли, но ведь ты мне не скажешь, не так ли?

— Не имею понятия, о чем ты говоришь, — сказала Рейчел.

— Так я и знала. — Подруга, покровительственно похлопала ее по руке. — Еще я помню, что он был влюблен в младшую сестру графа Вулфрэма, Миранду. Сделал ей предложение, а она, дура, отказала ему.

Рейчел представить себе не могла, что какая-то женщина отказала Брейву.

— И что было дальше? — Единственную сестру, о которой говорил Джулиан, звали Летицией, это Рейчел слышала от него самого. Не может быть, чтобы семья Миранды от нее отвернулась.

— Бедняжка покончила с собой, — сказала Белинда.

Рейчел охнула.

— Почему?

— Точно никто не знает. Ходили слухи, будто ее тело обнаружил Брейв.

— И чем все это кончилось?

Белинда пожала плечами:

— Говорят, он тоже хотел покончить с собой. Потом стал пить, дебоширить и в конце концов исчез.

— Куда исчез?

— Думаю, он просто заперся в четырех стенах своего великолепного огромного дома. Некоторые полагали, что он убил соблазнителя Миранды и уехал на континент, опасаясь судебного преследования.

— Брейв убил? Ни за что не поверю!

Белинда снова пожала плечами:

— Этому мало кто верит, поскольку леди Истерли заявила, что наняла бы мерзавца для обслуживания своих собственных конюшен.

Какими же отвратительными бывают представители аристократии!

— Это все, что тебе известно о Брейве?

Белинда кивнула:

— Пожалуй, все. Говорили еще, что однажды, напившись, он упал в Темзу. Его спас граф Энджелвуд, который тоже был пьян и находился рядом с ним. Некоторые утверждали, что Брейвен вовсе не упал в реку, а пытался утопиться.

Рейчел в это не верила.

Совсем других сведений она ждала от Белинды. Брейв что-то скрывал от нее. Почему его посещает врач?

— Это, черт возьми, сводит меня с ума! — заявила Рейчел, хлопнув кулаком по постели.

Белинда удивленно уставилась на подругу.

— Что сводит тебя с ума? — спросила она наконец.

— Брейвен! — воскликнула Рейчел. — Лорд Хранитель Тайн!

Белинда рассмеялась.

— Что тебе за дело до его тайн?

Рейчел скрестила на груди руки.

— Я его жена, и у него не должно быть от меня секретов.

Белинда расхохоталась и никак не могла успокоиться.

— Прекрати! — взмолилась Рейчел.

Белинда перестала смеяться, вытерла слезы уголком простыни и повернулась к подруге:

— Ты и ведешь себя как жена, а я думала, Брейв тебе нужен лишь для того, чтобы добиться развода для матери.

— Так оно и есть, — подтвердила Рейчел.

— В таком случае его тайны тебя не касаются.

Эти слова задели Рейчел за живое.

— Ты хочешь сказать, что наши отношения построены на голом расчете, — сказала Рейчел, теребя кружевную оборочку на подушке.

— Но ведь это правда, Рейчел. Вы поженились, чтобы помочь друг другу. Ваш брак не предполагает супружеских отношений.

Рейчел залилась румянцем и отвела взгляд. Она поняла, на что намекает подруга.

— Это не имеет значения. У меня столько забот!

— Мы обе знаем, что все это пустая болтовня. — Белинда откинула одеяло и поднялась с постели.

Рейчел вскинула голову.

— При чем тут супружеские отношения? Ты же знаешь, что я должна заботиться о матери!

Белинда пересекла комнату и накинула халатик.

— Судя по тому, что я видела вчера вечером, твоя мать в состоянии сама позаботиться о себе.

— Вчера вечером?

Белинда снова села на кровать.

— Сэр Генри и твоя мать были вчера на вечеринке. — Белинда взяла Рейчел за руку. — Идеальная супружеская пара.

— Я не могу этому поверить, — прошептала Рейчел.

Белинда крепко сжала ее руку:

— Рейчел, умоляю, выбрось из головы безумную идею спасения матери от сэра Генри и устраивай свою собственную жизнь. Стань Брейвену настоящей женой.

Рейчел на мгновение лишилась дара речи. Что происходит? Как могут ее мать и Белинда верить, что сэр Генри изменился? И что она откажется спасти мать?

— Мне пора, — сказала Рейчел, вставая с кровати.

— Извини, Рейчел. Не уходи.

Взяв плащ и шляпку, Рейчел покачала головой:

— Нет, я должна идти. — Она повернулась к двери. — До свидания.

— Рейчел! — крикнула ей вслед Белинда. Но Рейчел не остановилась. Сбежав вниз по лестнице, она пересекла холл и быстро прошла мимо озадаченного лакея, придерживавшего для нее дверь.

— Отвезите меня домой, — приказала она кучеру. — Скорее!

Домой. В Уикс-Энд. К Брейву. Пожалуй, он единственный понимал ее и поддерживал.

Стоя у окна, Брейв наблюдал за приближающимся экипажем. Несколько мгновений спустя он услышал, как открылась и закрылась входная дверь и в вестибюле послышались голоса.

Это вернулась Рейчел.

Куда она ездила? Около десяти утра ее уже не было дома. Видимо, она ездила к своей матери. Или в город, купить себе еще несколько новых платьев? Видит Бог, она в них нуждалась. Он купил ей кое-какие наряды, но этого недостаточно. Возможно, если купить еще, то она простит его за то, что оказался таким ослом?

— Ты прочел мои записи?

Брейв вздрогнул от неожиданности. Рейчел вошла без стука. Брейв с трудом сдерживал волнение, как это бывало обычно, когда она находилась рядом. На ней было одно из платьев, сшитых миссис Форд. Какого-то пурпурного цвета. Оно прекрасно оттеняло ее фиалковые глаза и белоснежную кожу. Как же он по ней скучал!

— О твоей матери и сэре Генри? — спросил Брейв.

Она кивнула.

— Прочел. Описание весьма подробное. Любой, кто их прочтет, не останется равнодушным. — Брейв не хотел говорить, что сам пришел в ужас. Неудивительно, что Рейчел так отчаянно стремится увезти мать от сэра Генри. Он настоящее чудовище.

А может быть, он изменился? Брейв слышал: в последние несколько дней сэр Генри вел себя как образцовый муж.

— Я хотела бы начать бракоразводный процесс как можно скорее. Прямо сегодня. — Она подошла к письменному столу и присела на краешек стула.

Брейв, сцепив за спиной руки, направился к ней. Она сидела к нему спиной, и по ее приподнятым плечам он видел, как она напряжена. Она словно связала себя в узел, более тугой, чем пучок на голове старой девы.

Внимательно посмотрев на нее, он спросил:

— Не расскажешь ли мне, что тебя так расстроило?

Глядя ему в глаза, она ответила вопросом на вопрос:

— А не расскажешь ли мне, зачем к тебе приезжает доктор Фелпс?

Ну и характер! Упрямица!

— Ты снова об этом? Доктор Фелпс долгие годы был другом нашей семьи, Рейчел. Время от времени он бывает у нас, особенно когда приезжает моя матушка. Тебе незачем об этом беспокоиться.

Похоже, его слова не убедили ее. Видимо, она не оставит его в покое. И все же от ее беспокойства у него потеплело на сердце. Давненько никто не интересовался его здоровьем. Но нельзя допустить, чтобы она совала нос не в свои дела. Он непременно расскажет ей о своем прошлом. Но не сейчас. А когда будет к этому готов.

— Я, к примеру, время от времени навещаю миссис Джонсон, повитуху. Но это вовсе не значит, что я жду ребенка, — пошутил он.

Рейчел покраснела до корней волос. Она ничего не делала наполовину, его Рейчел. На полной скорости летела вперед, игнорируя все последствия. Ее девизом было: все или ничего.

Она отдаст ему это «все» в постели. При мысли об этом по его телу прокатилась горячая волна желания и в паху почувствовалось нарастающее напряжение.

К счастью, она, кажется, не заметила эрекции. Он сложил руки, чтобы прикрыть ими пах. За последние дни ему частенько приходилось это делать. Никто бы не поверил, что долгое время он был практически импотентом, утратив всяческий интерес к сексу.

— Что же произошло? — спросил он, надеясь, что на сей раз она не станет отвечать вопросом на вопрос.

Она вздернула подбородок.

— Вчера вечером сэр Генри с матерью были на вечеринке.

Брейв тряхнул головой. Уж не ослышался ли он?

— Что ты сказала?

— Сэр Генри и мать ходили на вечеринку! — повторила она возмущенно, надеясь, что Брейв ее поймет. Но он спросил:

— А это плохо?

— Еще бы! — Она закрыла лицо руками. — Сэр Генри возил ее к Коулзам.

— Рейчел, я разделяю твои опасения, но, если сэр Генри изменился в лучшую сторону, надо радоваться.

— Пойми, Брейв, как только ему надоест изображать из себя добропорядочного мужа, он возьмется за старое. Жестокость вошла у него в привычку, и вряд ли он от нее избавится.

Слова Рейчел задели в Брейве какую-то глубоко скрытую струну. Может быть, с ним произошло то же самое? У него появилась дурная привычка, и он не знает, как от нее избавиться?

— Ты не думаешь, что у него может войти в привычку нормальное поведение?

— А ты? Предположим, над тобой почти всю жизнь измывался какой-то мерзавец. Разве ты поверишь, если он вдруг изъявит желание стать твоим лучшим другом? — Брейв задумался. — Что произойдет, если моя мать не угодит ему? Он не станет говорить с ней об этом, а пустит в ход кулаки.

— И ты не сможешь ему помешать.

Рейчел покачала головой и закрыла лицо руками.

Брейв понимал, какой беспомощной она себя чувствует. Он чувствовал себя точно так же, когда погибла Миранда.

— Но хуже всего то, что примирение матери с сэром Генри отрицательно скажется на бракоразводном процессе, — продолжала Рейчел. — И винить во всем будут меня.

— Такое никому не придет в голову.

Рейчел посмотрела Брейву в глаза.

— Именно так считает сэр Генри. Он сам мне об этом сказал. Он скажет, что я ему напоминала своего отца, провоцировала его, что пыталась поссорить его с матерью. И ему поверят.

— Те, кто его не знает, могут поверить, но...

— Знают ли его те, которые будут слушать его дело в суде?

Для женщины, которая большую часть жизни провела в сельском Йоркшире, Рейчел, несомненно, неплохо разбирается в том, как делаются дела. Сэр Генри непременно напомнит о ряде неудачных браков среди представителей высшего общества. Без подтвержденных фактов жестокого обращения, но при наличии свидетельских показаний, подтверждающих, что сэр Генри изменился после того, как Рейчел покинула его дом, ему в конце концов удастся вызвать сочувствие у потакающих своим прихотям чванливых пэров. А Рейчел превратится в главного виновника.

Но те, которые будут слушать их дело, такие же пэры, как Брейв. Они хорошо знали его отца. И его самого, хотя его сумасбродное поведение после смерти Миранды заставило некоторых из них подумать, что он сошел с ума. Он был гораздо респектабельнее, богаче и популярнее, чем сэр Генри Уэстхейвер.

— Не знаю, насколько это нам поможет, но вполне возможно, что сэру Генри будет не так-то просто склонить их на свою сторону, тем более если он до этого хоть пальцем тронет твою мать.

Надежда, вспыхнувшая было в ее глазах, погасла.

— Пока он не изобьет ее, она от него не уйдет. Что нам в этом случае делать?

— Ждать, когда твоя мать примет решение.

— Боюсь, это произойдет не скоро, — вздохнула Рейчел. — Сожалею, что пришлось втянуть тебя в эту историю. Ты ведь надеялся, что это продлится месяц-другой, не больше.

Пусть бы это длилось всю жизнь, только бы он смог ей помочь. Брейв пожал плечами:

— Я свободен, неотложных дел у меня нет. А у тебя хватит терпения ждать?

— У меня нет выбора. У тебя не бывало так, что на тебя возлагают большие надежды, а ты не уверен, что сможешь их оправдать?

Брейв фыркнул.

— Иногда мне кажется, что я всю жизнь пытаюсь быть кем-то другим, а не тем, кем являюсь.

— Правда? — воскликнула Рейчел.

— Я рос, стараясь не посрамить имя отца, человека незаурядного, как тебе известно.

— Он был близким другом моего отца и всегда хорошо относился ко мне.

— Он ко всем хорошо относился. С самого детства я из кожи вон лез, чтобы он мной гордился, — сказал Брейв, однако не мог не вспомнить о том, как пьянствовал и распутничал после смерти Миранды. Вряд ли это порадовало бы отца.

— Думаю, твои усилия не пропали зря.

— Правда?

Рейчел кивнула. Брейв покачал головой:

— Не уверен. После его смерти я старался быть таким же, как он. Люди любили отца. Уважали.

— А тебя разве не любят, не уважают?

— Я знаю, что мои слуги, арендаторы и наемные работники относятся ко мне с некоторым уважением, однако не уверен, что оно так же глубоко, как уважение к моему отцу. — Ему не верилось, что он все это ей рассказывает. Даже с Габриэлем и Джулианом Брейв не был столь откровенен.

— А как насчет любви? Наверняка ты познал это чувство.

Взгляд, которым Рейчел его одарила, привел его в замешательство. Брейву показалось, что она заглянула ему в душу.

— Мои друзья и мать очень любят меня. — Брейв отошел от стола и, не поворачиваясь к ней, сказал: — Я должен извиниться за свое вчерашнее поведение. У меня было ужасное настроение, и я сорвал его на тебе, когда ты проявила интерес к моим делам и заботу о моем благополучии.

— Извинение принято.

Брейв испытал огромное облегчение, однако виду не подал.

— А я должна извиниться за свое любопытство. За то, что перешла положенные границы.

Обернувшись, он встретился с ней взглядом.

— Рейчел, мы с тобой достаточно близки, о каких границах ты говоришь?

Она улыбнулась, но улыбка была печальной. Он хотел, чтобы она чувствовала себя с ним абсолютно свободно, изливала бы ему душу, однако сам многое скрывал от нее. И Рейчел это понимала.

Доверие. Оно должно быть взаимным.

— Пожалуй, я что-нибудь выпью, — сказал Брейв, пересекая комнату. — А ты не хочешь?

— Брейв?

Он остановился. Ему пришлось собрать в кулак всю свою силу воли, чтобы взглянуть ей в лицо, и он увидел в ее удивительных фиалковых глазах искреннюю заботу и доверие.

— Ты можешь говорить со мной о чем угодно. Если я тебе понадоблюсь, позови меня.

Если она ему понадобится? Да он минуты не может без нее прожить! Его безумно влечет к ней. Рейчел — его спасение.

Неожиданно дверь в кабинет распахнулась, и на пороге появился запыхавшийся Рейнолдс.

— Рейнолдс? — Брейв, уставился на дворецкого. — Что, черт возьми, ты себе позволяешь?

Взгляд дворецкого заметался между Брейвом и Рейчел.

— Извините меня за дерзость, лорд Брейвен и леди Брейвен, но дело не терпит отлагательства.

— Что случилось? — спросила Рейчел.

— Ну, выкладывай, старина! — воскликнул Брейв, подходя к дворецкому.

— Леди Уэстхейвер, милорд. Она...

Брейв, не дослушав, выскочил из комнаты и помчался по холлу, Рейчел бежала следом за ним. Такой ужас на лице Рейнолдса Брейв уже видел однажды.

В ту ночь, когда умер отец.

Глава 12

Рейчел мчалась с бешено бьющимся сердцем за Брейвом. За ней по пятам следовал запыхавшийся Рейнолдс.

«Прошу тебя, Господи, спаси и помилуй ее!»

Сэр Генри вновь взялся за старое. Иначе и быть не могло. Что еще могло привести мать в Уикс-Энд?

В холле собралось не менее десятка слуг. Вдовствующая графиня стояла на лестнице, в ужасе прикрыв рот рукой. Один из лакеев опустился на колени рядом с женщиной, лежавшей ничком на каменном полу. Он держал ее за запястье, пытаясь нащупать пульс.

Брейв тоже опустился на колени. Он что-то приказал слуге, и тот помог ему перевернуть мать.

Рейчел рухнула на колени рядом с ним, ушиблась, но не почувствовала боли. Брейв попытался загородить от нее мать, но она его оттолкнула.

Силы небесные!

— Это не она, — пробормотала Рейчел. Повернувшись, она встретила ошеломленный взгляд Брейва, и из груди ее вырвался крик: — Это не она!

Теплые руки легли на ее дрожавшие плечи.

— Это она, Рейчел. — Он говорил спокойно, но глаза его потемнели от отчаяния.

— Нет! — крикнула Рейчел, вырываясь из его рук.

Видимо, с этой женщиной произошел несчастный случай. Не может быть, чтобы такое могло сотворить человеческое существо.

Может быть, перевернулся экипаж и несчастную выбросило на дорогу? Поэтому она вся в крови и ссадинах, одежда покрыта грязью. Должно быть, семья этой женщины ждет ее возвращения. И тревожится.

Рейчел повернулась было к Брейву, хотела сказать, что надо связаться с семьей этой женщины, но тут что-то прикоснулось к ее колену.

Она замерла, по спине побежали мурашки.

«Не смотри вниз. Не смотри вниз», — подсказывал внутренний голос.

Но она посмотрела. Грязная окровавленная рука лежала на ее колене.

— Рей...чел.

Она знала этот голос. Он принадлежал матери. У Рейчел потемнело в глазах. Она испуганно отпрянула от окровавленных пальцев. Брейв что-то говорил, но Рейчел не слышала из-за шума в ушах. Он протянул ей руку, она уклонилась, и ее лицо оказалось в нескольких дюймах от лица матери.

Ей удалось откатиться в сторону и встать на четвереньки. И тут ее вырвало прямо на пол.

— Выпей, — сказал Брейв, протягивая ей бокал.

— Что это?

Они находились в кабинете Брейва, ожидая, когда доктор Фелпс закончит осмотр ее матери. Рейчел сидела в кресле у окна. Зеленые бархатные шторы были раздвинуты, пропуская в комнату лучи предзакатного солнца.

— Это бренди. Оно успокаивает нервы, — сказал Брейв.

Она не стала пить бренди и заявила:

— Было бы странно успокоиться в сложившейся ситуации.

— Позволь с тобой не согласиться, — возразил Брейв. — Это как раз тот случай, когда необходимо проявить спокойствие и здравомыслие. Неконтролируемые эмоции ведут к принятию необдуманных решений, а следовательно, к еще более сильной боли. — Это он испытал на собственном опыте.

Рейчел вздернула подбородок. Глаза ее потемнели.

— О каком здравомыслии может идти речь после того, что этот зверь с ней сотворил? Ведь я ее дочь.

— А я твой муж. И собираюсь остаться им в последующие сорок лет. А в данный момент я хотел бы, чтобы ты выпила бренди. — Он вложил ей в руку бокал.

Она застонала в напряжении, но не уронила бокал на ковер, как это сделала бы на ее месте другая женщина, из тех, что Брейвен знал. Рейчел была своенравной, но не капризной.

Миранда, к примеру, непременно уронила бы бокал.

Сравнение потрясло Брейва. Однако, учитывая тот факт, что он решил помочь Рейчел из-за ошибки, которую допустил с Мирандой, сравнивать этих двух женщин было вполне естественно. Как ни странно, но сравнение оказалось не в пользу Миранды.

Брейв знал, что у Миранды масса недостатков, но, как влюбленный мужчина, предпочитал их не замечать. Он чувствовал себя виновным в смерти Миранды, потому воспринимал ее как невинную жертву. Сравнивая Миранду с Рейчел, он вдруг понял, что все это не так, однако ему не хотелось об этом думать.

Особенно когда женщина, которую он сравнивал с Мирандой, проявляла такое упрямство.

— Я не хочу опьянеть к тому времени, как доктор Фелпс спустится вниз после осмотра матери.

У Брейва разболелась голова.

— Можешь не пить целый бокал. Только глотни. Прошу тебя.

Слова «прошу тебя» сделали свое дело. Он видел это по ее лицу. Она поднесла бокал к губам и сделала глоток. Он улыбнулся.

— Ну как? — спросил он, поймав на себе ее пристальный взгляд.

Рейчел покачала головой:

— Никак. — Она сделала еще глоток. — Как ты думаешь, она поправится?

Он не нашелся что ответить. Ему приходилось видеть мужчин, избитых так же жестоко, как Мэрион Уэстхейвер. Они не только выжили, но даже хвастались следами побоев. Однако Брейв никогда не видел зверски избитую женщину. Он не знал, может ли женщина, подобно мужчине, выжить после случившегося. Мужчина по своей природе груб, вынослив, мать Рейчел хрупкая и миниатюрная.

— Да, — солгал Брейв. — Думаю, она поправится.

Страх в глазах Рейчел сменила надежда.

Брейв понимал, что сейчас чувствует Рейчел. Он чувствовал ту же беспомощность, когда выудил тело Миранды из пруда, и испытал то же нежелание верить. Он понимал, что она мертва, но продолжал твердить, что этого не может быть, что это не она и что, должно быть, произошла какая-то ужасная ошибка.

Рейчел по крайней мере еще могла надеяться, что мать поправится. У него такой надежды не было. Когда он нашел Миранду, она была мертва. На ней была та же одежда, в которой она приходила к нему. Это означало, что она покончила с собой сразу же после его отказа.

— Во всем виновата я.

Он вздрогнул, услышав, как она озвучила его мысли.

— Что ты сказала?

— В том, что он... В том, что ее избили, виновата я. — Голос Рейчел дрогнул. — Я виновата во всем.

— Ты ни в чем не виновата, — сказал он.

Рейчел рассмеялась и отпила большой глоток бренди. Брейв уже пожалел, что дал его ей. Он надеялся, что бренди ее успокоит, но теперь понял, что она хочет с его помощью забыться. Избавиться от чувства вины, которое становилось невыносимым.

Прежде чем она сделала очередной глоток, Брейв отобрал у нее бокал.

— Если виновата не я, то кто же? — спросила она, когда он вернулся к ней.

Он помедлил мгновение, сделав вид, что обдумывает ответ.

— Ну-у, не знаю. Возможно, сэр Генри? — Ему не понравилось, что она занимается самоистязанием. Рейчел — человек действия. Она не тратила времени на то, чтобы сокрушаться о прошлом.

В отличие от него.

Но у него все было по-другому. Он действительно был виноват в смерти Миранды.

— Нельзя всю вину взваливать на сэра Генри. Моя мать, выходя за него замуж, знала, что это за тип. Но ее тоже нельзя винить, она вынуждена была это сделать.

Брейв приподнял бровь, но благоразумно промолчал.

— А меня можно винить. Она вышла за него замуж, потому что хотела обеспечить меня! И вот что из этого получилось.

Рейчел закрыла лицо руками и зарыдала.

Долгие годы, когда она наблюдала, каким ужасным издевательствам подвергается ее мать, не прошли для нее даром. Чувство вины и беспомощности угнетало ее. В отличие от Рейчел Брейв не позволял себе роскоши выплакаться. Вместо этого позволял Фелпсу совать нос в его дела, выкачивать из него информацию, обливать его ледяной водой, после чего он в полном изнеможении, рухнув в постель, засыпал.

Брейв опустился на ковер и отвел руки, которыми она закрывала лицо.

— Рейчел, сколько тебе было лет, когда умер твой отец? Тринадцать?

— Четырнадцать.

— Могла ли ты в то время содержать себя и свою мать?

Она в смятении уставилась на него:

— Что ты имеешь в виду?

— Могла ли ты работать в швейной мастерской или же стать камеристкой?

Рейчел покачала головой:

— Я ничего не умела делать.

— Ты воспитывалась, как подобает юной леди. Предполагалось, что тебе следует научиться лишь управлять хозяйством. Будь ты старше или получи другое воспитание, возможно, нашла бы себе занятие, которое позволило бы твоей матери не выходить замуж за Уэстхейвера. Но ты не могла этого сделать. А если бы даже смогла, твоя мать не пожелала бы, чтобы ты это делала. Она предпочла выйти замуж, чтобы дать тебе возможность продолжать жить так, как ты привыкла. Она сделала это ради тебя, а не из-за тебя.

— Это одно и то же, — упрямо повторила Рейчел. — Если бы не я, ей не пришлось бы выйти замуж за этого негодяя!

— Это был ее выбор, — крикнул Брейв. — Это не твоя вина. Ты не можешь контролировать поступки своей матери или сэра Генри.

«Зато ты мог контролировать поступки Миранды».

Он чуть было не упал на спину, но удержался, продолжая придерживать пальцами ее голову.

—Ты была ее ребенком, и тебя нельзя винить в том, что делала твоя мать или кто-либо другой. Разве ты не пыталась все эти годы заставить ее уйти от него? Разве не планировала начать бракоразводный процесс, хотя всего несколько дней назад мать сказала тебе, что не хочет пока разводиться?

Рейчел кивнула.

— Почему в таком случае ты так упорно обвиняешь себя в том, что твоя мать по наивности поверила человеку, который только и делал, что причинял ей боль?

Рейчел смотрела на него так, словно увидела впервые. Брейв не винил ее. И себя тоже не чувствовал виноватым.

Он поднял Рейчел с кресла и усадил к себе на колени.

Она прижалась к нему.

По его щеке скатилась слезинка.

Долго еще будет продолжаться осмотр?

Рейчел не отрываясь смотрела на дверь комнаты, где лежала мать.

К тому времени, как их пригласили войти, Рейчел уже успела взять себя в руки.

Наконец дверь открылась, и из комнаты выскочили две служанки. Рейчел медленно поднялась.

В коридор вышел Фелпс. Заметив Рейчел, он улыбнулся.

— Как она? — спросил Брейв.

— Могло быть и хуже, — уклончиво ответил доктор. — Внутренние органы, судя по всему, не повреждены. Надеюсь, через некоторое время она полностью поправится.

Держа за руку Брейва, Рейчел с облегчением улыбнулась. Он ободряюще пожал ее пальцы.

— Однако, — продолжил Фелпс, — ей придется несколько недель пролежать в постели. Ушибы ребер и вывихнутое плечо будут еще некоторое время причинять боль при любом движении. Через несколько дней синяки и ссадины начнут постепенно проходить, отеки тоже спадут.

— Можно мне увидеть ее? — спросила Рейчел.

Фелпс отступил на шаг от двери.

— Разумеется, можно. Она о вас спрашивала. Сознание у нее сейчас несколько затуманено. Чтобы облегчить боль, я дал ей лауданум.

Поблагодарив доктора, Рейчел, прежде чем войти в комнату, крепко обняла мужа. Он замер, но не попытался высвободиться из ее рук, словно не замечая, что за ними наблюдают доктор и служанки.

— Спасибо, — шепнула она и быстро вошла в комнату.

— Это ты, Рейчел? — едва слышно спросила мать.

Рейчел закрыла дверь.

— Да, мама, это я.

— Я не вижу тебя, у меня опухли глаза. Подойди и сядь рядом.

Рейчел села на краешек кровати.

— Тебе очень больно, мама?

— Доктор Фелпс дал мне обезболивающее. — Мать пожала ее пальцы. — Не тревожься. Когда я рожала тебя, было гораздо больнее, — попыталась она пошутить, и ее губы дрогнули в некоем подобии улыбки. — Все не так уж плохо. Лекарство, конечно же, поможет. Боль в конце концов пройдет.

Физическая боль — да. Но затянутся ли душевные раны?

— Расскажи, что произошло, — попросила Рейчел чужим голосом.

— Зачем?

— Я запишу, чтобы приложить к прошению о разводе.

Мать облизнула пересохшие губы.

— Думаешь, твой муж сможет защитить меня от Генри?

Это Рейчел не знала, но в одном была твердо уверена: этот негодяй больше близко не подойдет к ее матери.

— Ты будешь в безопасности, — уверенно произнесла Рейчел.

— Извини, дорогая.

— За что?

— За то, что не послушалась тебя. Мне так хотелось верить...

— Понимаю, — сказала Рейчел.

Она погладила мать по голове и, почувствовав запекшуюся кровь, убрала руку.

— Расскажи, что произошло, мама, — снова попросила Рейчел.

— Все шло хорошо до сегодняшнего утра, когда я получила твое приглашение на чашку чая. Я сказала об этом Генри, но он запретил мне выходить из дома. Я запротестовала, он ударил меня, а потом... — Она умолкла. — Я попыталась его ударить, тогда он принялся меня избивать. Я потеряла сознание.

— Что было дальше?

— Придя в себя, я направилась сюда. Где-то в поле упала и не могла подняться. Долго ползла. Потом меня увидел один из арендаторов Брейвена и привез сюда.

У Рейчел ком подступил к горлу. Как могла она считать свою мать малодушной? Мэрион решилась противостоять этому изуверу, а потом, избитая, ползла по земле.

— Ты все сделала правильно, мама.

Прошло несколько секунд, прежде чем мать снова заговорила.

— Лекарство начинает действовать. Ты не возражаешь, если я немного вздремну?

— Конечно, мама. — Рейчел легонько поцеловала мать в лоб. — Я загляну к тебе позднее.

— Хорошо. Не позволяй сэру Генри увезти меня домой.

— Ни за что! — Рейчел стиснула зубы.

Мать заснула. Рейчел поднялась, обдумывая последние слова матери. Можно было не сомневаться в том, что сэр Генри появится здесь, чтобы забрать Мэрион, как и в том, что Брейв с ним разберется. Но что будет, если сэр Генри приведет с собой блюстителей закона?

И Рейчел решилась.

Выйдя в коридор, она не увидела там ни души и поспешила вниз по лестнице.

Внизу стоял Рейнолдс.

— Позвольте мне справиться о здоровье вашей матушки, леди Брейвен?

— Она сейчас отдыхает, Рейнолдс. Спасибо за заботу.

Дворецкий с облегчением взглянул на нее.

— Где мой муж?

— У себя в кабинете, с доктором Фелпсом и вдовствующей графиней, миледи. Он просил, чтобы вы тоже к ним присоединились.

Поблагодарив его, Рейчел направилась к кабинету, но не вошла туда, а свернула в библиотеку. Выдвинув нижний ящик письменного стола, Рейчел достала шкатулку полированного красного дерева.

Пистолетами не пользовались несколько лет, однако она видела, как Рейнолдс на днях чистил их. Пули и порох тоже нашлись в шкатулке. Зарядив один из пистолетов, Рейчел положила второй в шкатулку и снова убрала ее в ящик.

Спрятав оружие в юбках, она выглянула из двери. В коридоре не было ни души.

Оставалось лишь дойти до конюшни, отправиться верхом в Талливуд и убить отчима.

— Привет, Поттс. Сэр Генри здесь? — спросила Рейчел равнодушным тоном и, проскользнув мимо дворецкого, вошла в холл.

— Не знаю, — ответил Поттс.

— Не знаешь? — Нахмурившись, Рейчел круто повернулась и взглянула в лицо дворецкого, который всегда был скорее другом, чем слугой. — Он куда-нибудь вышел? Или находится в доме?

— Не имею понятия, где он, леди Брейвен, — ответил Поттс, надевая пальто. — И не желаю больше видеть этого мерзавца.

Рейчел поразили его слова. Поттс, при всей своей преданности ей и ее матери, никогда не отзывался неуважительно о сэре Генри. Тут она заметила на полу дорожные сумки.

— Поттс, чьи это сумки?

Дворецкий нахлобучил на голову поношенную шляпу.

— Мои, миледи. Я ухожу.

Рейчел ушам своим не поверила.

— Уходишь?

Поттс кивнул.

— После того, что он сделал с дорогой леди Мэрион, я больше ни минуты не останусь здесь. Буду жить у дочери, пока не найду другую работу. — Он поднял сумки. — Если позволите, я хотел бы через денек-другой навестить вашу матушку.

— Разумеется. Если хочешь, я поговорю с лордом Брейвеном относительно должности для тебя, — сказала Рейчел.

— Вы очень добры, миледи. — Он поклонился и повернулся, чтобы уйти.

— Ты даже не хочешь спросить, что я здесь делаю, Поттс? — поинтересовалась Рейчел.

Слуга оглянулся.

— Леди Брейвен, даже если вы намерены сжечь дотла этот дом вместе с его хозяином, я и пальцем не пошевельну. — С этими словами Поттс удалился.

Рейчел обыскала верхний и нижний этажи, затем библиотеку. Отчима нигде не было.

Покидая Уикс-Энд, Рейчел знала, что не сможет нажать на спусковой крючок, и почти не сомневалась в том, что этот изверг сейчас где-нибудь охотится вместе с Чарлтоном или другим своим приятелем.

По правде говоря, она была бы значительно больше встревожена, если бы застала его дома. Что бы она тогда стала делать? Если бы они поссорились или если бы он напал на нее, как напал на мать, она могла бы выстрелить в него, и ее застали бы на месте преступления. Или, еще того хуже, он мог бы повернуть против нее ее же оружие и убить ее. В Уикс-Энде никто не знает, где она. Здесь ее видел только Поттс и, возможно, еще парочка слуг, но они, несомненно, не стали бы свидетельствовать против своего хозяина.

Ей просто хотелось почувствовать, что она владеет ситуацией. И еще, может быть, она отчасти надеялась припугнуть сэра Генри, заставить его держаться подальше от матери. Ей даже в голову не пришло, что ситуация может с такой легкостью обернуться против нее самой. И уж конечно, она не думала о том, каковы могут быть последствия, если она убьет сэра Генри. В ужасе от собственной глупости, Рейчел засунула пистолет под плащ и вышла из дома. Она мчалась назад в Уикс-Энд, подгоняемая страхом. Позволив гневу взять верх над разумом, она могла стать убийцей. Нельзя сказать, что кто-нибудь в радиусе двадцати миль отсюда пожалел бы сэра Генри, если бы она его убила, но она сама чуть было не уподобилась этому негодяю.

Находись она в Талливуде, когда сэр Генри избил мать, либо ее, либо отчима уже не было бы в живых.

— Кретинка! — воскликнула Рейчел, швырнула поводья озабоченному груму и направилась к дому.

Не переставая ругать себя за глупость, Рейчел вошла в библиотеку, чтобы вернуть на место пистолет.

Брейв стоял возле письменного стола, держа в руках шкатулку с пистолетом, и лицо его было мрачнее тучи. Он перевел взгляд на пистолет в ее руке. Рейчел, застыв на месте, увидела, как его лицо помрачнело еще сильнее.

— Где, черт возьми, ты была?

Глава 13

Брейв понял, кто стащил пистолет, сразу же, как только обнаружил пропажу. Когда он увидел оружие в руке Рейчел, у него замерло сердце. Он надеялся лишь, что она не совершила какой-нибудь глупости.

— Ну? — спокойным тоном произнес он, хотя спокойствия совсем не чувствовал. — Где ты была?

Закрыв за собой дверь, Рейчел подошла к нему. Положив пистолет на блестящую поверхность стола, она некоторое время пристально смотрела на него, потом перевела взгляд на мужа.

— Я ездила в Талливуд, чтобы убить сэра Генри, но его не было дома.

Слава Богу.

— Значит, пистолет все еще заряжен?

— К сожалению, да.

Обнаружив пропажу пистолета и догадавшись, кто его взял, он был напуган и зол. В конце концов, она могла посоветоваться с ним, но не сделала этого. Значит, недостаточно доверяла ему.

Он пришел в ярость от того, что она подвергла себя опасности и с легкостью пренебрегла их браком ради того, чтобы всадить пулю в череп своего отчима.

— Что именно ты собиралась сделать, если бы застала его дома? Хотела просто припугнуть его? Или убить?

— Не знаю. Я должна была что-то сделать.

— Должна? Или хотела?

Рейчел задумалась.

— Должна.

— Как по-твоему, что произойдет, когда сэр Генри узнает, что ты была там?

— Если он снова приблизится ко мне или к моей матери, я его убью.

Брейв не знал, то ли свернуть ей шею за то, что она такая глупая, то ли расцеловать за храбрость.

— А что после этого будет с твоей матерью?

Рейчел нахмурилась.

— Она освободится от этого мерзавца.

— Освободится. И увидит, как тебя за это повесят. Ты этого хочешь?

Она молчала.

— О том, что будет дальше, ты, конечно, не подумала, не так ли? — Скрестив на груди руки, Брейв шагнул к ней. — Знаешь, Рейчел, ты сначала делаешь, а потом думаешь. — Он говорил чуть насмешливым тоном. — Рано или поздно ты совершишь какой-нибудь опрометчивый поступок, за который придется расплачиваться.

Что-нибудь вроде их брака, возможно? Брейв был бы очень удивлен, если бы им обоим удалось выжить и остаться невредимыми. Он достаточно хорошо знал себя, чтобы понимать, что его гнев объясняется главным образом тем, что ему совсем не безразлично, что с ней случится.

— Извини, — тихо произнесла Рейчел.

Присев на краешек стола, Брейв, чуть улыбнувшись, взглянул на макушку ее опущенной головы.

— Тебе не за что передо мной извиняться.

— Есть за что, — сказала она, посмотрев ему прямо в глаза. — Мне надо было посоветоваться с тобой, а я этого не сделала. Я пошла на поводу у эмоций и чуть было не совершила ужасную ошибку. — Она отвела взгляд. — Мне трудно зависеть от другого человека.

Наверное, ей было очень нелегко признаться в этом. Она была гордой женщиной, и он не сомневался, что в тот момент ее гордость была довольно сильно уязвлена.

— Я понимаю.

— Он избил ее из-за того, что я пригласила ее на чашку чая. Он не хотел, чтобы она навестила меня.

Ее лицо исказилось мукой, и у Брейва болезненно сжалось сердце.

— Ты в этом не виновата.

— Если сэр Генри придет, чтобы отдать меня в руки закона...

— За то, что ты побывала в его доме? Очень сомневаюсь в этом. Он побоится предать гласности то, что сотворил с твоей матерью. К тому же неизвестно, узнает ли он о твоем визите.

Рейчел вздернула подбородок:

— Я с ним разберусь.

Брейв не знал, то ли ему накричать на нее, то ли рассмеяться.

— Э-э, нет! Ты этого не сделаешь. Если твой отчим пожалует сюда, я сам с ним разберусь. По крайней мере он останется живым. А я тем временем напишу письмо своему

поверенному. Тяжелое состояние твоей матери дало нам то доказательство, которое требовалось в деле против сэра Генри.

Рейчел поднялась и шагнула к нему. У Брейва учащенно забилось сердце.

— Ты так много сделал для нас. Почему?

— Потому что не смог бы жить в ладу с собой, зная, что имел возможность помочь тебе и не помог, — признался Брейв.

Рейчел не сводила с него глаз.

— Почему ты смотришь на меня? — спросил Брейв.

— Хочу понять, почему ты заботишься обо мне и о моей матери.

Ему следовало бы рассказать ей о Миранде. Признаться, что ему необходимо снять тяжесть с души, однако он не находил нужных слов.

Вдруг он обнял ее, привлек к себе и поцеловал.

Рейчел прижалась к нему и ответила на поцелуй.

Его рука скользнула по роскошному изгибу ее бедра к нежному углублению талии и двинулась выше. Кончиками пальцев он ощущал биение ее сердца, участившееся, когда он накрыл ладонью ее грудь. Грудь была теплой и тяжелой, и это привело его в трепетное возбуждение, а когда он прикоснулся к затвердевшему соску, его жезл пришел в полную боевую готовность.

Он обвел вокруг соска подушечкой большого пальца, и Рейчел издала низкий гортанный стон. Ее бедра, прижатые к его бедрам, неуверенно переместились, и это еще больше возбудило Брейва.

Не выпуская Рейчел из объятий он оттолкнулся от стола и перебрался вместе с ней в кресло. Не прерывая поцелуя, сел и усадил ее к себе на колени, так что ее ноги, перекинутые через подлокотник, болтались в воздухе.

Его рука снова оказалась на ее груди. Ухватившись за край декольте, он потянул его вниз и высвободил одну грудь.

Прервав поцелуй, он взял губами сосок и стал ласкать его языком. Затем запустил руку Рейчел под юбку.

Преодолев несколько слоев ткани, его пальцы скользнули вверх по шелковому чулку к панталонам. Тонкий батист был горячим и влажным. Брейв застонал, когда Рейчел приподняла бедра ему навстречу.

Легонько прикусив зубами сосок, он проник внутрь панталон, прикоснувшись пальцами к упругим кудряшкам волос. Рейчел судорожно втянула в себя воздух.

Силы небесные, как же ему хотелось войти в нее! Вторгаться все глубже и глубже, пока весь окружающий мир не превратился бы в водоворот ощущений.

Скользнув по кудряшкам, его пальцы добрались до горячей влажной промежности.

Подушечкой большого пальца Брейв нащупал прикрытый складками кожи напряженный бутон и стал его гладить. Ощутив, как задрожали ее бедра, Брейв стал наблюдать за выражением ее лица.

Одной рукой она держалась за спинку кресла, голова была запрокинута, на лице отразилось наслаждение. Ее приподнятая грудь находилась всего в нескольких дюймах от его лица. Он ускорил ритм движения руки и прикоснулся языком к соску, чтобы полюбоваться ее реакцией.

— Ну же, — побуждал он ее, — дай себе волю, не сдерживайся.

На верхней губе Брейва выступили капельки пота. Он подстроил движения своего большого пальца к движению ее бедер и, когда ее стоны стали еще более настойчивыми, увеличил давление пальца.

Ее тело напряглось, как тетива лука, и она издала пронзительный крик. А Брейв, прижавшись лицом к ее груди, невероятным усилием воли сдержался, чтобы не прийти к финишу вместе с ней.

Рейчел, обмякнув, рухнула к нему на колени. Она отдалась бы ему, Брейв в этом не сомневался. Но он хотел, чтобы все произошло по-другому. Чтобы она желала его так же, как он ее, чтобы отдалась ему, потому что не могла больше прожить без него ни минуты.

Брейв поправил ее юбки и лиф платья.

— С тобой все хорошо?

Рейчел кивнула. По щекам ее струились слезы.

— Не знаю, что со мной произошло, — пробормотала она.

Но Брейв знал, что с ней произошло. В тот день стал явью один из ее самых мучительных ночных кошмаров. С этим любой не смог бы справиться в одиночку.

Брейв положил ее голову себе на плечо.

— Обещаю, он больше никогда и пальцем не тронет ни тебя, ни твою матушку.

Когда Рейчел перестала всхлипывать, он осторожно отнес ее в ее комнату, положил на кровать, сел рядом и ждал, когда она уснет. Затем поцеловал в лоб и вышел. Несмотря на бремя ответственности, лежавшее на его плечах, он ощутил непривычную легкость. Проблемы Рейчел стали для него важнее собственных. Он сделает все, что в его силах, чтобы она почувствовала себя защищенной и радовалась жизни.

И пусть пеняет на себя тот, кто попробует ему помешать.

Рейчел проспала до утра. Давно уже она не чувствовала себя такой отдохнувшей и спокойной. Взглянув на расстегнутый ворот платья и ощутив легкую боль при прикосновении к коже вокруг соска левой груди, Рейчел поняла, почему ей так хорошо. Брейв открыл ей прекрасный мир ощущений, о существовании которого она и не подозревала.

Рейчел села в постели. Огонь в камине почти догорел, и она зябко поежилась. Натянув на плечи покрывало, пробежала по ковру и, дернув шнур, позвонила Мэг, камеристке, которую нанял для нее Брейв.

Ей нужно принять ванну. Потом она оденется, спустится вниз и спросит Брейва, когда приедет доктор Фелпс осмотреть ее мать. Рейчел хотела задать ему несколько вопросов.

Мэг не заставила себя ждать. Вскоре в смежной комнате перед весело пылавшим камином для Рейчел была приготовлена горячая ванна.

Когда Мэг расчесывала ее, у Рейчел заурчало в животе. Накануне она не ужинала и изрядно проголодалась. Наверное, за это тоже надо благодарить Брейва. Он, несомненно, пробудил в ней голод, хотя она не была уверена, что этот голод можно было утолить едой.

Она покраснела, встретив вопросительный взгляд девушки, и, поднявшись, позволила ей расстегнуть застежку платья на спине.

— Мэг, не принесешь ли мне чашечку шоколада? Я бы выпила его в ванне.

— Разумеется, миледи, — ответила камеристка и, сделав книксен, вышла из комнаты.

Рейчел разделась, вошла в ванну и, вздохнув, погрузилась в душистую горячую воду.

Откинув голову на теплый ободок ванны, она вытянула ноги, закрыла глаза и чуть было не заснула, но услышала стук в дверь.

— Входи! — крикнула она и, услышав, что дверь открылась, добавила: — Спасибо, Мэг, поставь чашку на столик рядом с ванной.

— Какую чашку?

Услышав голос Брейва, Рейчел подскочила, расплескав воду, и инстинктивно прикрыла руками грудь.

Тяжелые неторопливые шаги за ее спиной приближались, и у нее предательски напряглись соски.

— Я пришел сказать тебе, что утром приедет Фелпс, осмотреть твою матушку... — Шаги остановились. Рейчел почувствовала его дыхание на своей шее. — Но я не выполнил бы своего супружеского долга, если бы не потер тебе спинку.

Рейчел вздрогнула. Как он умудряется вызывать в ней желание, даже не прикоснувшись?

Брейв обошел ванну, словно кот, подкрадывающийся к мыши.

Рейчел не сводила с него глаз. Он снял пиджак, бросил на стул. За ним последовал жилет янтарного цвета. Брейв закатал рукава сорочки, которая натянулась на его невероятно широких плечах. На длинных предплечьях четко обрисовывались мышцы, игравшие под кожей, покрытой золотистыми волосками.

Подойдя, он опустился на одно колено. Рейчел, утратив дар речи, смотрела на него. Сердце ее учащенно билось.

— Где мыло? — спросил он, взяв губку.

Мыло она держала в левой руке, и, чтобы дать его Брейву, ей пришлось протянуть руку. При этом стала видна ее грудь.

— Наклонись.

Рейчел обхватила прижатые к груди колени.

— Может, не надо? Я сама справлюсь.

— Но я сделаю это с удовольствием. — Глаза его озорно блеснули, и он принялся намыливать губку.

Потер ей спину и смыл мыльную воду.

— Готово. — Он коснулся губами ее плеча и куснул шею. — А теперь давай вымою тебя спереди. Не возражаешь?

— Мэг вот-вот вернется... — запротестовала Рейчел, но его рука скользнула под воду, нащупала грудь и легонько ущипнула сосок. Рейчел судорожно сглотнула.

— Я думал о тебе всю ночь, — сказал Брейв. — Представлял, как прикасаюсь к тебе и как ты реагируешь на мои прикосновения. Вспоминал, как, запрокинув голову, ты застонала, достигнув высшей точки блаженства.

— Не говори так, — взмолилась она, дрожа от желания.

— Я хочу трогать тебя везде, — продолжал он, будто не слыша ее мольбы. — Хочу исследовать каждую частичку твоего тела. Прикоснуться ко всем местечкам, где побывали мои руки.

Рейчел округлила глаза.

— Везде?

— Везде. — Она почувствовала, что он улыбается. — Не только пальцами, но и языком. Это еще приятней.

В этот момент раздался стук в дверь.

— Это Мэг! — шепнула Рейчел. — Уходи!

Брейв вскочил и быстро оделся.

— Мы закончим это позднее, — пообещал он с плутовской ухмылкой, страстно целуя ее. — Жаль, что Фелпс должен прийти, иначе я подождал бы тебя в своей спальне.

Значит, он намерен покинуть ее в таком состоянии? Когда она возбуждена и настроена получить удовлетворение? Ведь если она ему об этом не скажет, он не станет ничего делать, чтобы унять томление между ее ногами и облегчить напряжение его плоти, оттопырившей перед его брюк. Он был верен своему слову и решение вопроса об окончательном осуществлении брачных отношений оставлял за ней. И его последнее замечание было лишь напоминанием о том, что ей придется самой идти к нему.

Он был готов мучить ее, поддразнивать, однако не давать ей того, чего оба они хотели.

— Убирайся! — зашептала Рейчел с досадой.

Брейв рассмеялся.

— Не заставляй меня слишком долго ждать, Рейчел. Я сгораю от нетерпения снова услышать твои сладостные стоны.

Рейчел покраснела до корней волос.

Сдерживая смех, Брейв проскользнул к себе сквозь дверь, соединяющую их комнаты, в тот момент, когда Рейчел крикнула Мэг, что та может войти.

* * *

— Ваша матушка — потрясающая женщина, — сказал доктор Фелпс, спускаясь вместе с Рейчел по лестнице.

— Я знаю, — улыбнулась Рейчел. — Спасибо, что позаботились о ней, доктор Фелпс.

— Не надо благодарить меня, леди Брейвен. Я рад помочь. Давненько мне не приходилось сталкиваться с такими увечьями. И надеюсь, впредь не придется, — мрачно произнес доктор.

— Я тоже надеюсь, доктор Фелпс, — сказала Рейчел, когда они направились к кабинету Брейва. — Тем не менее я действительно ценю, что вы нашли время зайти сюда.

Доктор Фелпс остановился.

— Вам известно о моей врачебной практике?

— Ну да, — слегка смутившись, ответила Рейчел. Интересно, почему это он так удивился? — Леди Брейвен сказала, что вы лечили покойного графа.

— Вот как?

— Пациенты сами приходят к вам, или вы их лечите на дому?

— По-разному. Пациентов, нуждающихся в длительном лечении, я часто оставляю у себя дома.

— Вы хороший человек, доктор Фелпс, — сказала Рейчел, когда они входили в кабинет.

— Спасибо, леди Брейвен. Должен признаться, я немного удивлен. Дамы вашего статуса обычно проявляют мало интереса к лечению психических расстройств, однако, учитывая ваши обстоятельства...

Какие обстоятельства? Что, черт возьми, он имеет в виду?

— Лечение психических расстройств?

Фелпс вспыхнул.

— Прошу прощения. Я должен объяснить. Я использую этот термин для обозначения любого психического заболевания, будь то галлюцинации, беспричинный страх, даже менингит. Как вы знаете, ни одно из перечисленных заболеваний не имеет отношения к состоянию лорда Брейвена.

— Разумеется, — согласилась Рейчел.

Рейчел не сомневалась в том, что с психикой у Брейва все в порядке. Он печален, мрачноват, замкнут.

Ей следовало бы остановить доктора, пока он не сказал ей что-нибудь еще. Ей хотелось узнать, какие проблемы у Брейва, но Брейву это наверняка было бы неприятно. Неудивительно, что он так расстроился, когда она проявила любопытство. Но что, если она может ему помочь?

— Как бы вы охарактеризовали состояние Брейва, доктор Фелпс? — Стараясь говорить спокойно, Рейчел закрыла за ними дверь, чтобы их не услышали проходящие мимо слуги или сам Брейв, когда появится.

— Обостренное чувство вины, леди Брейвен. Его неспособность удержать Миранду Рексли от самоубийства, несмотря на то что ситуация была полностью вне его контроля, привела к вспышке деструктивного поведения и обостренному чувству вины. — Доктор улыбнулся. — Но женитьба на вас положительно скажется на его состоянии.

Рейчел была поражена. Значит, это гибель Миранды Рексли так повлияла на Брейва. Как же сильно, должно быть, он любил сестру Джулиана, если до сих пор не может о ней забыть.

Прежде чем доктор Фелпс продолжил разговор, дверь распахнулась. На пороге появился Брейв с лукавой улыбкой на лице.

— Доброе утро, Фелпс. А-а, и вы тут, леди Брейвен? Не ожидал так скоро увидеть вас снова.

Рейчел покраснела от воспоминаний, которые пробудили в ней его слова. Отводя взгляд, чтобы Брейв не заметил в нем чувство вины и желание, она пробормотала в ответ что-то нечленораздельное.

— Позвольте оставить вас, джентльмены, чтобы вы могли заняться своим делом, — сказала она, потупившись, и направилась к двери.

— Ты знаешь, где меня найти, если я тебе понадоблюсь, — крикнул ей вслед Брейв.

Она кивнула и услышала в ответ его приглушенный смех. Закрыв за собой дверь, она прислонилась к стене, прижав руку к бешено бьющемуся сердцу. Что ей делать? Придется рассказать ему о том, что она узнала. Он будет недоволен, но рассердится еще больше, если она не признается сама, а он узнает об этом от кого-нибудь другого. Возможно, Фелпс упомянет об этом во время их разговора.

Фелпс выразил надежду, что она, возможно, поможет Брейву преодолеть чувство вины. После всего, что Брейв сделал для нее, она считала это своим долгом. Но сначала следовало узнать всю историю целиком.

Она свернула в сторону любимой гостиной ее свекрови, той самой, где Брейв предложил ей свое имя и защиту. Она ухватилась за его предложение, не подумав о последствиях. Однако не жалела об этом. Огорчало лишь то, что Брейв не доверяет ей полностью, как она ему. Но это дело поправимое.

Или ей лучше притвориться, будто все связанное с Мирандой ее не касается? Сэр Генри, несомненно, скоро приедет за ее матерью, и Рейчел надо подготовиться к встрече с ним. Она не могла позволить себе вкладывать всю душу в этот фиктивный брак. В противном случае есть опасность забыть о том, что брак этот фиктивный. Если Брейв откроется перед ней, то она просто не сможет уйти от него.

Рейчел вошла в гостиную. Подняв глаза от рукоделия, Анабелла с улыбкой взглянула на нее, но улыбка угасла, как только она заметила выражение лица Рейчел.

— Рейчел, дорогая, что случилось?

Закрыв за собой дверь, Рейчел посмотрела прямо в лицо свекрови.

— Я хочу знать все о Миранде Рексли. Немедленно.

Глава 14

— Сейчас покажу вам кое-что, лорд Брейвен.

Брейв, держа в руке стакан с бренди, едва подавил желание улыбнуться. Разумеется, у Фелпса есть что ему показать! Этот человек никогда не приезжал в Уикс-Энд без того, чтобы не подвергнуть его какой-нибудь новой проверке или не совершить какую-нибудь новую процедуру. Обычно упорство врача его раздражало, но сегодня Брейв был слишком доволен тем, как у него продвигались дела с Рейчел, чтобы позволить Фелпсу испортить ему настроение.

— И что же это такое? — спросил он, взяв в руку бумаги, которые протянул ему Фелпс.

— Взгляните сами.

— Просто не верится, — сказал Брейв, пробежав глазами написанное. — И что вы можете сказать?

Он сравнил заметки, сделанные Фелпсом во время их последней встречи и почти год назад.

— Могу сказать, что проблема не столько в Миранде, сколько в вас самом, — ответил Фелпс.

Брейв снова пробежал взглядом написанное, задержавшись на тех своих ответах, которые особенно бросались в глаза. «Когда вы теперь думаете о Миранде, какой она вам кажется?»

Год назад он описал ее так: «Самая красивая, самая бескорыстная девушка в мире». Несколько дней назад его ответ выглядел следующим образом: «Своенравная, немного избалованная. Хорошенькая».

«Опишите ваши чувства к ней».

Сначала: «Это единственная женщина, которую я когда-либо любил». Потом: «Мне казалось, будто я в нее влюблен».

«А что вы чувствуете в связи с тем, что она не приняла вашей помощи, что не любила вас так, как вы того хотели?»

«А как вы думаете, что я могу чувствовать?» Прочитав свой ответ, Брейв с трудом сдержал усмешку, но тут увидел свой ответ во время последней встречи с врачом: «Я чувствую себя виноватым».

И все? Ему хотелось умереть, когда Миранда покончила с собой, а теперь он всего лишь чувствует себя виноватым? Неужели его чувство к ней было столь поверхностным? Или он наконец понял, что Миранда его не любила, да и он по-настоящему не любил ее?

— Однако это не меняет того факта, что я несу ответственность за ее смерть. Этого ничто не может изменить.

Фелпс пожал плечами:

— Думаю, может. По причинам, известным вам одному, вы полагаете, что она покончила с собой из-за вас. И вас терзали угрызения совести.

Недоверчиво взглянув на доктора, Брейв нахмурился:

— Я действительно виноват.

Фелпс сунул бумаги в чемоданчик и решительно защелкнул замок.

— Это, мой дорогой мальчик, только вы можете сказать с уверенностью. Проанализируйте ситуацию еще раз и увидите правду.

— Я знаю, что произошло, Фелпс. Знаю правду. — Брейв отпил бренди.

Однако Фелпс лишь улыбнулся.

— Не сомневаюсь в этом, милорд. Но когда посмотришь на ситуацию под другим углом зрения, открывается новая правда. Такое случается иногда. — Он взял со стола чемоданчик. — Доверьтесь жене. Это самое лучшее, что вы можете сделать.

Брейв замер. Он с такой силой сжал ножку бокала, что побелели костяшки пальцев.

— Довериться жене? Что вы хотите этим сказать? Жена ничего об этом не знает.

— С чего вы взяли? Когда вы вошли, мы как раз с ней говорили об этом.

У Брейва зашумело в ушах. Как, черт возьми, она узнала? Он заявил, что это ее не касается, и тем самым разжег ее любопытство.

Интересно, где она сейчас? В ее распоряжении был почти целый час, чтобы переварить информацию. Может быть, она решила уехать вместе с матерью в какое-нибудь более безопасное место, подальше от своего мужа-убийцы? Или подстерегает его с пистолетом в руке, как недавно подстерегала сэра Генри? Или потребует от него объяснений, прежде чем оставить его или попытаться убить?

В этом случае он ее не разочарует. Конечно, если уже не разочаровал.

— На этом мы закончим, Фелпс. Вы будете лечить леди Мэрион до ее полного выздоровления, — заявил Брейв. Если даже Рейчел вознамерится покинуть его, он не позволит ей увезти леди Мэрион, пока несчастная женщина не поправится.

Фелпс рассеянно кивнул. Брейв направился к двери.

— Прошу извинить, у меня дела.

Брейв знал, где эти «дела» могут его ждать. Рейчел не из тех, кто прячется в безопасном месте. Она отправится прямиком во вражеский стан и откроет стрельбу.

Шагая через две ступеньки, Брейв поднялся по лестнице и направился в свою комнату. Он испытывал страх, гнев и облегчение одновременно. Он боялся реакции Рейчел на правду. Сердился, что она все-таки докопалась до правды. И испытывал облегчение, что она ее знает и можно больше об этом не думать.

Дверь в его комнату распахнулась.

Рейчел стояла возле кровати.

— Давно ли ты об этом узнала? — спросил он без обиняков.

— После того как поговорила с доктором Фелпсом.

— Но у Фелпса сложилось впечатление, будто ты уже знаешь.

Рейчел кивнула:

— Так оно и есть. Он почему-то уверен, что ты мне обо всем рассказал.

— И ты не стала его разочаровывать.

Рейчел вздернула подбородок.

— Нет. Я хотела узнать, что у тебя за проблема.

— Ну и что ты узнала? Что дальше? — Он подошел к ней. Сейчас она скажет, что жалеет его, чтобы еще больше унизить.

— С удовольствием надавала бы вам пинков под зад, лорд Брейвен.

Трудно сказать, что ошеломило его больше: то ли что она хотела надавать ему пинков, то ли что она назвала его лордом.

— Тебе хочется надавать мне пинков?!

— По правде говоря, это надо было сделать уже давно.

Брейв пришел в ярость. Как она смеет разговаривать с ним подобным тоном? Он изо всех сил старался помочь ей и ее матери.

— А поскольку все уверены, что я смогу тебя «вылечить», удовольствие надавать тебе пинков выпало на мою долю.

Брейв остановился посреди комнаты. Как она узнала об этом? О причинах своей женитьбы на Рейчел он не говорил никому, кроме Габриэля и Джулиана.

— И как же, интересно, ты намерена меня лечить?

— Пока я представляю себе весьма смутно. Кажется, все считают, что у нас брак по любви, Брейв. — Она заглянула ему в глаза. — А любовь, как известно, побеждает все.

Трудно сказать, что удивило его больше: то ли что она перефразировала Вергилия, то ли что сама в это не верила.

— Может быть, и так, — сказал Брейв.

— Но это не очень-то помогло тебе в случае с Мирандой, верно?

Он побледнел, когда смысл сказанного дошел до его сознания. Стало быть, она знала не только о том, что он лечится у Фелпса, но и причину его заболевания.

— Нет, — сказал он, избегая смотреть ей в глаза. — Не помогло.

Рейчел протянула к нему руку. Брейв уже приготовился получить пощечину или затрещину, что показало бы, насколько сильно он ее разочаровал. Но этого не случилось.

— Сначала мне рассказала о ней Белинда. А сегодня утром — твоя матушка. По моей настойчивой просьбе. — Она легонько погладила его щеку. — Хочешь поговорить о ней?

— Зачем? Ведь тебе все известно.

— Я знаю, что ты сделал предложение и тебе отказали. Знаю, что она покончила жизнь самоубийством и что ты до сих пор страдаешь по ней.

Разве он страдает?

Ощущение вины вдруг отошло на задний план.

— Что ты хочешь знать?

— Расскажи, что считаешь нужным. — Рейчел села на краешек кровати. — Признаться, мною движет нездоровое любопытство, ведь на этой женщине ты хотел жениться.

Уж не ревнует ли Рейчел? Но для ревности нет причин. Они с Мирандой совсем разные.

— Должно быть, она была очаровательной?

А ведь она действительно ревнует.

— Я бы не сказал, — ответил он, скрестив руки на груди. — Миранда была больше похожа на девочку, чем на женщину.

— Но ты любил ее.

— Возможно. — Он подошел к окну. Шел дождь. Самая подходящая погода, чтобы покопаться в прошлом.

— Я всегда был печален и задумчив, — признался Брейв. — Мне казалось, что это привлекает женщин. — Он хохотнул.

— Я тебя таким не знала, — сказала Рейчел.

Он продолжал смотреть в окно.

— Это потому, что я никогда не старался соблазнить тебя. — Рейчел молчала. — Миранду я знал много лет. На моих глазах она превращалась в красивую молодую женщину, и я хотел ее. Будучи сестрой Джулиана, она оказалась идеальной кандидаткой на место будущей графини Брейвен.

— И что было дальше? — спросила Рейчел.

— Я сделал ей предложение, и она мне отказала.

— Она была влюблена в простолюдина, работника ее отца. Белинда мне сказала.

Брейв насмешливо фыркнул.

— Мне следовало знать, что именно об этом тебе непременно расскажут. Миранда влюбилась в одного из грумов, работавших в конюшне ее отца. Мерзавец клялся ей в любви, соблазнил, и она от него забеременела. — Брейв ждал, что его жена возмутится. Но Рейчел не произнесла ни слова. — Когда Миранда сказала ему о беременности, он наотрез отказался жениться. В состоянии шока она прибежала ко мне.

— Она вернулась к тебе?

Вот оно! Закрыв глаза, Брейв кивнул, испытывая чувство удовлетворения. Об этом Рейчел никто не рассказывал. Да и некому было. Никто, кроме Габриэля и Джулиана, не знал подробностей.

И если Рейчел, узнав их, не отвернется от него, утратив иллюзии на его счет, значит, она, несмотря ни на что, останется с ним.

Он обернулся, и их взгляды встретились.

— Да. Она вернулась. Вернулась и умоляла меня помочь ей. Просила жениться, но я отказался.

— А потом совершила самоубийство? — спросила Рейчел, ничем не выдав своей реакции.

Почему она не возмутилась?

— Да. Утопилась.

Поднявшись, Рейчел подошла к нему.

— А ты был настолько удручен, что стал разрушать себя и в конце концов оказался в руках доктора Фелпса.

Брейв кивнул.

— И с тех пор ты мучаешься угрызениями совести.

— Разумеется. Ведь она утопилась из-за меня.

Рейчел, покачав головой, улыбнулась.

— Я считала тебя умнее, — сказала она, пристально глядя на него. В ее взгляде отражалась целая гамма эмоций: гнев, печаль, насмешка. Не было только разочарования. — Скажи, она имела какое-то отношение к тому, почему ты женился на мне?

Брейв замер. Этого вопроса следовало ожидать. Ведь Рейчел неглупа.

— Что ты имеешь в виду?

— Я могла утонуть, но ты спас меня. Ты хотел жениться на ней, а женился на мне. Получается, что ты заменил ее мной.

Как он мог объяснить ей? Как мог сказать, что в каком-то смысле это именно так, но не в том, как это она себе представляла. Он женился на ней, чтобы исправить зло. Но если он ей скажет об этом, она не поймет. Это не была простая замена. Он хотел Рейчел. Неистово, страстно. Но даже сам себе не мог объяснить, почему. Да и не хотел.

— Я искренне хотел тебе помочь, поэтому и предложил выйти за меня замуж. Я не пытался заменить тобой другую женщину. — Но теперь Брейв понял, что удержать Рейчел для него гораздо важнее, чем искупить вину за смерть Миранды.

Благодаря Рейчел Брейв впервые за долгое время задумался о том, как жить дальше. Он хотел, чтобы Рейчел родила ему детей.

Рейчел отвела взгляд, но Брейв успел заметить, что в глазах у нее стоят слезы. Она пожала плечами:

— Я должна была об этом спросить. Теперь на одну причину меньше надавать тебе пинков.

Она произнесла это шутливым тоном, но Брейву было не до шуток. Он до сих пор не мог оправиться от состоявшегося между ними разговора.

— Чем я могу тебе помочь?

Она хочет ему помочь? Но ведь она уже так много сделала для него! Рейчел взяла его руку и положила себе на грудь.

— Можешь переложить на меня свою боль.

Брейв с недоумением уставился на нее. Уж не ослышался ли он? Он посмотрел Рейчел в глаза. Нет, не ослышался.

Он хотел спасти Рейчел. Рейчел хотела спасти его. Она чувствовала себя виновной в том, что ее мать вышла замуж за сэра Генри, в том, что он искалечил ее. Займись они сейчас любовью, Рейчел испытала бы облегчение.

Еще два дня назад он поймал бы ее на слове. Но не сейчас. Они займутся любовью, когда наконец лягут в постель.

С трудом оторвав руку от соблазнительной теплой груди, Брейв обнял ее за плечи и заглянул ей в глаза.

— Когда я буду заниматься с тобой любовью — когда ты отдашь мне себя, — я хочу, чтобы это было потому, что ты хочешь, чтобы я находился внутри твоего тела, а не потому, что тебе захотелось принести в жертву свою девственность. Ты принесла достаточно жертв.

Рейчел вырвалась из его рук. Щеки ее вспыхнули.

— Значит, ты считаешь, что я приношу себя в жертву?

— Я в этом уверен, — сказал он и вдруг подумал, что Рейчел приносит жертвы только ради тех, кого любит. Она стояла перед ним, как нашаливший ребенок, который сожалеет скорее о том, что его застали на месте преступления, чем о совершенном проступке. — Пойди навести свою мать, — сказал он. — И прислушайся к ее словам, когда она говорит, что тебе не в чем себя винить. Возвращайся ко мне, когда будешь уверена в том, что хочешь меня для самой себя, а не ради спасения кого-то другого.

Стиснув зубы, Рейчел круто повернулась и направилась к двери. Но прежде, чем выйти, оглянулась.

— Ты поверил бы Миранде, скажи она, что тебе не в чем себя винить?

Она ушла прежде, чем Брейв успел ответить. Впрочем, ответа на этот вопрос он не знал.

— Что было потом?

Рейчел, смотревшая в окно, за которым по-прежнему лил дождь, повернулась к матери.

— Я отправилась в свою комнату, а потом пришла сюда. — Рейчел не сказала матери, что, придя к себе, бросилась на кровать и проплакала почти целый час.

Были еще кое-какие подробности, которые она утаила от матери. Свое дурацкое предложение взять на себя боль Брейва, а также его слова. Он сказал, чтобы она пришла к нему, когда поймет, почему именно она его хочет.

Вела она себя крайне глупо. Надулась, когда он отказался заняться с ней любовью. И что хуже всего, все сказанное им было правдой. Она думала только о себе, и ее злило, что внимание Брейва не сосредоточено на ней одной.

Рейчел делила его внимание с девушкой, которая умерла почти два года назад. Она не могла конкурировать с Мирандой, как сэр Генри не мог конкурировать с ее отцом. Она, конечно, помнила, как Брейв сказал, что не сравнивает ее с Мирандой, но разве мог он не сравнивать? Миранда была той, которую он хотел, а Рейчел — той, которую получил взамен.

Но у Рейчел по крайней мере хватило ума, чтобы оценить его по достоинству, тогда как Миранда Рексли даже не поняла, от чего отказалась. Безмозглая курица.

— Он полностью доверяет тебе, — сказала мать. — Ты должна этому радоваться.

— Возможно. — Рейчел пожала плечами. — Но не сейчас. Сейчас я слишком устала.

— Уязвлена твоя гордость, и в настоящий момент ты не можешь думать ни о чем другом.

— Это тоже сыграло свою роль, — со вздохом призналась Рейчел. Ей было жаль себя. Но она знала, это пройдет.

— Ты влюблена в него, — произнесла Мэрион.

Отрицать это было бессмысленно. Интуиция ни разу не подвела мать. Когда Рейчел и Белинда были двенадцатилетними девчонками, они постригли овчарку миссис Дейн. И Мэрион сразу догадалась, что это их рук дело.

Рейчел смущенно хихикнула. Мэрион похлопала рукой по кровати рядом с собой:

— Сядь сюда.

Рейчел больше всего на свете хотелось сесть рядом с матерью и излить душу. Хотелось, чтобы ее погладили по головке и потрепали по плечу.

— Тебе сейчас только не хватает моих пустяковых проблем.

— Ты моя дочь. И если у тебя появилась заусеница на пальце, я буду считать это делом первостепенной важности. Садись же.

Улыбнувшись, Рейчел села.

Она не знала, с чего начать.

— Глупо, наверное, влюбиться в человека, которого едва знаешь.

Ресницы на глазах матери затрепетали.

— Сердцу не прикажешь.

— Сама не знаю, как это случилось, — сказала Рейчел, теребя кружевную оборку на рукаве материнской сорочки. — Можно проснуться утром влюбленной?

— Наверное, именно так оно и бывает, — очень серьезно сказала мать.

— Думаю, что это могло произойти в тот вечер, когда он спас меня.

— Вполне возможно.

Рейчел подумала еще немного.

— Или когда он поцеловал меня в доме леди Уэствуд.

Помолчав, мать спросила:

— Он поцеловал тебя у леди Уэствуд?

Рейчел покраснела, вспомнив, что Брейв ее не только поцеловал. Поскольку они теперь поженились, этого можно было ожидать, однако есть вещи, которые женщина скрывает даже от матери.

— Мои чувства к нему едва ли имеют значение, — сказала Рейчел, надеясь, что ее слова звучат убедительно. — Есть проблемы поважнее. Например, расторжение твоего брака с сэром Генри. И как уберечь тебя, пока ты не получишь развода.

— Очень сомневаюсь, что сэр Генри будет добиваться, чтобы я вернулась, Рейчел, — произнесла Мэрион.

Рейчел ничего не сказала. Сейчас ее пугало не то, что сэр Генри пожелает вернуть Мэрион. Но он может убить ее из чувства чести. От этого негодяя можно ожидать чего угодно.

— Думаешь, Брейвен не сможет меня защитить? — спросила Мэрион.

— Защитит, раз обещал, — ответила Рейчел.

— Значит, любит тебя, — сказала мать.

— Я этого не знаю. Да и не хочу знать. Особенно после сегодняшнего разговора с ним.

— Трусиха.

Рейчел рассмеялась:

— Возможно. Хорошо, что хоть у тебя в жизни была идеальная любовь.

— Ты в этом уверена?

— А ты нет? — удивленно спросила Рейчел.

— Когда мы встретились с твоим отцом, он не сказал мне, что помолвлен с другой.

— Не может быть! — Рейчел ушам своим не верила.

Мать кивнула.

— Он был помолвлен с Лидией Банст, полногрудой блондинкой, обладательницей крупного состояния.

— И что было потом?

— Он ухаживал за мной уже целый месяц, когда я об этом узнала. Совершенно случайно встретила их вдвоем.

— И что ты сделала?

— Представилась ей и обо всем рассказала. После этого бросила его.

— Наверное, он рассердился?

Мэрион рассмеялась:

— Он был счастлив, что наконец-то избавился от нее и теперь мы можем быть вместе.

— А ты нарочно ей все рассказала?

— Возможно. Но я заставила его помучиться, прежде чем согласилась выйти за него замуж.

Рейчел, которую развеселила эта история, немного скисла.

— Ты по крайней мере была уверена в его чувствах к тебе.

— Ничего подобного! Особенно после того, как узнала о мисс Банст. Но сама успела влюбиться в него.

— Почему же так долго тянула с замужеством? — ответила Рейчел.

— Потому что я была уверена в своих чувствах к нему, — ответила Мэрион. — И еще в том, что человек он порядочный и не бросил бы одну девушку, чтобы заполучить другую.

— Но у Брейва нет никаких причин скрывать свои чувства ко мне.

— Разве? Ведь ты от него свои скрываешь, потому что вступила с ним в брак ради меня.

— Брейв это знал, иначе не сделал бы мне предложение и мы не вели бы сейчас этот разговор.

— Но мы его ведем, так что отвечай мне.

Рейчел вздохнула.

— При других обстоятельствах я, возможно, и не скрывала бы свои чувства. Но сейчас об этом не может быть и речи.

— Ты унаследовала глупую гордость отца.

— И его чувство долга, — с улыбкой добавила Рейчел. — Я тебя не брошу ради Брейва.

— Значит, ты готова пожертвовать своим счастьем?

Улыбка на лице Рейчел погасла. Как объяснить матери, что не может она признаться Брейву в своих чувствах, пока не будет уверена в его чувствах к ней?

— Да, — сказала Рейчел, — готова.

— Раз ты все решила, незачем было вести этот разговор.

Глаза Рейчел наполнились слезами. Смахнув их, она сказала:

— Мне нужно было излить душу.

Мэрион сжала ее руку.

— Я всегда рада поговорить с тобой. Ты же знаешь.

— Знаю, — кивнула Рейчел. — А теперь я должна идти. Тебе пора принимать лекарство. — Она взяла пузырек с прикроватного столика.

— Что ты собираешься делать? — спросила Мэрион.

Рейчел поднесла пузырек к губам матери, поддерживая ее голову, и ответила:

— Пойду прогуляюсь. Проветрю мозги.

— Не оставляй его в неведении слишком долго, Рейчел. Признайся в своих чувствах. Дай ему возможность сказать тебе о своих.

Хотелось ли ей услышать о чувствах Брейва? Не хотелось, если это включало перечисление всех добродетелей Миранды Рексли.

Она поцеловала мать в лоб.

— Поспи, мама. Я зайду вечерком.

— Не совершай опрометчивых поступков, дорогая, — посоветовала Мэрион, когда Рейчел направилась к двери.

— Постараюсь, мама. — Слишком тяжелы бывают последствия.

Глава 15

Закутавшись потеплее, Рейчел отправилась на прогулку. Дождь прекратился, но трава еще не просохла. Сапожки и нижняя кромка подола промокли насквозь. Рейчел шла по тропинке к реке.

Стоя на берегу под дубом, Рейчел наблюдала, как катит свои темные воды река. Хорошо, когда для тебя проложена дорожка и тебе остается лишь идти по ней. Река человеческой жизни имеет слишком много притоков и ответвлений, слишком много мест, где девушка может заблудиться и сбиться с пути.

Поэтому Рейчел проложила собственную тропинку. И шла по ней до тех пор, пока Брейв, свесившись вниз головой со старого дуба, не спас ее и не заключил в объятия.

Миранда Рексли утопилась. Как это повлияло на Брейва? О чем он думал, когда спасал ее, Рейчел? О Миранде, своей погибшей любви, или о том, что нужно спасти тонущую девушку?

Рейчел была уверена, что, спасая ее, он думал о Миранде.

И гордость ее была уязвлена. Жизнь Рейчел сложилась так, что поклонников у нее не было. Кто в здравом уме захотел бы породниться с сэром Генри? Даже Дэвид бросил ее. Но Рейчел не страдала. Она еще никому не отдала своего сердца.

И теперь она не знала, что делать. Можно ли вступить с Брейвом в брачные отношения? Что, если он оставит ее? Если его интересует только физическая близость? Рейчел не сомневалась в том, что он хочет ее. Он сам говорил ей об этом. Но вдруг, получив желаемое, он утратит к ней интерес? Такие случаи бывали, и девушек не зря предупреждали о непостоянстве молодых людей.

Предполагалось, что брак с Брейвом не будет обременен никакими сложностями. Что это всего лишь выход из создавшейся ситуации. Мать Рейчел вышла замуж за сэра Генри. Мэрион знала, что он чудовище, но не думала о последствиях. Думала только о благополучии Рейчел. Возможно, именно от матери Рейчел унаследовала склонность к необдуманным поступкам.

И Брейв, и ее мать считали, что Рейчел сначала делает, а потом думает. Ничего подобного. Она думала о том, что может случиться, если она не будет действовать. Рейчел никогда не страшило будущее, только обстоятельства, в которых она оказалась в данный момент. И в этом тоже был виноват сэр Генри.

Рейчел согласилась на брак с Брейвом, потому что он пообещал ей освободить мать от сэра Генри. Но втайне думала и о себе. Вернее, за нее думала та часть ее существа, которая всегда мечтала о том, чтобы иметь красивого богатого мужа, который обожал бы ее.

Ну что ж, два условия из трех соблюдены, а это уже неплохо.

— Ну и ну! Кого я вижу!

Рейчел замерла от ужаса. Ноги буквально приросли к земле. Усилием воли она заставила себя оглянуться и увидела отчима. Он сидел верхом на великолепной лошади в каких-нибудь десяти футах от нее. Погруженная в свои мысли и убаюканная журчанием воды, она не слышала, как он подъехал.

— Маленькая взломщица собственной персоной! И совершенно одна, — усмехнулся сэр Генри, спешившись. — Я как раз собирался в Уикс-Энд с визитом. — Сэр Генри был пьян. — И вот встретил графиню.

Сэр Генри схватил Рейчел за запястье и заломил ей назад руку. Она с трудом удержалась на ногах. Было больно, но Рейчел не подала виду, чтобы не доставить ему удовольствия. Как же она его ненавидела!

— Представь себе мое удивление, когда, возвратившись с охоты, я обнаружил, что исчезла не только моя жена, но и мой дворецкий! А еще больше я удивился, что сегодня ты нанесла мне визит вежливости с пистолетом в руке.

— Что вам надо, сэр Генри? — спросила Рейчел.

Он дернул ее за руку и поволок за собой.

— Я хочу вернуть свою жену, леди Брейвен. И ты мне ее отдашь.

Впервые за долгое время Брейвену захотелось поработать кулаками. Поработать так, чтобы пот капал со лба. Может быть, это поможет ему хоть ненадолго забыть о Рейчел.

Брейв взбежал по лестнице в бывшую детскую, которую в свое время переоборудовал в спортивный зал. Там они с Джулианом и Габриэлем занимались боксом и фехтованием, когда друзья приезжали его навестить. Спортивное оборудование было на месте, но покрыто чехлами.

Брейв взял большую боксерскую грушу, свисавшую с потолка, и, даже не потрудившись стряхнуть с нее пыль, стал колотить кулаками.

После смерти Миранды он полностью утратил контроль над собой и вот уже целый год пытался компенсировать это, держа в узде все свои эмоции. Как только он не лишился рассудка!

Его жена разбудила в нем чувства и желания, которые не всегда имели отношение к сексу. Ему хотелось защищать ее, покровительствовать ей.

Несмотря на ее импульсивность и упрямство, Брейв в ней нуждался. Он готов был на все, только бы не видеть ее слез.

Он с такой силой ударил кулаком по кожаной груше, что почувствовал боль в плече. Это еще за то, что он в свое время потерял голову из-за Миранды.

Он нанес еще удар. А это за то, что вел себя как болван, после того как она утопилась.

Он наносил удар за ударом, пока не упал на четвереньки. Руки, упиравшиеся в пол, дрожали под его весом. А это за то, что он думал, будто сможет изменить прошлое, женившись на Рейчел.

Разгоряченный, потный и усталый, Брейв лег на пол. Всю свою юность он пытался стать настоящим джентльменом, так и не осознав, какими чудодейственными лечебными свойствами обладает обильный пот.

В голове у него будто прояснилось. Он теперь знал, что делать. Он скажет Рейчел, как сильно ее любит и как страстно хочет заняться с ней любовью. Не с Мирандой или с кем-нибудь другим, а именно с ней. Он должен быть с ней абсолютно честным. Кое-что ей, конечно, не понравится, но в конце концов она простит ему его глупость. По крайней мере Брейв на это надеялся.

Если потребуется, он готов до конца жизни вымаливать у нее прощение.

— Балтазар, что ты делаешь на полу?

— Размышляю, мама. Не хочешь присоединиться ко мне? — с улыбкой сказал он, не открывая глаз. Он знал, что мать рассказала Рейчел о Миранде, но не сердился, понимая, что Рейчел не оставила ей выбора.

Брейв был в семье единственным оставшимся в живых ребенком. Трое его братьев и сестра умерли в младенческом возрасте и покоились в маленьком семейном склепе позади сельской часовни. Поэтому Анабелла Уичерли интересовалась сыном больше, чем другие титулованные матери своими детьми. Она частенько заглядывала в эту самую комнату, чтобы поиграть с Брейвом. Одна из придуманных игр заключалась в том, чтобы, лежа на полу посередине комнаты, «размышлять» вслух обо всем, что придет в голову. Иногда обсуждалось что-нибудь совсем глупое: например, есть ли чувства у бабочек? А как-то раз зашла речь о том, откуда берутся дети.

Брейв до сих пор не был уверен, что понял тогда уклончивые ответы матери на этот вопрос.

Он услышал легкое постукивание каблучков, потом зашуршали юбки. Она опустилась на пол рядом с ним и взяла его за руку. Брейв улыбнулся. Он помнил то время, когда его рука казалась крошечной в руке его матери, а теперь с удивлением заметил, какая маленькая рука у нее.

— О чем ты думаешь?

Он открыл глаза.

— О том, каким болваном я был.

— Великолепно! — улыбнулась Анабелла. — Большинство мужчин осознают это, когда уже слишком поздно.

Брейв скорчил гримасу, сел и обхватил руками согнутые колени.

— Отец понял это вовремя?

Глаза матери лукаво блеснули.

— Пришлось чуть-чуть ему помочь.

— Видимо, я немного похож на него.

— Немного? — Анабелла рассмеялась. — Дорогой, ты его точная копия!

— Ушам своим не верю! — воскликнул Брейв.

Анабелла кивнула.

— Я всегда говорила, что он не будет счастлив, если хотя бы раз в неделю не найдет причины для грустных размышлений.

Такого Брейв за отцом не знал. Насколько он помнил, отец был человеком серьезным и не стал бы тратить время на то, чтобы мучиться угрызениями совести по поводу того, чего нельзя изменить. Он, возможно, был бы разочарован, узнав, что его сын вырос таким же, как он.

— Он мной гордился? — спросил Брейв и поморщился, почувствовав, что буквально напрашивается на положительный ответ.

Теперь удивилась графиня.

— Разумеется. И гордился бы еще больше, если бы дожил до сегодняшнего дня.

Брейв вскинул бровь, и мать рассмеялась.

— Особенно гордился бы тем, что ты сделал для Рейчел и ее матери.

«Только не мотивами, которые мной двигали», — подумал Брейв.

— А ты что об этом думаешь? — спросил Брейв, поднявшись с пола.

— Для меня гораздо важнее то, что Рейчел сделала для тебя, Балтазар. По-моему, она именно та женщина, которая тебе нужна.

Это становилось интересным.

— Вот как? — воскликнул он, с трудом подавив улыбку. — Уж не потому ли, что она упряма, своенравна и так же вмешивается в мои дела, как ты вмешивалась в дела отца?

Оправив юбки, Анабелла улыбнулась.

— И это тоже. А также тот факт, что вы оба взвалили на свои плечи такое бремя вины, что англиканская церковь не останется без работы до конца света.

Он расхохотался. Его мать всегда отличалась остроумием.

Она пристально взглянула на него, глаза ее наполнились слезами, и Брейв сразу же оборвал смех.

— Что с тобой?

— Мальчик мой, — прошептала она, взяв в ладони его лицо, — я так боялась, что никогда не увижу тебя таким.

У Брейва перехватило дыхание. Он не хотел знать, как его поведение за последние два года повлияло на его мать. Этого даже он не смог бы вынести.

— Давай спустимся вниз и выпьем чаю.

Рука об руку они вышли из комнаты. Поскольку дни становились все короче, в коридоре уже зажгли канделябры, их теплое сияние Брейв предпочитал серенькому дневному свету. На сердце у него тоже стало светлее, но не от света канделябров, а от разговора с матерью. У него появилась надежда, что туман, которым была окутана его жизнь, рано или поздно рассеется. Горизонт уже посветлел, и скоро он увидит восход солнца.

Его жизнь изменилась в тот день, когда в ней появилась Рейчел.

Переполненный непривычным для него радостным чувством, он оказался неподготовленным к тому, что ждало его внизу возле лестницы.

Брейв увидел сэра Генри. Он дергал Рейчел, заломив ей за спину руку и сжимая запястье. Рядом стояли Рейнолдс и еще двое слуг.

— Что, черт возьми, вы здесь делаете? — воскликнул Брейв и сбежал вниз.

Услышав, как Рейчел втянула в себя воздух от боли, он замер на месте.

— Не подходите слишком близко, Брейв, — угрожающим тоном предупредил его сэр Генри, — или я сломаю, словно прутик, руку графини.

— Что вам нужно, Уэстхейвер?

— Я хочу видеть свою жену! — заорал он. Держа перед собой Рейчел, он сделал еще несколько шагов вперед. — Скажите, чтобы она спустилась вниз.

Брейв сцепил руки за спиной и постарался придать лицу спокойное выражение. Даже попытался улыбнуться.

— Она не сможет спуститься.

— Это еще, черт возьми, почему?

— Потому что ты так избил ее, мерзавец, что она не может ходить! — воскликнула Рейчел, пытаясь вырваться.

Сэр Генри стал выкручивать ей руку, и она вскрикнула.

— Ладно! — рявкнул Брейв.

Сэр Генри торжествовал.

— Ну?

— Можете забрать леди Мэрион.

Рейчел в ужасе уставилась на него.

— Нет, Брейв, нет! — закричала она. Он сделал ей знак глазами.

Сэр Генри ухмыльнулся:

— Я был уверен, что вы согласитесь.

— Поднимитесь наверх и возьмите ее, — сказал Брейв.

Сэр Генри с такой силой толкнул Рейчел, что она упала на пол.

— С удовольствием! — заявил он, шагнув к лестнице.

Брейв кивнул Рейнолдсу. Дворецкий закрыл дверь. Брейв стал возле лестницы.

— Можете забрать леди Мэрион. Но для этого вам придется помериться силами со мной.

Сэр Генри очень удивился такому повороту событий.

— Неужели вы думали, что я так просто отдам ее вам? Да я скорее позволю сломать руку Рейчел, чем увезти ее мать.

Рейчел, повеселев, поднялась с пола.

— Я хочу забрать свою жену! — прорычал баронет.

Брейв улыбнулся с притворным сочувствием.

— А я всегда хотел получить слона, но есть желания, которым не суждено сбыться. А теперь почему бы вам не убраться подобру-поздорову, пока я не вышвырнул вас вон?

— Вы не имеете права держать мою жену. Закон на моей стороне!

Брейв, перестав улыбаться, склонил голову набок.

— У меня титул выше, чем у вас, так что я могу сделать все, что пожелаю. Но вы можете вернуться позднее с представителями закона, тогда посмотрим, позволят ли они вам забрать жену в Талливуд. Запомните, Уэстхейвер, чтобы забрать ее отсюда, есть всего два пути: либо помериться со мной силами, либо обратиться в суд.

Очевидно, сэр Генри спешил, потому что выбрал первый вариант.

Он нанес Брейву удар, и тот пошатнулся. От второго удара упал на ступеньки лестницы. Сэр Генри протянул было руку, чтобы схватить его, но Брейву удалось пнуть его сапогом в лицо, и баронет рухнул на пол.

— Уберите его, — распорядился Брейв, и трое слуг выставили упирающегося и ругающегося сэра Генри за дверь. Брейв следовал за ним, втайне надеясь, что представится шанс дать этому мерзавцу еще одну хорошую затрещину.

— Мы еще увидимся, Брейв! — крикнул баронет, потрясая в воздухе кулаком.

— Буду ждать, — сказал Брейв, прикоснувшись к небольшой царапине на губе. — И Мэрион тоже.

Он с грохотом захлопнул дверь.

— Я заметила, что нынче лорд Брейвен рано удалился к себе, — с улыбкой сказала Мэг, расстегивая на Рейчел платье.

— В самом деле? — откликнулась Рейчел.

Мэг еще шире улыбнулась. Было совершенно ясно, о чем она подумала. О том, что Брейв и Рейчел договорились встретиться. Знала бы она правду! Что только сегодня Рейчел решила исполнить свой супружеский долг.

Мэг перекинула через руку снятое платье.

— Я его поглажу, леди Брейвен.

— Спасибо, Мэг. Можешь идти.

Мэг понимающе улыбнулась.

Рейчел потребовалось три стакана вина, чтобы набраться храбрости и решиться соблазнить собственного мужа. Она ничего не хотела так сильно, как заняться любовью с Брейвом, который вышвырнул сэра Генри.

Знал ли он, как много это для нее значит?

Она доверила ему не только свою жизнь, но и жизнь матери. Она его любит. Хочет стать его женой. Отдать ему не только свое тело, но и свое сердце. И чтобы он ей отдал свое.

Нашел ли он ее записку? Понял ли, что она задумала?

Услышав легкий стук в дверь, она крикнула, не поднимая головы:

— Входи! Ты что-нибудь забыла, Мэг?

— Я не Мэг, — послышался голос Брейва. — Я прочел твою записку. Ты, кажется, предлагала выпить перед сном?

Рейчел подняла голову, с трудом скрывая охватившее ее волнение.

В дверях, соединяющих их комнаты, стоял Брейв. На нем был халат из золотистого бархата. Судя по тому, как он лежал на плечах и открывал взгляду мускулистую грудь, можно было легко догадаться, что под халатом ничего нет.

Да уж. Выпить что-нибудь совсем не помешает.

— Я подумала, что было бы совсем неплохо посидеть вдвоем у огня, — пробормотала она, указывая жестом на коврик перед камином. Раньше ей показалось, что это хорошая мысль, но теперь она подумала, что он, услышав такое предложение, сразу догадается, зачем она пригласила его к себе.

Но он, черт бы его побрал, даже если догадался, то не подал виду. Бесшумно прошлепал босыми ногами к кровати, где стояли бутылка и два бокала. Полы его халата распахивались при ходьбе, и Рейчел увидела его сильные волосатые икры.

У Рейчел пересохло во рту, и она поплелась за ним следом.

Брейв опустился на коврик и наполнил вином бокалы. Потом взглянул на нее.

Рейчел тоже опустилась на коврик. Несмотря на ее усилия соблюсти скромность, из-под ее халата все-таки были видны лодыжки. Но это был сущий пустяк по сравнению с тем, что у Брейва ноги были видны до половины бедер. Он словно предлагал ей заглянуть в темноту между его ногами. Раскройся полы халата еще немного...

Рейчел отвела взгляд от его ног, взяла бокал и залпом выпила половину.

— Твоей матушке стало значительно лучше, — заметил Брейв.

— Да, она довольно быстро идет на поправку. Доктор Фелпс, однако, считает, что свободно передвигаться она сможет только через несколько недель. — Рейчел попыталась прикрыть халатом озябшие ноги.

— Что случилось? — поинтересовался он, указав жестом на ноги.

— Ноги озябли, — смущенно улыбнулась она.

— Вытяни их по направлению к огню.

Это означало еще больше открыть ноги, но желание согреть их взяло верх над скромностью. И Рейчел вытянула ноги. Брейв словно не заметил этого. Он осушил свой бокал, снова наполнил его и долил вина ей. Не следовало, конечно, больше пить, но вино было таким вкусным и согревало ее внутри. Интересно, считается ли это вторым бокалом, если она только наполовину выпила первый?

— Ноги еще не согрелись?

— Нет еще.

Отставив бокал, Брейв похлопал рукой по коленям.

— Положи сюда одну ногу, — сказал он.

Рейчел с опаской взглянула на его руку и на утолщение под бархатом, видневшееся рядом с ней. Почему это он захотел, чтобы она положила туда ногу? Рейчел собиралась соблазнить Брейва, но оказалось, что он соблазняет ее.

— Я ее помассирую, и она согреется, — объяснил он, видя, что она не двигается.

— Право же, не стоит.

Он фыркнул, видя ее нерешительность.

— Я это делал в тот вечер, когда вытащил тебя из реки, помнишь? Тогда это помогло. А сейчас ты не так сильно замерзла.

Он прав, да и ноги у нее озябли. Пусть помассирует. Что в этом плохого? Рейчел положила ему на колени правую ногу и устроилась в углублении между его ногами, в нескольких дюймах от паха.

Массируя ей ноги, Брейв рассказывал всякие забавные истории. Смешные, трогательные, скандальные.

— Не может быть! — воскликнула Рейчел, когда Брейв рассказал, как однажды он, Джулиан и Габриэль, когда еще учились в школе, заплатили проститутке, попросив ее переодеться монахиней и предложить себя одному из одноклассников.

— Клянусь, это чистая, правда, — сказал Брейв. — Брентвуд после этого стал считать себя распутником, он даже не понял, что монахиня не была девственницей.

Рейчел отпила из бокала и протянула его Брейву, чтобы он добавил вина.

— А разве можно отличить? — спросила она и, заметив озадаченный взгляд Брейва, пояснила: — Девственницу от недевственницы? — Рейчел хотелось это узнать с тех пор, как Белинда рассказала ей об одной новобрачной, которая притворилась девственницей в первую брачную ночь.

Он поперхнулся вином и закашлялся. Рейчел рассмеялась, довольная тем, что удалось его шокировать.

— В большинстве случаев отличить можно, — ответил он, утирая слезы тыльной стороной руки. — Наличие девственной плевы является главным доказательством девственности, но все женщины разные, у некоторых этот барьер прочный, у других — слабый или вовсе отсутствует.

— А что при этом чувствуешь? — спросила Рейчел, отпив еще глоток.

— Все женщины чувствуют по-разному.

Она покачала головой. Голова у нее слегка кружилась.

— Я имею в виду мужчину.

— Не знаю. Никогда не занимался любовью с девственницей.

— Я девственница, — заявила Рейчел. Было что-то греховное и захватывающее в этом разговоре.

— Не сомневаюсь, — ответил Брейв.

Рейчел застонала от удовольствия, когда его рука скользнула вверх по икре.

— Тебе нравится? — шепнул он.

Рейчел поежилась:

— Щекотно.

Что-то мягкое прикоснулось к внутренней стороне ее бедер. Открыв глаза, Рейчел увидела, что он стоит на коленях между ее раздвинутыми бедрами. Когда это произошло? И почему ее ночная сорочка задралась до бедер? Это неприлично. Он может увидеть ее интимные местечки.

Как ни странно, Рейчел не испытывала желания их прикрыть. Облизнув губы, наблюдала, как его пальцы приближаются к подолу халата.

Брейв подтянул ее ближе к себе. Ее локоть соскользнул с кресла, вино выплеснулось на руку, а бокал упал на коврик.

Сердце Рейчел бешено колотилось. Брейв прикоснулся пальцами к ее бедрам, и губы его приоткрылись.

Ночная сорочка была закатана уже до талии.

Его ладонь переместилась с бедра на живот, казалось, оставив за собой огненную дорожку.

— Хочешь, чтобы я остановился?

— Нет, — прошептала Рейчел. — Продолжай.

Закрыв глаза, Рейчел вся растворилась в прикосновениях его рук. Она обхватила коленями его бедра, и мягкий бархат его халата ласкал чувствительную кожу под коленями. Волоски на его ногах щекотали бедра, а пальцы медленно приближались к потайному местечку между ее бедрами.

Его руки продвигались вверх по изгибу бедер, миновали талию, обласкали сквозь тонкий батист ночной сорочки кожу под грудью. Соски в ответ сразу же напряглись. У Рейчел участилось дыхание.

Казалось, ее тело и его руки созданы друг для друга.

Он взял в ладони ее груди. Рейчел судорожно вздохнула, когда подушечки его больших пальцев нежно, словно крылья бабочки, прикоснулись к напрягшимся соскам. Это лишь обострило ее желание, но не принесло удовлетворения.

— Развяжи пояс на халате.

Она развязала.

Халат распахнулся.

Брейв приподнял ее и усадил верхом на свое колено. Халатик соскользнул с ее плеч. Брейв снял с нее и отбросил в сторону сорочку.

Улыбнулся и пригладил упавшие на лицо пряди волос.

Рейчел осталась в чем мать родила. Что-то твердое прижималось к ней между ногами, и Рейчел раздвинула их пошире.

Брейв, судорожно сглотнув, приподнял бедра и прижался к ней. Горячая волна желания прокатилась по ее телу, и она вцепилась в лацканы его халата.

Он поцеловал ее, и она раскрыла губы, пропуская в рот его язык. В этот момент весь мир словно перестал существовать.

Рейчел стянула с него халат, и теперь он тоже был голым.

Волосы на его груди терлись о ее нежную кожу, дразня напрягшиеся соски. Его руки скользнули вниз и обхватили ее за ягодицы. Пальцы стали ласкать чувствительную плоть.

Рейчел запаниковала.

— Не бойся. — Он поцеловал ее. — Я не причиню тебе боль.

Его рука скользнула между их телами, и палец оказался во влажной промежности. Подушечка большого пальца прикасалась к самому чувствительному местечку. Рейчел содрогнулась и прижалась к нему, кусая губы, чтобы не закричать.

— Тебе приятно, не так ли?

Она еще шире раздвинула ноги. Его палец то входил в ее лоно, то выходил из него.

— Я хочу войти в тебя. — Брейв был на пределе.

— Войди, — сказала Рейчел, не в силах больше терпеть.

Его жезл исследовал вход в ее тело. Рейчел с трудом сдерживалась, чтобы не опуститься на него.

— Не спеши, — предупредил Брейв. — А то будет больно.

Рейчел не послушалась и стала медленно опускаться. Однако, ощутив боль, остановилась.

Брейв обхватил губами ее сосок, стал ласкать его языком, и ощущения, которые испытала при этом Рейчел, заглушили боль.

Рейчел, которой не терпелось прийти к финишу, опустилась на жезл, чувствуя, как растягивается, принимая его, ее плоть. Внутри немного жгло, но жжение смешивалось с ненасытной жаждой свершения. Она снова опустилась на жезл.

Брейв приподнял бедра ей навстречу. Рейчел ускорила ритм движения.

Напряжение нарастало, жжение внутри превратилось в пламя. Она обвила руками шею Брейва и вскрикнула, уткнувшись ему в грудь.

Брейв высоко поднял бедра, и с его губ сорвался крик. Крепко держа ее за талию, он глубоко погрузился внутрь ее тела и содрогнулся, излив в него теплую влагу.

Рейчел, совершенно обессилев, прижалась к нему. Тишину нарушало лишь их учащенное дыхание и потрескивание дров в камине. Рейчел не смущало то, что они молчали. Теперь она принадлежит ему. А он ей. Чего еще желать?

Глава 16

— Как ты себя чувствуешь? — спросил Брейв.

Рейчел что-то промычала в ответ.

Брейв, не сдержавшись, усмехнулся. Его маленькая соблазнительница была в полном изнеможении, к тому же изрядно пьяна.

Он попытался высвободиться из ее объятий, но она еще крепче прижалась к нему.

Брейв подхватил ее на руки и встал.

— Куда мы идем? — спросила Рейчел.

— Увидишь.

Он отнес ее в гардеробную, где все еще стояла наполненная водой ванна, которую он принял, прежде чем пойти к ней. Вода была еще теплой. Посадив Рейчел в ванну, Брейв тоже опустился в воду.

Намыливая салфетку, он наклонился к Рейчел.

— Что ты делаешь?

Он провел салфеткой по ее груди. Силы небесные! Какие немыслимо прекрасные у нее груди!

— Мою тебя. — Он провел салфеткой по нежно-розовому соску.

— Зачем? Я не грязная.

Увидев, как нежный сосок сразу же затвердел от его прикосновения, Брейв улыбнулся.

— Хочу.

Он прикоснулся кончиком большого пальца к соску и, когда Рейчел в ответ застонала, почувствовал, как напряглось его мужское естество.

Опустив руку в воду, Брейв положил салфетку между ее бедрами.

— Тебе не больно? — спросил он.

— Местами. — Она обхватила рукой его жезл.

— Вы ведете себя вызывающе, леди Брейвен. — Он вздрогнул, приподняв бедра навстречу ее руке.

— Я знаю. Но ведь тебе это нравится! — Рейчел погладила его мужское достоинство.

Брейв пальцами раздвинул нежную плоть между ее бедрами.

— Очень нравится, — шепнул он.

Играя с ней пальцами, Брейв вскоре довел Рейчел до пика наслаждения.

Ее крик привел его в такое возбуждение, что он вскочил на ноги, расплескав воду. Выбравшись из ванны, он даже обрадовался тому, что тело обдало струей холодного воздуха.

— Ты куда? — спросила Рейчел, положив подбородок на руки, сложенные на бортике ванны.

Выплеснув еще некоторое количество воды, Брейв взял ее на руки, отнес к себе в спальню и уложил в постель.

— Теперь мы займемся с тобой любовью как положено.

Брейв медленно вошел в нее, уперся ладонями в подушку и стал наблюдать за выражением ее лица. Он поклялся себе, что остановится, как только заметит у нее малейшие признаки дискомфорта, однако нежные черты выражали лишь чувственное наслаждение.

Брейв ускорил темп, довел их обоих до сокрушительного оргазма, после чего буквально утратил способность мыслить.

Потом прижал ее к себе, с наслаждением вдыхая аромат ее волос, и почувствовал, что его клонит в сон.

— Почему ты пришла ко мне сегодня? — спросил он, прикасаясь губами к бархатистой щеке.

— Хотела, — ответила она сонно, уткнувшись ему в грудь.

Брейв, улыбнувшись, обнял ее. Хотела. Видимо, более вразумительного ответа ему нынче ночью не добиться.

Глаза у него слипались.

— Хотела поблагодарить тебя, — промолвила Рейчел.

Брейв открыл глаза и замер. Она хотела поблагодарить его? И только поэтому согласилась заняться с ним любовью?

— За что? — с трудом произнес он.

Рейчел вздохнула.

— За то, что ты вышвырнул из дома сэра Генри.

В течение двух дней он пытался напиться допьяна.

Уединившись у себя в кабинете, он сидел с бутылкой бренди в руке. Пользоваться стаканом не стал. Опьянеть оказалось не так-то просто.

Чем больше он пил, тем настойчивее одолевали его мысли о Рейчел. Она отблагодарила его за то, что он прогнал сэра Генри, отдав ему свое нежное тело. Свою девственность. Эта мысль действовала отрезвляюще.

Проклятие!

В окно тихонько постучали. В дверь перестали стучать со вчерашнего вечера, потому что он не отвечал на стук. Мать, Рейчел, дворецкий демонстрировали свое беспокойство. Вздор! Просто им было любопытно узнать, что он там делает, запершись в кабинете.

В собственном доме человек не может напиться! Рейнолдс пытался проникнуть к нему через потайной ход в стене, прикрытый деревянной панелью.

Брейву пришлось всем телом налечь на панель, чтобы не дать дворецкому проникнуть в кабинет.

А сейчас, повернувшись к окну, он увидел прижатое к стеклу лицо жены.

Он неохотно поднялся на ноги, чтобы задернуть шторы. Окружающий мир накренился, потом снова встал на место. Значит, он все-таки опьянел. Отлично. Нетвердой походкой он подошел к окну и распахнул его.

— Ну?

Окинув его взглядом, она наморщила носик.

— Просто я хотела убедиться, что с тобой ничего не случилось.

Широко раскинув руки, он предстал перед ней во всей красе, демонстрируя пропотевшую и залитую бренди рубаху.

— Как видишь, я цел и невредим.

Она зажала рот и нос затянутой в перчатку рукой.

— От тебя воняет!

— Когда человек в течение двух дней не моется и не меняет одежду, он не может благоухать. Тебе противно?

Она закрыла глаза и сделала глубокий вдох. Брейв усмехнулся, заметив, как она содрогнулась.

— Ты не можешь вызывать у меня отвращения, Брейв.

— А если я втащу тебя в кабинет и овладею тобой прямо здесь?

Рейчел округлила глаза, и Брейв громко рассмеялся, заметив ее испуг.

— Ты пьян!

Он покачал головой:

— Не так сильно, как мне бы хотелось.

— Я чувствую себя виноватой...

— Неудивительно! — перебил он ее.

Рейчел снова нахмурилась.

— После того как мы занимались любовью, ты заперся в кабинете и перестал разговаривать со мной! И к тому же напился!

— Это просто совпадение, — солгал Брейв.

— Значит, ты не чувствуешь себя виноватым?

Виноватым? Только этого не хватало!

— Нет, не чувствую, — сказал он, наклонившись к ней. — А ты?

Она отступила назад, ощутив его несвежее дыхание.

— У меня, конечно, есть ощущение, будто я сделала что-то неправильно.

Ну вот. Так он и знал, что она скажет что-нибудь такое, от чего защемит сердце. Как ей объяснить, что она все сделала правильно? Слишком правильно. Отблагодарила его! А он по наивности думал, что Рейчел влечет к нему. Так же, как его к ней.

— А сама ты не знаешь?

Рейчел побледнела, и Брейв мысленно обругал себя. Он не хотел, чтобы все так получилось.

— Понятно, — сказала она ледяным тоном, от которого у Брейва мурашки побежали по спине. — Очевидно, я вторглась туда, где мне не место.

Брейв посмотрел ей в глаза.

— Очевидно. А теперь я бы хотел, чтобы меня оставили в покое.

С этими словами он захлопнул окно и задернул шторы.

Нетвердой походкой он добрался до шкафчика и достал ночной горшок. И вдруг заметил бутылку бренди, покрытую пылью. Почему он не заметил ее раньше?

Справив нужду, Брейв взял бутылку и направился к шезлонгу. Сегодня должны были приехать Габриэль и Джулиан, друзьям не терпелось узнать, как он чувствует себя в роли мужа.

Рейчел понимала, что опасно уезжать из дома одной, но ей нужно было с кем-нибудь поговорить. Пока карета, подпрыгивая на ухабах, катилась вдоль аллеи, ведущей к дому

Белинды, она, наверное, в десятый раз за последние полчаса возвращалась мыслями к загадочному вопросу Брейва: «А сама ты не знаешь?»

Она бы наверняка знала, если бы сделала что-нибудь, что могло его оскорбить. Но она не знала. Почему же он не сказал ей, что имеет в виду?

Может быть, она вела себя не так, как положено девственнице? Брейв сказал, что никогда еще не занимался любовью с невинной девушкой. Может быть, ее невоздержанность заставила его усомниться в ее непорочности? И он теперь относит ее к той же категории женщин, что и Миранду?

Это маловероятно, с горечью подумала Рейчел. Ведь Миранду он любил.

Она понимала, что несправедливо сравнивать себя с женщиной, которую Брейв некогда любил и потерял. Несправедливо, потому что ей Брейв никогда не предлагал свою любовь. По правде говоря, он весьма ясно дал понять, что это чувство вообще его не интересует. И все это было тем более несправедливо, что Рейчел в отличие от Миранды любила Брейва.

За что же все-таки Брейв на нее рассердился? Рейчел терялась в догадках.

Карета остановилась, и лакей распахнул дверцу.

Рейчел вошла в дом, и ее проводили в гостиную.

Белинда, благоухающая розами, усадила подругу за низким столиком, на котором стояли блюда с разнообразными сандвичами и крошечными пирожными.

— Я так рада твоему приезду! — сказала Белинда, налив чай в изящные фарфоровые чашечки. — Меня с утра донимает мама. Она вбила себе в голову, что именно сегодня я должна решить вопрос относительно цветов для свадьбы. Не на следующей неделе, не через несколько дней, а именно сегодня. Тебе два кусочка сахара?

Рейчел кивнула, радуясь не только встрече с подругой, но и ее болтовне. Она правильно поступила, что уехала из дома.

Рейчел взяла у Белинды тарелку с пирожными и отпила чаю. Она проголодалась. За последние два дня она почти ничего не ела, потому что беспокоилась о Брейве. А теперь, когда вырвалась из мрачной атмосферы, воцарившейся в Уикс-Энде, аппетит вернулся к ней с удвоенной силой.

— Ну, хватит моей предсвадебной болтовни, — заявила Белинда после того, как были съедены три пирожных, и отхлебнула чаю. — Расскажи лучше, как тебе удалось уговорить своего великолепного супруга отпустить тебя?

При одном упоминании о Брейве пирожное показалось ей невкусным.

— Вряд ли он заметил мое отсутствие, — с притворным равнодушием ответила Рейчел.

Белинда округлила глаза и замерла, не донеся до рта чашку.

— Я поверила бы, что это шутка, если бы ты не прятала от меня глаза.

Рейчел заставила себя встретиться взглядом с подругой.

— Не знаю, о чем ты говоришь, — заявила она и, словно в подтверждение своих слов, отправила в рот еще одно пирожное.

Должно быть, она и впрямь выглядела смешно, потому что Белинда расхохоталась.

— Рейчел, дорогая, от меня трудно что-нибудь скрыть. Да и зачем?

Глотнув еще чаю, Рейчел вздохнула.

Белинда отодвинула чашку.

— Вы с Брейвом поссорились, да?

Рейчел промокнула губы салфеткой.

— Когда ссорятся — разговаривают, Белинда. Сегодня утром мой муж впервые за два дня снизошел до того, чтобы лицезреть меня. — О том, что Брейв говорил, ей не хотелось вспоминать.

Подруга искренне удивилась:

— Почему?

Пожав плечами, Рейчел допила чай.

— Не имею понятия.

Белинда покачала головой.

— Никто, будучи в здравом уме, не перестанет без всякой причины разговаривать с другим человеком. Что произошло, когда ты видела его в последний раз?

Рейчел покраснела до корней волос, вспомнив, как они с Брейвом занимались любовью.

Глаза Белинды округлились еще сильнее. Она наклонилась к подруге, словно боясь, что их кто-нибудь может подслушать.

— Скажи, у Брейвена... — она понизила голос до шепота, — у Брейвена проблема... — Она сделала соответствующий жест.

Рейчел еще сильнее покраснела.

— Конечно, нет!

— Меня бы очень огорчило, если бы ты сказала «да», — заявила Белинда и добавила: — Дорогая, он не причинил тебе боль?

— Нет. Он был очень нежен.

Белинда сморщила носик.

— Нежен? И все?

— Полно тебе, Белинда! Перестань! — Рейчел всплеснула руками, едва не смахнув при этом с тарелки на пол последнее пирожное. — Все было великолепно! Ты удовлетворена?

Белинда испуганно посмотрела на нее, и Рейчел поняла, что совершила бестактность.

— Извини. Я не в себе.

— Оно и видно, — сказала Белинда. — Значит, тебе это понравилось?

Рейчел рассмеялась.

— Да. Понравилось. Тебе тоже понравится. Ты ведь это хотела услышать, да?

Теперь настала очередь Белинды покраснеть.

— Да. Я не раз думала о первой брачной ночи. — Она снова наклонилась к подруге, и на сей раз Рейчел огляделась, чтобы убедиться, что их никто не подслушивает. — Уинчелси и я, мы... — Она махнула рукой. — Между нами кое-что было, но он ничего не хочет до свадьбы. — В голосе Белинды звучало разочарование, и Рейчел улыбнулась.

— А тебе не терпится?

— Еще бы! Понимаешь, то, что сказала мне мама, решив, что нам надо «поговорить», не имеет ничего общего с тем, что я чувствую, когда рядом Уин.

Рейчел могла без труда представить себе, что наговорила Белинде мать. Делить в течение двадцати с лишним лет супружеское ложе с мистером Мейхью — от этого любая женщина могла потерять вкус к земным радостям!

— У тебя все будет хорошо, — заверила Рейчел подругу, ласково потрепав ее по руке. — Впрочем, не мне судить об этом, мой муж перестал со мной разговаривать после того, как мы занимались любовью второй раз.

— Второй раз? — заинтересовалась Белинда. — Мне показалось, будто ты сказала, что это был первый раз.

Рейчел не сомневалась, что за последние десять минут краснела чаще, чем за три последних года.

Белинда сгорала от любопытства.

— Хочешь сказать, что мужчина может это делать несколько раз?

— Видимо, так.

— А ты... ты смогла? — Белинда залилась румянцем.

— Да, — произнесла Рейчел сквозь стиснутые зубы. — Но судя по тому, как мой муж обращается со мной, я буду на некоторое время лишена этого. А теперь, прошу тебя, давай поговорим о чем-нибудь другом.

— Ладно, — согласилась Белинда. Но ее выдержки хватило ненадолго. — Что ты собираешься делать с Брейвом?

Откусив кусочек пирожного, Рейчел пожала плечами:

— Пока он не протрезвеет, я едва ли что-нибудь смогу сделать. А потом потребую объяснений.

— Потребуешь?

— Настойчиво попрошу.

— А если это не сработает? — лукаво улыбнулась Белинда.

Рейчел отодвинула тарелку.

— Я не оставлю его в покое, пока не добьюсь ответа. Я согласилась на то, чтобы у нас был настоящий брак, а не пожизненная каторга, которую отбывала моя мать. — Она протянула Белинде чашку, и та налила ей еще чаю. Она уже давно не чувствовала себя так хорошо. — У графа Брейвена теперь есть жена, и ему придется с этим считаться.

— Ты полный идиот!

Брейв сердито повернулся к друзьям. Джулиан был в ярости. Что касается Гейба, то он забавлялся, как всегда, когда Джулиан терял над собой контроль.

— Думаешь, я сам этого не понимаю? — Брейв вскочил на коня.

Его друзья прибыли в первой половине дня, когда Брейв валялся на диване в своем кабинете. Дальше последовали холодная ванна и несколько чашек крепкого кофе. Когда Брейв был побрит и одет, он почувствовал себя почти трезвым. Габриэль предложил прогуляться. А когда Джулиан спросил, не захочет ли Рейчел поехать с ними, Брейву пришлось признаться, что он не знает, где его жена. Он и сам не мог объяснить, зачем рассказал им, почему ему неизвестно ее местонахождение. Он полагал, что друзья ему посочувствуют, но ошибся.

— Тебе не кажется, — сказал Джулиан, — что если бы Рейчел хотела «отблагодарить» тебя таким образом, то сделала бы это давно, когда ты согласился помочь ей, а не сейчас? К слову сказать, — продолжал Джулиан, — ты мог спросить, что она имела в виду? Но по-твоему, это было бы слишком просто, не так ли?

Брейв мог бы обидеться, но он согласился. Ему действительно следовало спросить у Рейчел. Но вместо этого он сделал скоропалительные выводы, поскольку чувствовал себя уязвленным. Вместо этого он укрылся от всех, чтобы зализать свои раны, которые сам же себе и нанес.

Они пустили коней легким галопом, и некоторое время спустя конь Джулиана поравнялся с конем Брейва.

— Что ты собираешься делать? — спросил Джулиан.

Брейв невесело взглянул на него:

— Когда она вернется домой, поговорю с ней.

Он не знал, куда уехала Рейчел и когда вернется. Брейв не стал бы ее винить, если бы она не возвращалась домой в течение нескольких дней и заставила бы его томиться в ожидании, но он был уверен, что Рейчел не оставит надолго свою мать.

Он не хотел думать о том, что Рейчел снова может наткнуться на своего отчима. Утешало лишь то, что Рейчел не покинула его навсегда. Не настолько она легкомысленна, чтобы поступить столь опрометчиво. Как-никак они муж и жена. К тому же никто, кроме него, не может освободить ее мать от сэра Генри. Так что у него будет достаточно времени, чтобы наладить отношения с Рейчел.

Брейв мчался впереди на своем мерине, за ним следовали Габриэль и Джулиан. Без труда преодолевая живые изгороди и каменные ограды, они проносились мимо фермеров, работающих в полях. У Брейва слезились глаза от ветра, он дважды едва не потерял шляпу, но мчался все дальше, пока не заметил возле низкой каменной стенки какой-то странный предмет.

Брейв натянул поводья, придержав коня. К нему подъехали Джулиан и Габриэль. На траве лежал отличный гнедой конь. Он был мертв. А где же всадник? Конь был оседлан.

— Не узнаешь его? — спросил Габриэль.

— Нет, — ответил Брейв. Спешившись, он подошел ближе и похолодел от ужаса.

Боже милосердный!

Под конем лежал придавленный к земле человек. Им оказался Генри Уэстхейвер. Он был еще жив и пытался дотянуться до своего ружья.

Глава 17

С помощью друзей и некоторых своих арендаторов Брейву удалось наконец вытащить Генри Уэстхейвера из-под коня. Прибыл Фелпс. Под его наблюдением Брейв и еще двое мужчин уложили баронета на грубо сколоченные носилки и погрузили в фургончик доктора Фелпса.

— Закутайте его в одеяла, — сказал Фелпс, — и обложите нагретыми кирпичами, которые я захватил с собой. Он хоть немного согреется, пока мы будем добираться до фермы.

Сэр Генри чудом уцелел. Он пролежал под конем двое суток.

Из того, что рассказал им сэр Генри, Брейв понял, каковы были планы баронета.

Прямо из Уикс-Энда сэр Генри отправился домой. Охваченный яростью, он решил вернуть Мэрион силой. У Брейва не было иллюзий относительно намерений Уэстхейвера. Прихваченное из дома ружье говорило о том, что он планировал убить любого, кто встанет на его пути, в том числе Рейчел и самого Брейва. Он убил бы и Мэрион, откажись она ему подчиниться.

Генри напился и несся сломя голову после наступления темноты по пересеченной местности, не знакомой ни ему, ни коню. Он попытался взять барьер, но конь упал, сломал шею и придавил сэра Генри.

— А еще говорят, — обратился Брейв к одному из арендаторов, когда фургончик Фелпса уехал, — что нет на свете справедливости.

Фермер кивнул:

— Я понимаю, что вы имеете в виду, милорд. Обидно, что такое прекрасное животное погибло, а эта толстая задница осталась в живых.

— Хорошо сказано, Джонс. — Брейв направился к Габриэлю и Джулиану. — Мне придется вернуться в Уикс-Энд. Если Уэстхейвер умрет, придется иметь дело с полицией.

Едва войдя в дом, Брейв увидел Рейчел. Она ждала его в холле.

— Слуги говорят, что произошел несчастный случай. Это правда? — спросила она, даже не поздоровавшись. — Сэр Генри мертв?

Он хотел все объяснить Рейчел, но сейчас ему прежде всего нужно было переодеться, чтобы встретиться с полицейским чиновником, который, несомненно, появится здесь, как только услышит о происшествии.

— Нет, пока жив, — сказал Брейв. Сняв плащ, он отдал его Рейнолдсу и стал подниматься по лестнице. — А сейчас, извини, мне нужно переодеться. Сюда наверняка приедет полицейский чиновник.

— Зачем? — спросила Рейчел.

— Сэр Генри может умереть, — ответил Брейв. — И я хочу, чтобы все знали, что произошел несчастный случай, а не убийство.

Рейчел едва поспевала за ним.

— Почему могут подумать, что это убийство?

На верхней площадке лестницы Брейв свернул в коридор, ведущий в его комнату, и замедлил шаг.

— Потому что он едва не убил твою мать и мы с ним подрались из-за этого. А также потому, что несколько его слуг видели тебя в его доме с пистолетом в руке. Ни один человек, если ему было хоть немного известно, как сэр Генри обращался с твоей матерью, не удивился бы, если бы ты или я решились наконец убить этого мерзавца.

— Но это был несчастный случай, — запыхавшись от быстрой ходьбы, произнесла она. — Мэг сказала, что произошел несчастный случай.

— Совершенно верно. — Брейв остановился у двери своей спальни. — И я хочу, чтобы представитель закона знал это.

— Что ты намерен ему сказать?

— Правду, — ответил Брейв, открывая дверь.

— И о нашем браке тоже?

Ага, значит, вот что ее тревожит!

— Этот вопрос я не собираюсь с ним обсуждать. А вот с тобой нам надо поговорить.

— Конечно, — промолвила Рейчел. — Позовешь меня, когда освободишься?

Брейв кивнул, вошел в свою спальню и закрыл дверь.

Как только уехал полицейский чиновник, Рейчел послала к Брейву дворецкого с запиской, сообщив, что она ждет его у себя в комнате.

Фыркнув, Брейв скомкал записку и взъерошил волосы. Не было смысла откладывать этот разговор. Он должен знать правду, какой бы она ни была.

Брейв едва успел постучаться, как дверь распахнулась.

— Что сказал представитель власти?

Рейчел, как всегда, сразу приступила к делу.

— И тебе тоже хочу пожелать доброго дня, — насмешливо сказал Брейв, входя в комнату.

— Не уверена, что ты заслуживаешь столь вежливого обращения после того, как вел себя столь безобразно.

Упрек был вполне справедливым.

— Представитель власти убежден, что это несчастный случай. Он сказал, что сэру Генри придется объяснить, почему он здесь появился с ружьем.

Рейчел побледнела.

— Что, если он позволит сэру Генри забрать маму в Талливуд?

Брейв покачал головой:

— Не позволит. Сэр Генри хотел увезти твою мать силой и убил бы того, кто попытался бы ему помешать.

Рейчел побледнела.

— Он намеревался ее убить? — прошептала она.

Брейв подошел к ней и взял за плечи.

— Трудно сказать. Возможно, он решил расправиться со мной. Думаю, ты рада была бы избавиться от меня, — пошутил он.

— Скорее ты от меня, — парировала Рейчел с обидой в голосе.

Брейв был готов надавать себе затрещин за то, что так грубо обращался с ней. Джулиан прав. Рейчел заслуживает лучшего.

— Почему ты согласилась заняться со мной любовью? — спросил он.

Рейчел была ошеломлена. Этого вопроса она не ожидала.

— Я тебе уже говорила, — ответила она. — Потому что хотела этого.

— Ты сказала, что таким образом хотела отблагодарить меня за то, что я выставил сэра Генри.

— Ничего подобного я не говорила! — воскликнула Рейчел.

— Рейчел, я слышал это собственными ушами!

— Значит, ты неправильно меня понял!

Брейв подумал, что Миранда тоже так говорила, когда пыталась убедить его снова сделать ей предложение.

— Значит, ты не хотела меня отблагодарить?

— Конечно, хотела! — воскликнула она, всплеснув руками. — Но для этого достаточно слов, Брейв. И уж конечно, я не собиралась предлагать тебе в знак благодарности свою девственность. Не такая уж это большая награда.

— Позволь не согласиться с тобой.

Он сказал это тихо, ни на что не намекая, но Рейчел все-таки покраснела.

— Кстати, — продолжала она, — я отдала тебе всю себя, а это больше, чем девственность.

Брейв посмотрел ей в глаза. Видимо, свою девственность она ценила не так высоко, как свободу и независимость.

Только сейчас он понял, какой бесценный дар Рейчел ему вручила, и почувствовал стыд.

— Прощаешь меня? — спросил он, протягивая к ней руки.

Она бросилась к нему в объятия.

— Да.

— Докажи.

Рассмеявшись, она высвободилась из его объятий и легла на кровать.

— Иди ко мне.

Брейв подошел и лег рядом с ней.

Его пальцы прикоснулись к ее виску и медленно скользнули по изгибу скулы к упрямому подбородку.

— Красивее тебя нет никого на свете.

У нее дрогнул подбородок, а глаза заблестели от слез.

— Ты так думаешь? — шепнула Рейчел.

Брейв поцеловал ее, вложив в этот поцелуй всю свою любовь к ней. Он снял с нее платье, затем сорочку, оставив только чулки и подвязки.

— Ты уверена, что хочешь меня?

Рейчел приподняла бедра ему навстречу. Брейв стал ласкать ее грудь.

— Тебе приятно? — Брейв обхватил губами сосок.

— Очень. Сними рубаху, — потребовала Рейчел. — Ну же!

Брейв снял жилет, затем рубаху, швырнул в дальний конец комнаты.

— Это тоже снять? — спросил он.

— Да. — Рейчел смущенно улыбнулась.

Брейв снял охотничьи лосины и подштанники, выпустив свой жезл на свободу. Он был в полной боевой готовности.

Брейв вошел в нее и стал медленно двигаться. Вторгся мощным рывком и снова замедлил темп. Рейчел уже дважды взлетала на вершину блаженства.

В третий раз они взлетели туда вместе. А когда вернулись, Рейчел прошептала:

— Не хочешь еще раз попросить у меня прощения?

Брейв расхохотался:

— Дай мне несколько минут передышки.

— Это правда? — спросила Мэрион, едва дочь вошла.

Закрыв за собой дверь, Рейчел села на кровать. Ребра у Мэрион еще побаливали, но синяки пожелтели, а отеков почти не осталось.

— Он еще жив, — ответила Рейчел. — Но Брейв говорит, что состояние его с каждым днем ухудшается.

Мать тяжело вздохнула.

— Наверное, грешно надеяться?

— Надеяться, что он умрет? А чего еще ты можешь ему желать? Я тоже желаю ему смерти.

— Не произноси этого вслух, — сказала Мэрион.

Рейчел хихикнула.

— Мама, Господь так же хорошо слышит, когда я думаю об этом, как и тогда, когда я об этом говорю. Не думаю, что он будет на нас гневаться.

Мать улыбнулась.

— Может быть, и так, — сказала она и спросила: — Как прошел разговор с Брейвеном?

Рейчел покраснела.

— В общем, хорошо.

— Ты так и не рассказала, что вас обоих так огорчило.

Рейчел еще больше смутилась.

— Мы просто не поняли друг друга.

— Напомни мне поблагодарить лорда Брейвена за проявленную к нам доброту.

Ирония, прозвучавшая в словах матери, вызвала у Рейчел улыбку.

— Уверена, ему хорошо известно, как мы ему благодарны, — сказала она.

— А я в этом не уверена. — Мэрион осторожно потрогала подживающую ссадину на щеке.

— Будь я в Талливуде, ничего подобного не случилось бы. Я этого не допустила бы.

— Тебе не в чем винить себя, дорогая.

Чувство вины с новой силой обрушилось на Рейчел.

— Уж не думаешь ли ты, что я виню кого-нибудь в том, что вышла замуж за сэра Генри? — с улыбкой спросила мать. Рейчел промолчала. — О нем говорили всякое, но я по наивности верила, что он изменится. Я устала голодать и рассчитывать на благотворительность. Я могла устроиться на работу, но предпочла выйти замуж. — Мэрион невесело рассмеялась.

— Это была не твоя вина, мама.

— А чья же? Может быть, твоя? — спросила Мэрион. Рейчел отвела взгляд. — Рейчел, я вышла замуж за сэра Генри не ради тебя. Ради самой себя. Потому что не хотела, чтобы на моих и на твоих руках были мозоли. Я боялась одиночества и сразу приняла предложение сэра Генри. Он обещал позаботиться о нас. Не будь я так напугана, потеряв твоего отца, оценила бы ситуацию более трезво.

Рейчел ушам своим не верила.

— Значит, ты вышла замуж не для того, чтобы обеспечить мне крышу над головой?

Мэрион фыркнула.

— Конечно, нет.

Какой же глупой она была! Вообразила себя центром мироздания, решила, что весь мир крутится вокруг нее.

Мэрион сжала ее руку.

— Дорогая, я знаю, ты вышла замуж, чтобы помочь мне, но Брейв хороший человек, и ты будешь счастлива с ним.

Рейчел не сказала матери, что Брейв уже сделал ее счастливой. Заставил ее почувствовать себя защищенной, а это чувство она не испытывала с тех пор, как была ребенком. Не то чтобы ей хотелось спрятаться за чью-то широкую спину, но хорошо, когда есть человек, на которого можно опереться.

Можно ли ей воспользоваться случаем и предложить ему не только свое тело, но и сердце? Брейв мог бы обеспечить ей такую жизнь, о которой она читала лишь в романах и волшебных сказках. Он мог обеспечить ей безоблачное существование.

Но мог ли он дать ей любовь, если до сих пор любит Миранду?

А она? Могла ли она отдать ему свое сердце, когда главное в ее жизни — добиться развода для матери?

Если сэр Генри останется жив, ей придется увезти мать в безопасное место. Покинуть Уикс-Энд и Брейва.

Но где, кроме Уикс-Энда, ее мать будет в безопасности? Рейчел поднялась.

— Мама, мне нужно уйти.

Мэрион встревоженно взглянула на дочь.

— Надеюсь, ты не затеваешь какую-нибудь глупость?

— Например? — удивилась Рейчел.

— Например, поджечь Талливуд или что-нибудь в этом роде.

Рейчел смеясь покачала головой:

— До этого дело не дойдет, обещаю тебе. Просто мне нужно кое с кем увидеться.

Сэр Генри еще не пришел в сознание.

— Он выживет? — спросила Рейчел у доктора Фелпса.

— Трудно сказать, — ответил Фелпс. — У него повреждены некоторые внутренние органы. Если повреждения серьезные, может и не выжить.

Рейчел уже в который раз подумала, что смерть сэра Генри развязала бы ей и матери руки.

Если он останется жив, то непременно появится в Уикс-Энде с ружьем в руках и, чего доброго, всех их перестреляет. Рейчел не забыла, как он схватился с Брейвом. Суд должен принять это к сведению и разрешить ее матери развестись с ним. Не исключено, что сэра Генри посадят за решетку за то, что он угрожал убить пэра Англии.

Но что будет, если сэр Генри все же выиграет процесс? В этом случае Рейчел придется увезти мать.

А Рейчел жизни себе не мыслила без Брейва. Но у нее еще есть время все хорошенько обдумать. Она больше не будет принимать спонтанных решений.

— Не могли бы вы оставить меня на минутку наедине с ним? — Рейчел кивнула на сэра Генри, неподвижно лежавшего на кровати.

— Не вижу в этом смысла, леди Брейвен, — уклончиво ответил доктор.

— Вы могли бы посидеть у двери и последить, чтобы я не причинила ему вреда, не придушила, например, — улыбнулась Рейчел.

Доктор Фелпс залился краской до корней волос.

— Миледи, мне такое даже в голову не приходило.

— Конечно же, приходило. Я бы на вашем месте тоже не оставила его со мной один на один.

Доктор Фелпс кивнул, избегая ее взгляда.

— Если не возражаете, я посижу у двери, чтобы вам никто не помешал.

Рейчел с опаской приблизилась к кровати. Отчим производил устрашающее впечатление, хотя был без сознания. Она помнила, с какой силой он ее ударил, когда она отказала Чарлтону.

Рейчел опустилась на стул рядом с кроватью.

— Сэр Генри, — прошептала Рейчел. — Ты меня слышишь? — Ответа не последовало. — Надеюсь, что слышишь. — Она пристально вгляделась в его лицо. — Моя мать постепенно приходит в себя после того, что ты с ней сотворил. Ты пытался ее сломать, но не смог. Она оказалась сильнее, чем все мы думали.

Не заметив никакой реакции, Рейчел почувствовала облегчение, смешанное с досадой.

— Тебе не удалось занять место моего отца. Она до сих пор его любит. А тебя ненавидит.

Веко на одном глазу чуть дернулось, и Рейчел обрадовалась. Значит, он слышал ее! Она наклонилась еще ниже.

— Тебе не одержать над нами верх, сэр Генри. Что бы ни случилось, мы от тебя освободимся, даже если ты выживешь. А если умрешь, никто не станет тебя оплакивать.

На этот раз у сэра Генри дернулась губа.

— Ты стал полным ничтожеством. Всем на тебя наплевать.

У отчима дернулась рука. Рейчел подскочила от испуга, подумав, что он сейчас нападет на нее. Однако он оставался неподвижным.

— Все в порядке, леди Брейвен? — спросил доктор Фелпс.

Рейчел сделала глубокий вдох, чтобы унять бешено бьющееся сердце.

— Не знаю. По-моему, у него шевельнулась рука.

Доктор Фелпс подошел к кровати с другой стороны. Наклонившись, приложил палец к шее баронета, пощупал пульс и побледнел.

— Ну что? — спросила Рейчел с надеждой и страхом.

— Он мертв, — ответил доктор.

Глава 18

Когда эту новость сообщили леди Мэрион, она всплакнула, испытав одновременно и печаль, и облегчение.

Однако Уикс-Энд не был похож на дом, погруженный в траур. К ужину все принарядились. Брейв перенес леди Мэрион в музыкальную комнату и усадил в шезлонг.

Странно праздновать смерть, но вполне естественно радоваться жизни, из которой ушел сэр Генри, человеконенавистник и тиран.

Но Рейчел почему-то выглядела подавленной.

— Ты, кажется, чем-то удручена? — Брейв предложил ей бокал хереса.

— Ты угадал, — произнесла она, отпив глоток вина.

Брейв сел рядом с ней на обитую зеленым бархатом софу. Больше всего ему хотелось сейчас отнести Рейчел наверх и заняться с ней любовью.

— Что тревожит тебя на сей раз?

Рейчел фыркнула, взгляд ее повеселел.

— Неужели меня можно увидеть насквозь?

— Только при наличии ярко выраженных дедуктивных способностей, как, например, у меня, — хвастливо заявил Брейв. — Я думал, ты будешь счастлива, освободившись от отчима.

— Я счастлива, — печально улыбнулась Рейчел. — Именно в этом и заключается проблема. Это один из немногих случаев, когда моя импульсивность привела к положительному результату.

Брейв кивнул, подумав, не является ли вторым положительным результатом их брак.

— Чувствуешь себя виноватой из-за того, что счастлива, не так ли?

Она снова улыбнулась.

— Чувствую себя виноватой, потому что не испытываю чувства вины. Улавливаешь смысл?

— Разумеется. Никто не винит тебя в том, что ты испытываешь облегчение, Рейчел. Что чувствуешь себя счастливой. Очень сомневаюсь, что кто-нибудь в этом графстве, разумеется, кроме портного Генри Уэстхейвера, скорбит о его кончине.

— Спасибо, что успокоил меня. В который уже раз. Должно быть, ты от этого очень устал.

Брейв усмехнулся:

— Нисколько. По крайней мере есть чем заняться.

Рейчел повеселела. От плохого настроения не осталось и следа.

— Ты теперь часто улыбаешься, — сказала она. — А ведь несколько недель назад мне казалось, что ты вообще не умеешь смеяться.

Несколько недель назад. Неужели потребовалось так мало времени, чтобы влюбиться в нее? Брейву казалось, что на это ушла целая вечность.

Любовь. Брейв представлял ее себе совсем не такой. С Мирандой все было по-другому. Он не испытывал ничего, кроме страданий. Рейчел стала частью его жизни и приносила только радость.

Брейв накрыл ее руку своей. Пальцы у нее были холодные.

— Это ты научила меня смеяться, — сказал Брейв вместо того, чтобы признаться ей в любви. Но любит ли она его? Вот в чем вопрос.

Мысленно обругав себя трусом, Брейв проследил за взглядом Рейчел. Она смотрела на противоположный конец комнаты, где сидели их матери, ведя оживленный разговор, — Мэрион еще не полностью оправилась, однако настроение у нее было приподнятое.

— Как ты думаешь, что сказано в завещании? — спросила Рейчел, заметив, что Анабелла похлопала по руке ее мать.

— Понятия не имею. Завтра узнаем, — ответил Брейв.

На следующий день, в три часа, должен был приехать поверенный сэра Генри, чтобы огласить завещание. Ждали также наследника сэра Генри, проживавшего в Шериф-Хаттоне.

— Не пойти ли нам спать? — помолчав, предложил Брейв.

— Что ты имеешь в виду? — Рейчел залилась румянцем.

Брейв с невинным видом пожал плечами:

— Если хочешь, сыграем несколько партий в пикет или поваляемся в постели, чтобы слугам было о чем посудачить.

Брейв разжег у себя в спальне камин, погасил все свечи, кроме одной, стоявшей на прикроватном столике, раздел Рейчел, разделся сам и лег рядом с ней в постель. Он покрыл ее нежное тело поцелуями и едва не взорвался от желания. Рейчел тоже поцеловала каждую частичку его тела, и он вошел в нее. Когда оба они пришли к финишу и лежали, сжимая друг друга в объятиях, Брейв уже в который раз пытался сказать Рейчел о своей любви, но так и не решился.

Не нашел нужных слов. Мешал страх. А вдруг жена его не любит? Уж лучше ему не знать об этом.

* * *

Как и следовало ожидать, народу на похоронах было мало.

День выдался холодный, но ясный, будто сама природа праздновала уход из жизни баронета. Несколько горожан пришли скорее всего затем, чтобы убедиться, что сэр Генри действительно мертв.

Мэрион не присутствовала. На ее лице еще оставались следы побоев, и соседям это дало бы пищу для сплетен. Смерть сэра Генри обросла всевозможными слухами. Горожане сходились на том, что его убили, хотя было официальное заключение представителя закона. Горожанам очень хотелось, чтобы восторжествовала справедливость. Чтобы Рейчел или Брейв убили этого изувера.

После панихиды Брейв, Рейчел, поверенный сэра Генри и племянник сэра Генри вернулись в Уикс-Энд, чтобы присутствовать при оглашении завещания.

Племянник сэра Генри, Маркус Уэстхейвер, был молод, хорош собой и обаятелен. Он получил хорошее образование и в отличие от своего дядюшки превосходно разбирался в бизнесе.

Он тоже не носил траура.

— Я знал своего дядюшку достаточно хорошо и не намерен скорбеть о нем, — заявил он без особых эмоций, когда Мэрион извинилась перед ним за отсутствие черного цвета в убранстве комнаты.

Когда все уселись с чашками чая или стаканчиками чего-нибудь более крепкого в руках, поверенный сэра Генри мистер Смит приступил к оглашению завещания. Судя по всему, сэр Генри написал новое завещание, после того как Брейв женился на Рейчел, и баронет не скрывал своей радости, что наконец-то отделался от падчерицы.

Мистеру Смиту потребовалось почти четверть часа, чтобы зачитать все, что сэр Генри сказал о самом себе, о силе своего характера, о своем здравомыслии и сердечной доброте. Присутствующим оставалось лишь обмениваться удивленными взглядами.

Наконец мистер Смит добрался до сути документа:

— «Моему племяннику Маркусу Уэстхейверу из Йорка я завещаю мой титул баронета, принадлежащий ему по праву рождения. Не оставляю ему ничего, кроме того, что положено вместе с титулом, потому что большего он не заслуживает. — Читая это, мистер Смит покраснел. — Если он хоть немного похож на своего отца, то, несомненно, уже нажил себе состояние на грошовой экономии, так что не нуждается в моих деньгах».

Маркус усмехнулся.

— Ну, спасибо, дядюшка. Ты совершенно прав.

Брейв взглянул на Рейчел. Она поморщилась.

— «Моей падчерице Рейчел Эштон Уичерли, графине Брейвен, не оставляю ничего, кроме надежды на то, что она научится знать свое место. — Рейчел фыркнула, и мистер Смит покраснел еще сильнее. — А ее мужу, лорду Брейвену, завещаю надежду, что он окажется тем человеком, который поставит ее на место».

Брейв не мог удержаться от смеха. Ну и наглец этот старый сукин сын! Настоящее чудовище!

— «Моей дорогой жене Мэрион...»

Очевидно, завещание было составлено до того, как Мэрион от него ушла. Брейв был удивлен, что Уэстхейвер не изменил его назло жене. Видимо, это не пришло баронету в голову. Он был озабочен только тем, чтобы ее вернуть.

— «...я оставляю все свое имущество, включая лошадей, в надежде, что это будет с любовью напоминать ей о нашей любви».

Рейчел взглянула на мать. Брейв тоже. Бедный мистер Смит готов был провалиться сквозь землю. И неудивительно! Когда он оглашал завещание, трое из присутствующих громко смеялись. Мэрион и бровью не повела. Она улыбнулась и кивнула, заметив, что Рейчел и Брейв удивленно на нее смотрят. После того как огласили завещание, Мэрион обратилась к поверенному с просьбой организовать продажу собственности ее покойного супруга.

— Там, куда я уезжаю, мне это не понадобится, — объяснила Мэрион.

— Уезжаешь? — удивилась Рейчел. — Куда?

Брейв тоже не скрывал своего удивления, хотя знал, что Мэрион от них уедет. Его мать сказала, что пригласила Мэрион отправиться вместе с ней на континент. Однако он не ожидал, что это произойдет так скоро.

Мэрион посмотрела на дочь:

— Анабелла пригласила меня в путешествие по континенту. Я расскажу обо всем подробнее, как только мы с мистером Смитом обсудим все дела.

Не показался ли Рейчел небрежный тон Мэрион наигранным? Брейв не сомневался, Мэрион наверняка хочет, чтобы вокруг ее отъезда было как можно меньше шума. А Рейчел превратит все это в проблему.

Она нервно теребила кружевную манжету платья. Что ее тревожит?

Может быть, она боится отпустить мать одну? Но ведь теперь, когда сэра Генри нет в живых, ей нечего бояться.

А может быть, Рейчел не хочет оставаться с ним один на один? В этот момент Рейчел улыбнулась ему. Брейв счел это хорошим знаком.

Маркус Уэстхейвер уехал первым, следом за ним отбыл мистер Смит. Сразу же после отъезда поверенного поднялся Брейв.

— Оставляю вас вдвоем, — сказал он. — Может быть, отнести вас наверх, леди Мэрион?

Теща махнула рукой:

— Не беспокойся, Балтазар.

Мэрион не хотела называть его Брейвом, а он не мог позволить, чтобы она обращалась к нему «граф». Оставалось лишь имя, данное ему при крещении. Балтазар. Имя это дал ему отец, сказал, что все мужчины в его роду носили громкие имена. Дедушку Брейва назвали Юлиссисом.

Брейв решил, что если у них с Рейчел родится сын, он назовет его Джорджем.

— Как пожелаете. Когда будете готовы, позовите лакея или пошлите кого-нибудь за мной, — сказал Брейв и, встретившись взглядом с Рейчел, послал ей воздушный поцелуй. — Я буду в кабинете.

Мать Брейва ждала его за дверью.

— Ну, чем все закончилось? — спрашивала Анабелла, стараясь шагать с Брейвом в ногу, когда он двинулся по коридору.

— Племянник унаследовал титул, но ни гроша денег, — сообщил Брейв, подражая интонации мистера Смита. — Рейчел он оставил надежду на то, что она будет знать свое место, а меня уполномочил поставить ее на место.

— Ты шутишь? — рассмеялась Анабелла.

— Ничуть, — усмехнулся Брейв. — Все остальное он завещал Мэрион.

— Великолепно! — воскликнула мать. — А этого достаточно, чтобы обеспечить ей некоторую финансовую независимость?

Брейв задумался.

— У сэра Генри очень неплохая конюшня. Одни лошади стоят целое состояние. Не говоря уже о драгоценностях и личных вещах. Думаю, этого ей хватит на много лет безбедной жизни, если, конечно, не швырять деньги на ветер.

— Уж теперь она точно поедет со мной.

Брейв посмотрела ей в глаза.

— Почему она не сказала Рейчел о своих планах? Не знаешь?

— Мне не хотелось бы тебе об этом говорить. — Улыбка сбежала с лица Анабеллы.

— Я должен это знать, мама.

Мать вздохнула.

— Мэрион опасается, как бы Рейчел не отправилась ее сопровождать.

Брейв нахмурился:

— Но у Рейчел и в мыслях никогда не было, что ее мать будет жить с нами.

— Однако она не ожидала, что Мэрион уедет так скоро. Мэрион решила сказать об этом дочери в последний момент, чтобы не дать ей времени на размышления. По-моему, это глупость.

Брейв, однако, разделял опасения Мэрион, учитывая склонность Рейчел к импульсивным поступкам.

— Мэрион полагала, что, если не оставит Рейчел времени на размышления, та не совершит очередную глупость?

Анабелла кивнула.

— Она заблуждается! — Брейв в волнении взъерошил волосы. — Рейчел раньше делает, а потом думает.

Судя по всему, его мать была не вполне убеждена в этом.

— Тебе виднее, — с сомнением произнесла Анабелла. — Думаешь, она попытается уговорить Мэрион остаться?

— Не знаю. — Брейв был уверен, что Рейчел не хочет покидать его. Впрочем, от нее можно ждать чего угодно.

— Ты могла бы по крайней мере предупредить меня о намерении уехать.

Вздохнув, Мэрион откинулась на подушки.

— И ты отпустила бы меня?

Рейчел нахмурилась:

— Я не сэр Генри. Силой не стала бы тебя удерживать.

— Я боялась, что ты попытаешься поехать со мной.

Боже милосердный! Неужели ее считают такой безрассудной, что даже матери пришлось прибегнуть к обману, чтобы удержать ее от опрометчивых поступков?

— Мама, я замужем. Неужели ты думала, что я могу на длительное время оставить Брейва?

— Я вовсе так не думаю, дорогая. Но понимаю, что ты не сможешь остаться без меня.

— Что-о?

Мэрион покраснела.

— Ты столько лет оберегала меня, окружала заботой. Я думала, тебе будет непросто от этого отказаться.

— Это оказалось проще, чем я думала. Правда, я не уверена, что у меня был выбор. Возможно, я не всегда принимала решения, но уж если принимала, то доводила дело до конца.

— Да, дорогая, знаю. — Мэрион усмехнулась.

— Я многие годы пыталась освободить тебя от сэра Генри. Теперь ты освободилась и уезжаешь, а я... — Рейчел судорожно сглотнула.

Глаза Мэрион тоже заблестели от слез.

— А я с тех пор, как ты появилась на свет, только и делала, что пыталась защитить тебя.

Рейчел удивленно взглянула на мать.

— Теперь ты замужем, и вы должны заботиться друг о друге. Мне кажется, у Балтазара это хорошо получается. Он немного напоминает мне твоего отца.

Слезы хлынули из глаз Рейчел. Последнее время глаза у нее постоянно были на мокром месте.

Мэрион каким-то чудом удалось подняться на ноги. Она подошла к дочери и обняла ее.

— Прости, дорогая, — пробормотала она, зарывшись лицом в волосы Рейчел. — Я не хотела причинить тебе боль. Ведь если бы не твое упорство, меня, возможно, уже не было бы в живых. — Она погладила Рейчел по голове.

Рейчел рассмеялась и, утерев слезы, высвободилась из объятий матери.

— Тебе нельзя долго стоять, — сказала Рейчел.

— Ничего со мной не случится, — ответила Мэрион. — Ты успокоилась?

Рейчел кивнула.

Мать улыбнулась:

— Вот видишь, что Бог ни делает, все к лучшему. Очень сожалею, дорогая, что только сейчас посвятила тебя в свои планы.

— На твоем месте я поступила бы точно так же. Поверь, я не собиралась последовать за тобой, мама. Да и Брейв вряд ли отпустил бы меня.

— Надеюсь, дорогая, он знает, как ему повезло.

Габриэль и Джулиан ждали Брейва в кабинете. Друзья не собирались надолго задерживаться. Они возвратились для того лишь, чтобы завершить охоту, которую начали несколько недель назад в угодьях, принадлежащих Джулиану, а заодно посмотреть, как складывается супружеская жизнь Брейва. Однако несчастный случай с сэром Генри заставил их отложить на неопределенное время охоту, по крайней мере до тех пор, пока не утрясутся связанные с этим неприятности.

Смерть баронета окончательно и бесповоротно решила эту проблему, однако друзья все еще находились здесь.

Их мучило любопытство. Эта черта характера претила Брейву, друзьям он ее прощал. Они хотели знать, все ли хорошо с ним. Видит Бог, за последние два года он дал им достаточно поводов для беспокойства.

— Как прошло оглашение завещания? — поинтересовался Габриэль. Он сидел в кресле у камина, потягивая бренди.

Брейв подошел к бару и налил себе стаканчик шотландского виски.

— Учитывая обстоятельства, все прошло хорошо. Наследник получил титул и дом, леди Мэрион — конюшни и личные вещи.

Джулиан присвистнул.

— За это она выручит кругленькую сумму.

Брейв залпом осушил стакан.

— Она собирается в длительное путешествие вместе с моей матерью. Если леди Мэрион будет достаточно хорошо чувствовать себя, они надеются выехать примерно через неделю. — Он налил виски и сел на софу.

— Зная, что леди Мэрион будет под присмотром, вы с Рейчел сможете жить спокойно, — заметил Джулиан.

Брейв вздохнул.

— Я рад, что в путешествии по континенту рядом с мамой будет близкий человек. Не знаю только, как восприняла эту новость Рейчел. Она только сегодня об этом узнала. — В голосе Брейва звучала тревога. Это не ускользнуло от Гейба и Джула.

— Не думаешь ли ты, что она захочет поехать вместе с ними? — спросил Джулиан, отличавшийся проницательностью.

— Не знаю, — ответил Брейв.

— Что ты собираешься делать? — спросил Джулиан.

Габриэль нахмурился:

— Что за вопросы ты задаешь? Как муж, Брейв может ее не отпустить.

Брейв усмехнулся:

— Не такой уж я тиран, Гейб. Принуждать Рейчел не стану. Однажды пытался действовать принуждением, и все мы знаем, чем это кончилось.

— Значит, ты отпустишь ее?

— Не хотелось бы. Попробую поговорить с ней. Однако неволить не буду.

Гейб не унимался:

— Но она твоя жена. Каждый из вас давал обет у алтаря.

— Я обещал защитить ее и ее мать от сэра Генри. Помочь ее матери получить развод. Но теперь необходимость в этом отпала.

— Значит, твои клятвы ничего не значат? — запальчиво спросил Гейб. — Ну а обеты Рейчел?

Рейчел обещала родить ему наследника. Но он не хотел наследника. Он хотел просто ребенка.

— Как могу я требовать, чтобы она выполнила свое обещание, если не смог выполнить свое? Это было бы нечестно с моей стороны, а я не хочу вести себя нечестно, как это было с Мирандой.

— Не надо прятаться за спину моей сестры, Брейв, — заявил вдруг Джулиан.

Брейв замер, не донеся стакан до рта, и они с Габриэлем ошеломленно уставились на Джулиана.

— Миранда мертва, — процедил Джулиан сквозь зубы. — Оставь ее в покое. Не ты испортил ей жизнь. Не ты убил ее. Она поступила с тобой бесчестно, и ты имел полное право отказать ей в помощи. После этого Миранда могла прийти ко мне. Я бы нашел способ ей помочь. Но глупая девчонка решила свести счеты с жизнью только потому, что какой-то негодяй соблазнил ее и бросил. Твоей вины тут нет. И хватит заниматься самоистязанием.

— Джулиан, я...

— Ты не был бы счастлив в браке с моей сестрой, хотя боготворил ее. Я тоже ее очень любил. И люблю до сих пор. Но характер у нее был ужасный. — Поднявшись с кресла, Джулиан подошел к сервировочному столику и налил себе еще бренди.

Потрясенный, Брейв повернулся к Габриэлю, тот печально улыбнулся и кивнул:

— Джулиан прав. Ты ни в чем не виноват. Пора это понять.

— И что дальше?

— Скажи Рейчел, что ты любишь ее.

Брейв замер.

— Но я не знаю, любит ли она меня.

— Любит. Я видел, как она на тебя смотрит. Женщина, которая отважилась полюбить такого типа, как ты, вправе знать, что ей отвечают взаимностью.

Брейв хотел что-то сказать, но Джулиан его опередил:

— Расскажи, почему женился на ней. Только правду. Не неси всякую чушь, что, мол, женился на ней, чтобы спасти ее мать. Расскажи ей о моей сестре.

— Она знает о твоей сестре, — огрызнулся Брейв. — Я рассказал ей о Миранде. — Вскочив с кресла, Брейв с грохотом поставил стакан на столик и повернулся к друзьям: — Что, по-вашему, я должен ей сказать? Что я женился на ней, потому что по глупости думал, что смогу тем самым искупить грехи прошлого? Что если женюсь на ней, то это каким-то образом компенсирует мой отказ помочь Миранде?

— Да! — воскликнул Джулиан.

Брейв снова опустился в кресло.

— Но теперь это уже не имеет значения, — почти прошептал он. — Так было только вначале.

— Ей надо об этом знать, — сказал Джулиан, положив руку ему на плечо. — Иначе эта ложь будет стоять между вами. Гейб прав.

Брейв понимал, что друзья правы.

Рейчел вывела его из тьмы. Вернула свет в его жизнь, он больше не вспоминал о Миранде.

— Вы правы, — решительно заявил он. — Я ей обо всем расскажу. Надеюсь, вы еще погостите здесь?

Джулиан ухмыльнулся и поднял стакан. Гейб последовал его примеру.

— Мы не пропустим этого события. Ни за что!

— Я уезжаю.

Брейв остановился как вкопанный в дверях, соединяющих комнату Рейчел с гардеробной, и смотрел, как она швыряет в чемодан одежду.

— Что ты сказала?

Она даже не оглянулась, продолжая укладывать вещи.

— Я уезжаю в Талливуд, чтобы проследить, как описывают принадлежащие маме вещи, — произнесла она ледяным тоном, что было совсем не похоже на Рейчел. — Мама пока не в состоянии сделать это сама.

Что-то здесь не так.

— Надеюсь, ты не будешь оставаться там на ночь. Разве нельзя ездить туда и возвращаться назад? Это не так уж и далеко. Чуть больше мили.

Она бросила в чемодан пару чулок.

— Лорд Брейвен, я не хочу оставаться в доме, где мое присутствие нежелательно.

Это был удар ниже пояса.

Он подошел к ней сзади, взял за плечи.

— Скажи наконец, что случилось?

— Я хотела пригласить вас троих на чашечку чая и случайно услышала, как ты объяснял друзьям, почему женился на мне, и сказал, что это было сделано исключительно ради нее.

Силы небесные! У Брейва перехватило дыхание. Интересно, что еще она слышала? Что он намерен сказать ей правду и что Миранда для него ничего больше не значит, она точно не слышала. Иначе не рассердилась бы на него.

— Рейчел...

— Я спрашивала тебя, имеет ли наш брак какое-нибудь отношение к ней, и ты ответил, что не имеет. — Она ткнула ему в грудь пальцем. — Ты мне солгал! А я, дура, поверила!

Она снова повернулась к чемодану, но Брейв успел заметить в ее глазах слезы.

— Рейчел, позволь, я объясню.

Она снова круто повернулась к нему:

— Не желаю ничего слышать! Никогда больше тебе не поверю! Мне казалось, что я люблю тебя. И что когда-нибудь ты тоже полюбишь меня. Но ты влюблен в воспоминание, с которым я не могу конкурировать. Не могу и не хочу.

— Ты не понимаешь.

Она с горечью рассмеялась:

— Ошибаешься, я все хорошо понимаю. Знай я об этом раньше, не льстила бы себя напрасной надеждой, будто между нами что-то есть и я тебе небезразлична.

— Но ты мне действительно небезразлична.

— Неужели? — Их взгляды встретились. — Скажи мне, Брейв, думал ты о Миранде, когда женился на мне?

По спине Брейва пробежал холодок.

— Что ты имеешь в виду?

Рейчел побледнела.

— С кем ты занимался любовью, Брейв? Со мной или с ней?

Неужели он так низко пал в ее глазах?

— Рейчел...

Она остановила его энергичным жестом.

— Хватит, Брейв. Я не желаю слышать очередную ложь. Я честно сказала, почему выхожу за тебя замуж. Поверила тебе, а ты предал меня. — Она закрыла чемодан. — Я хочу побыть несколько дней одна. Обдумать ситуацию.

— Долго ли ты там пробудешь? — спросил Брейв едва слышно.

Она пожала плечами:

— Трудно сказать.

— Если понадоблюсь, дай знать.

Рейчел кивнула. По ее щеке скатилась слезинка.

Но Брейв знал, что Рейчел ни за что не обратится к нему, чего бы это ей ни стоило.

Глава 19

Рейчел и не подозревала, что с такой радостью, нет, с таким облегчением переступит порог дома в Талливуде. Сколько ей пришлось выстрадать за долгие годы, проведенные в этих стенах. И все же она предпочитала находиться здесь, а не в Уикс-Энде.

Ей следовало знать, что лорд Брейвен ни за что не женился бы на такой девушке, как она, просто по доброте душевной. Что у него были на это причины, которые он скрывал. И уж конечно, не рождение наследника. Родить ему детей могла бы любая женщина. Но только женившись на Рейчел, он мог искупить свои грехи.

Дэвид по крайней мере просто хотел ее.

— Куда прикажете положить это, леди Брейвен?

Рейчел, которая упаковывала фарфоровые статуэтки, принадлежавшие ее матери, взглянула на Джени, горничную из Талливуда, которая упаковывала вещи матери, вынимая их из комода. Девушка держала на ладони изящное кольцо с изумрудом.

Это кольцо отец подарил матери в тот день, когда сделал ей предложение. Ее родители по-настоящему любили друг друга. Отцу никогда бы не пришло в голову жениться на матери, чтобы заменить другую женщину.

Правда, ухаживая за матерью, отец уже был помолвлен.

— Я возьму его с собой. Спасибо, Джени.

Служанка отдала ей кольцо, и Рейчел надела его на палец. Оно холодило кожу и гораздо больше подходило ей, чем фамильное кольцо Уичерли с крупным сапфиром, которое Брейв подарил ей в день бракосочетания.

Они совершенно не подходили друг другу. Так почему же в разлуке с ним так болит сердце?

Она больше не сердилась на него. У нее было двадцать четыре часа, чтобы все обдумать. Ее первой мыслью было бежать как можно дальше от Брейва, но она не хотела его покидать. Несмотря ни на что. Потому что любила его. И понимала, как тяжело нести бремя вины.

Лицо его исказила гримаса боли, когда Рейчел спросила, с кем он занимался любовью: с ней или с Мирандой. Спросила сгоряча. Но сейчас, поостыв, не сомневалась в том, что Брейв не солгал, сказав, что любит ее.

— А это куда? — спросила Джени, держа в руках камею. За последние десять минут девушка в четвертый раз спрашивала, как Рейчел распорядится той или иной драгоценностью.

— Почему бы тебе не заняться упаковкой этих статуэток, а я разберусь с украшениями.

Рейчел села на краешек стула и принялась сортировать оставшиеся в шкатулке драгоценности. Некоторые украшения мать, несомненно, захочет взять с собой, другие будут храниться до ее возвращения.

Рейчел тяжело было расставаться с матерью, в то же время она радовалась, что мать отправляется в увлекательное путешествие. В последние годы Мэрион почти не выходила из дома. Зато теперь ей предстоит сопровождать вдовствующую графиню на разнообразные вечеринки и приемы, приличествующие вдове баронета. И никто больше не будет шептаться за ее спиной.

Что же до Рейчел, то ей больше не придется терпеть насмешки дебютанток и сочувственные замечания тех, кто помнил ее отца.

Но ей придется терпеть взгляды тех, кто догадывался о том, что муж не любит ее. Она не знала, что хуже.

Сортируя драгоценности матери, Рейчел окинула взглядом опустевшую комнату. На запыленных поверхностях остались следы в тех местах, где прежде стояли безделушки.

— Если мы будем работать такими темпами, то к вечеру все упакуем, — обратилась Рейчел к Джени.

— А потом вы уедете, леди Брейвен? — поинтересовалась девушка.

Рейчел покачала головой:

— Нет. Поживу здесь еще пару дней. — Она могла уехать. Могла вернуться в Уикс-Энд и поужинать вместе с матерью, Брейвом и его друзьями. Но решила, что ей нужно побыть одной.

Она не уйдет от Брейва.

Она станет настоящей графиней Брейвен. Заставит Брейва понять, что его жизнь не закончилась с гибелью Миранды. Сделает все, чтобы он был счастлив. Станет его другом, его любовницей, наконец.

Если у них с Брейвом будут дети, она обретет счастье в материнстве, и, возможно, Брейв по-настоящему полюбит ее. А не полюбит, это его проблема.

Скучает ли он по ней или сожалеет о том, что женился? Возможно, когда она вернется в Уикс-Энд, там ее не встретят с распростертыми объятиями.

Но Брейв слишком благороден, чтобы указать ей на дверь. И хотя он все еще любит Миранду, вряд ли расторгнет брак с Рейчел, что же до Рейчел, то она презирала Миранду так же, как сэра Генри.

У Рейчел был сильный характер. Сэру Генри не удалось ее сломить. Но сэра Генри она не любила. Он не имел над ней эмоциональной власти. А Брейв имел. Излечить душевные раны гораздо труднее, чем телесные.

Впредь она воздержится от импульсивных решений. Сейчас ей хотелось мчаться в Уикс-Энд, пусть Брейв ответит, какие чувства питает к ней. Но это чревато неприятностями.

Поэтому она пробудет в Талливуде до отъезда матери и Анабеллы в Лондон, где они предполагали провести несколько недель, чтобы дать Мэрион время окончательно оправиться и приобрести одежду, соответствующую ее нынешнему положению. Затем они поедут во Францию, проведут зиму в каком-нибудь местечке с теплым климатом. Рейчел надеялась увидеться с матерью до их отплытия на континент.

К моменту ее возвращения в Уикс-Энд Габриэль и Джулиан уже уедут. Не то чтобы ей не нравились друзья Брейва, но Джулиан — брат Миранды, и Рейчел было неприятно с ним общаться. Неизвестно, какое влияние он оказывает на Брейва, не говоря уже о том, что одним своим присутствием напоминает Брейву о своей сестре.

— А что делать с этим, миледи?

Рейчел повернулась к Джени, которая держала в руках миниатюрный портрет. Рейчел поднесла его к свету.

Это был портрет сэра Генри, написанный по случаю его бракосочетания с ее матерью.

У Рейчел по спине побежали мурашки. Сколько выстрадала ее мать, живя с этим негодяем. Неизвестно, осталась бы она жива, если бы не Брейв.

— Сожги его, — сказала Рейчел, отдав портрет Джени. Пусть ничто не напоминает матери о ее безрадостном прошлом. Рейчел хотела быть такой же счастливой в браке, как ее родители.

И она добьется своего.

Какой же он дурак!

Позволил жене уйти, вместо того чтобы догнать ее и вернуть домой. Наконец-то он поверил, что не виноват в смерти Миранды. Но отъезд Рейчел целиком и полностью на его совести.

Ему следовало быть с ней до конца честным, рассказать всю правду, но он боялся ее потерять.

Стоя у окна в своем кабинете, Брейв потягивал бренди и ждал возвращения Рейчел. Но прошло два дня, а она так и не вернулась.

Дом без нее опустел. Его матушка либо с тревогой смотрела на него, либо обсуждала с Мэрион предстоящую поездку. Перекинувшись с ними несколькими словами, Брейв уходил. Чтобы скоротать время, он играл на бильярде с Гейбом и Джулом, но и они его утомляли.

Брейв скучал по Рейчел и жил надеждой на ее скорое возвращение. В Уикс-Энд. К нему.

Дважды он выезжал на верховую прогулку, но как только оказывался поблизости от Талливуда, поворачивал назад.

Если бы она слышала весь его разговор с Гейбом и Джулом, то знала бы, что его чувства изменились с тех пор, как он сделал ей предложение. Он хотел ей все объяснить, но она была слишком рассержена и слушать его не желала.

Если только она вернется, он никогда больше ее не отпустит.

— Ты настоящий осел! — сказал Гейб. — Поезжай за ней!

— Я дал ей время на раздумья, как она того хотела. И теперь жду.

Серые глаза Габриэля сверкнули.

— Поезжай, говорю тебе!

Брейв печально улыбнулся.

— Она не хочет меня видеть.

— Ну и что? — удивился Гейб.

— Я должен уважать ее желания, — сказал Брейв и, повернувшись к окну, взглянул на дорогу в надежде увидеть экипаж. Ее экипаж.

— Единственное, что ты должен, это вернуть женщину, которую любишь, в свою постель, там ее место.

Брейв фыркнул.

— Да что ты знаешь о любви? — воскликнул он, желая поддразнить его, но тут же пожалел о сказанном. — Гейб, я...

Друг перебил его:

— О любви я знаю не меньше, чем ты. Прошло почти восемь лет с тех пор, как я последний раз видел Лилит.

— Восемь лет? Я этого не знал. — В голосе Брейва звучало сочувствие.

— Да, время летит быстро, — сказал Габриэль.

За долгие годы они мало говорили о том, что произошло между Габриэлем и Лилит Мэллори. Брейв знал лишь, что в возрасте двадцати одного года Габриэль был влюблен в нее и собирался жениться, а потом она исчезла из его жизни. Прошел слух, будто родители, узнав об ее отношениях с Габриэлем, куда-то отослали ее. Поговаривали также, что Лилит ждала ребенка от кого-то другого и уехала на континент, чтобы избежать позора.

— Ты все еще думаешь о ней?

— Каждый божий день. — Он повернулся к Брейву. — Так что поезжай за Рейчел, дружище. Привези ее в Уикс-Энд, пока не поздно.

— Рейчел не исчезнет, — замотал головой Брейв.

— Знает ли она, что ты ее любишь?

— Сомневаюсь в этом. Видел бы ты, в каком настроении она уехала.

— Значит, она не знает, что ты ее любишь.

Брейв понурил голову.

— Я и сам этого не знал наверняка, пока она не уехала. — У него было такое ощущение, будто Рейчел увезла с собой его сердце.

— Лилит знала, что я ее люблю, и я знал, что она любит меня, однако она уехала. Как бы с тобой не произошло то же самое.

— Ты всерьез считаешь, что я должен поехать за ней?

Габриэль кивнул с мрачным видом. Брейв криво усмехнулся.

— А ты как поступил бы, если бы вдруг нашел Лилит?

— После всего, что я из-за нее пережил, — грубо хохотнув, сказал Габриэль, — Лилит самой пришлось бы меня искать. Но Лилит никогда не вернется, Брейв. Мне не хотелось бы, чтобы у тебя все закончилось так же. — С этими словами Габриэль положил ему руку на плечо и подтолкнул к двери: — А теперь проводи нас с Джулианом.

Брейв, поглощенный мыслями о Рейчел, забыл, что его друзья сегодня уезжают в Лондон.

— За последние полтора месяца я с вами виделся больше, чем за целый год, — сказал Брейв, когда они выходили из кабинета.

Габриэль, судя по всему, уже забывший о своих печалях, усмехнулся:

— Если тебе повезет и твоя прелестная жена простит тебя, я появлюсь в Уикс-Энде не раньше, чем стану дядюшкой.

Брейв мечтал о ребенке, и его сердце переполнилось гордостью.

— Постараюсь оправдать твои надежды. Тем более что нынешней весной ты уезжаешь в Новую Шотландию*. У меня будет масса времени, чтобы вымолить прощение у Рейчел.

— Уверен, она тебя простит, когда поймет, как сильно ты ее любишь, — успокоил его Габриэль.

— Все не так просто, — возразил Брейв.

— Но и не так сложно, — улыбнулся Габриэль.

---

* Провинция Канады.

* * *

В том, что племянник сэра Генри нисколько не похож на своего покойного дядю, Рейчел убедилась, когда он восстановил Поттса в должности дворецкого. Это было поистине подарком судьбы. Только Поттс и мисс Эванс, экономка, знали, где и что лежит и как приструнить остальных.

Рейчел предстояло уладить дела матери.

К настоящему времени эти дела были почти закончены. В Уикс-Энд отправили два фургона, груженные мебелью и чемоданами.

— Кажется, все в порядке, миледи, — сказал Поттс, когда Рейчел вышла в холл.

— Отлично, Поттс.

Все происходило очень быстро. Мистер Смит уже продал несколько лошадей сэра Генри и нашел покупателей на все остальное. Встреча с мистером Смитом была назначена во второй половине дня. Он положил на банковский счет леди Мэрион вырученную от продаж сумму. Позаботился также о том, чтобы выставить на аукцион некоторые личные вещи сэра Генри.

— Вы намерены возвратиться в Уикс-Энд сегодня, леди Брейвен? — В голосе Поттса звучало плохо скрытое любопытство.

Рейчел усмехнулась.

— Нет. Мне еще нужно уладить кое-какие дела с мистером Смитом в городе, а сегодня вечером к ужину приедет новый баронет. Я хочу показать ему дом и представить его слугам.

Поттс кивнул, не скрывая своего разочарования.

— Не послать ли человека в Уикс-Энд предупредить, чтобы они ждали вас завтра?

— В этом нет необходимости, — с некоторой печалью в голосе ответила Рейчел. — Завтра моя мать уезжает в Лондон. Они надеются, что я вернусь до ее отъезда. — Рейчел получила от матери записку, в которой та писала, что никуда не поедет, пока не повидается с Рейчел. Рейчел поняла, что мать по ней скучает, к тому же это был намек на то, что Рейчел пора возвращаться.

— Как пожелаете, миледи. Принести вам накидку и шляпку?

Рейчел кивнула.

— Розовую бархатную шляпку, пожалуйста, Поттс. И серые перчатки. — День выдался прохладный, но погожий. Рейчел терпеть не могла холодную сырую погоду. Йоркширский холод пробирал до мозга костей.

Как хорошо выбраться на несколько часов из дома! Рейчел была сыта по горло пребыванием в Талливуде. Ничего, кроме тягостных воспоминаний, он не вызывал.

Возвратившийся с ее одеждой Поттс набросил на плечи Рейчел подбитую мехом бархатную ротонду.

— Я вернусь, как только закончу дела, — сказала Рейчел, когда дворецкий распахнул перед ней дверь.

— А если кто-нибудь приедет, леди Брейвен?

Нетрудно было догадаться, что дворецкий имеет в виду Брейва.

— Никто не приедет, Поттс, — улыбнулась Рейчел.

— Но если приедет, миледи?

У Рейчел вырвался нервный смешок.

— Попроси его оставить визитную карточку, Поттс. Что-нибудь еще?

— Нет, миледи, — покачал головой дворецкий.

— Я скоро вернусь.

Закутавшись в ротонду, Рейчел спустилась с лестницы и направилась к ожидавшему ее экипажу.

Лакей открыл дверцу и опустил подножку. Не успела она взобраться в карету, как увидела в конце подъездной аллеи мчавшихся галопом всадников.

Что делать? Она может опоздать на встречу с мистером Смитом.

Когда всадники приблизились, она узнала друзей Брейва, графа Энджелвуда и графа Вулфрэма. У нее бешено заколотилось сердце. Неужели что-нибудь случилось с Брейвом?

— Подождите минутку, — сказала она лакею и отошла от кареты. Слуги не должны слышать, о чем будет идти разговор.

— Добрый день, леди Брейвен, — в один голос поздоровались оба графа, причем каждый прикоснулся пальцем к полям касторовой шляпы.

Рейчел улыбнулась. Судя по выражению их лиц, они принесли хорошую весть.

— Добрый день, милорды. Чем обязана такой честью?

— Мы уезжаем в Лондон, — сказал Габриэль. Всадники спешились. — Хотим попрощаться с вами и поблагодарить за гостеприимство.

— За гостеприимство не стоит меня благодарить, лорд Энджелвуд, ведь большую часть вашего пребывания там я отсутствовала.

Рейчел нравились друзья Брейва. Оба покровительственно относились к ее мужу. Искренне заботились о нем. Одобряли сам факт его женитьбы, что противоречило мужской солидарности.

Габриэль улыбнулся. Он был обаятелен.

— Мы ощущали ваше присутствие ежедневно.

Джулиан казался более серьезным, более замкнутым, но не менее обаятельным. Поэты в высшей степени романтичны. Рейчел могла бы поклясться, что в юности

Брейв и его друзья разбили немало сердец. Это она знала наверняка.

— Очень хотелось бы узнать вас получше. — Джулиан шагнул к ней. — Называть вас другом, как Брейва. — Это сказал не кто-нибудь, а брат Миранды Рексли. Рейчел была тронута до слез.

От нахлынувших чувств ей стало трудно дышать.

— Спасибо, милорд.

— Джулиан, — поправил он ее.

— Да, — поддержал его Габриэль. — Друзья должны называть друг друга по имени. Формальности ни к чему.

Рейчел оставалось лишь кивать в знак согласия.

Габриэль бросил взгляд на карету.

— Вы возвращаетесь в Уикс-Энд сегодня?

Уловив нотку надежды в его голосе, Рейчел улыбнулась. Все желали знать, возвращается ли она к своему мужу. Все, кроме Брейва.

— Завтра, — ответила она. — Как вам известно, моя мать и Анабелла тоже отправляются в Лондон.

— Значит, вы останетесь с Брейвом вдвоем и дом будет в полном вашем распоряжении, — весело улыбнулся Габриэль.

— Выходит, что так, — согласилась Рейчел.

Наступило молчание. Зачем они к ней приехали? Уж конечно, не затем, чтобы поблагодарить за гостеприимство, которого она им не оказывала.

— Не будьте к нему слишком строги, — нарушил молчание Джулиан. — Ведь у вас доброе сердце.

Рейчел приподняла бровь. Они взывают к ее милосердию.

— Вы так думаете? — Рейчел с удовлетворением заметила, что граф Вулфрэм покраснел.

— Джулиан хочет сказать, что сердце Брейва в надежных руках, — пояснил Габриэль, искоса взглянув на друга.

— Чьи руки вы имеете в виду, милорд? Мои или Миранды Рексли? Полагаю, даже Брейв не смог бы ответить на этот вопрос. — Она старалась говорить спокойно.

— Сердце способно перейти из одних рук в другие, Рейчел, — сказал Джулиан. — Это не означает, что одни руки лучше других. Самое главное — каким образом это произошло.

Рейчел посмотрела в золотистые глаза Джулиана.

— Красивые слова, Джулиан.

Улыбнувшись, он взял ее руку в свои.

— Но это правда. Кому, как не мне, знать, где находилось сердце Брейва, когда он встретил вас, Рейчел. Изначально это было неплохое место. Но сейчас сердце Брейва находится в куда более надежных руках, — продолжал он. — В руках женщины, которая его любит и которая достойна его любви.

Рейчел слушала со слезами на глазах.

— Я не столь красноречив, как Джулиан, — сказал Габриэль, — могу лишь сказать, что до встречи с вами Брейв считал, что ему незачем жить.

— Ну что вы такое говорите! — воскликнула Рейчел, промокнув глаза кончиками затянутых в перчатки пальчиков.

Мужчины улыбнулись, и каждый предложил ей носовой платок. Чтобы никого из них не обидеть, Рейчел утерла слезы платком Джулиана, а высморкалась в платок Габриэля. Оба настояли на том, чтобы она сохранила на память смятые квадратики ткани.

— А теперь нам пора, — сказал Габриэль.

Рейчел фыркнула.

— Вы настоящий повеса, Габриэль: заставили леди плакать, а теперь убегаете.

Габриэль усмехнулся:

— Прежде чем сбежать от леди, я непременно ее целую. — И Габриэль поцеловал Рейчел в щеку.

— Обычно я не делаю ни того ни другого, но в качестве исключения можно, — пошутил Джулиан и поцеловал Рейчел в другую щеку.

Они распрощались. Рейчел долго глядела им вслед, улыбка не сходила с ее лица. С души будто камень свалился.

— Вы готовы ехать, леди Брейвен? — спросил ожидавший у кареты слуга.

Ох, встреча с мистером Смитом! Она, к стыду своему, безнадежно опаздывает!

— Готова! — сказала она, садясь в карету. — И поскорее, пожалуйста!

Карета, набрав скорость, покатила по дороге. Сердце Рейчел переполнялось радостью. Хоть бы поскорее настало завтра!

— Извините, лорд Брейвен, но леди Брейвен в данный момент нет дома.

— Нет дома? — едва скрывая отчаяние, переспросил Брейв. — Что вы хотите этим сказать?

Дворецкий улыбнулся.

— Я хочу сказать, что ее здесь нет, милорд.

— Понятно. Но куда она уехала?

— У нее была назначена встреча с мистером Смитом, поверенным леди Мэрион.

— Я знаю, кто такой мистер Смит, — раздраженно сказал Брейв. — Давно ли она уехала?

— Меньше четверти часа тому назад, милорд.

Проклятие! Неизвестно, когда она вернется, а Брейв обещал нынче вечером поужинать вместе со своей матерью и Мэрион.

— Не оставите ли вы визитную карточку, милорд?

Визитную карточку? Собственной жене? У старика, очевидно, не все в порядке с головой.

— Зачем? Просто передайте ей, что я заезжал, — сказал Брейв и пошел прочь.

Чтобы приехать сюда, ему пришлось собрать в кулак все свое мужество. К тому же он обдумывал во всех подробностях, как будет вымаливать у нее прощение, а она, видите ли, уехала! Какая наглость!

Гейб прав. Ему следовало приехать за ней раньше.

— Прошу прощения, лорд Брейвен, — окликнул его дворецкий с порога, — но графиня не поверит, что вы приезжали, если не оставите визитной карточки.

Пришлось Брейву вернуться. А этот гнусный тип, старый дворецкий, не переставал улыбаться, словно насмехался над Брейвом.

— Вы уверены, что визитной карточки достаточно? — спросил Брейв. — Может быть, оставить какую-нибудь драгоценность, подтверждающую мою личность? Или прядь волос?

— Нет-нет, милорд. Достаточно визитной карточки.

— Держите! — Брейв сунул карточку под нос дворецкому.

Просияв, дворецкий взял ее.

— Я собственноручно передам карточку графине, ваше сиятельство.

Брейва не интересовало, почему дворецкий так обрадовался. Он лишь хотел поскорее убраться отсюда. Ему казалось, что из окон верхнего этажа за ним наблюдают все слуги Талливуда.

— Ну что ж, спасибо, — сказал Брейв. Он спустился с лестницы и направился к своему коню, ожидавшему его на подъездной дорожке.

Тяжело вздохнув, Брейв пришпорил жеребца и пустил его рысью вдоль аллеи. Он скучал по жене, по ее ласкам. Чтобы вернуть ее, готов был вымаливать у нее прощение.

Скорее бы наступило завтра!

Глава 20

Вместо того чтобы пройти прямо к Брейву и узнать, зачем он накануне приезжал в Талливуд, Рейчел торопливо поднялась по лестнице в комнату матери.

Она еще не была готова предстать перед ним. К тому же не до конца поверила Поттсу, когда тот сказал, что Брейв приезжал в Талливуд. Уж очень самодовольный вид был у старого дворецкого, когда он передал ей визитную карточку, оставленную Брейвом.

Не исключено, впрочем, что он действительно приезжал. Может быть, соскучился по ней так же, как она по нему. Судя по тому, что она слышала, Брейв после ее отъезда захандрил и бродил по дому словно потерянный.

Отлично! Значит, не только она страдала. Пусть бы помучился еще немного. Ведь сам во всем виноват.

Оставалось всего два часа до отъезда матери в Лондон, а оттуда во Францию, тогда как у нее с Брейвом впереди целая жизнь. Успеют выяснить отношения.

Когда Рейчел вошла, мать перекладывала вещи в чемодане.

— Ты уверена, что достаточно хорошо себя чувствуешь, чтобы отправиться в путешествие? — спросила Рейчел.

Мать улыбнулась, закрыла чемодан и направилась к ней, протягивая руки. И хотя двигалась с осторожностью, было видно, что она быстро идет на поправку.

— Я хорошо себя чувствую, — сказала Мэрион. — К тому же Анабелла решила, что перед отплытием из Англии мы проведем некоторое время в ее городской резиденции в Лондоне. Ты знала, что Балтазар является владельцем корабля?

— Нет, не знала, — сказала Рейчел. Однако эта новость ее не удивила. Исходя из того, что она видела и слышала, нетрудно было догадаться, что ее муж очень богат. Сэру Генри он заплатил десять тысяч фунтов за разрешение жениться на ней.

Искупление грехов нынче обходится недешево.

Как ни странно, ее нисколько не интересовало его богатство. Когда она жила в Талливуде, у нее редко появлялись обновки и она мечтала выйти замуж за богатого джентльмена, который дарил бы ей красивые наряды и драгоценности. Но теперь, когда у нее появились средства, это уже не казалось таким важным.

— Спасибо, что упаковала мои вещи, — сказала мать.

Рейчел улыбнулась.

— Не стоит благодарности. Все остальное оставлено на хранение в западном крыле дома и будет ждать твоего возвращения.

— В том случае, если я вернусь, — поддразнила ее Мэрион. — А вдруг я найду себе в Париже какого-нибудь сногсшибательного месье?

— Позаботься о том, чтобы он был моложе тебя, — шуткой на шутку ответила Рейчел. — Тогда сможешь держать его под контролем.

Мать хихикнула.

— То же самое говорит Анабелла.

— Ты должна ее слушаться. Она знает, что говорит, — заявила Рейчел.

Явился слуга, чтобы забрать оставшийся багаж. Они умышленно не касались в разговоре волнующих тем. Мать ни разу не упомянула о Брейве, Рейчел тоже.

Рейчел помогла матери спуститься в вестибюль, где их ждали Брейв и его мать.

Рейчел искоса взглянула на Брейва и заметила, что он не сводит с нее глаз. Господи, как же она скучала по этой мрачной физиономии!

Он шагнул к ее матери, чтобы попрощаться, а Рейчел подошла к Анабелле.

— Приятного путешествия, — сказала она и замерла от неожиданности, когда Анабелла заключила ее в объятия.

— Береги себя, дорогая, — шепнула ей на ухо Анабелла. — И заботься о моем сыне.

Рейчел смахнула непрошеную слезу.

— Непременно буду заботиться, — пообещала она.

Ее свекровь, отступив на шаг и держа ее на расстоянии вытянутой руки, взглянула на нее пристальным взглядом, очень похожим на взгляд Брейва, когда Рейчел казалось, что он читает ее мысли.

— Не сомневаюсь, — сказала Анабелла и, обняв ее еще разок, повернулась, чтобы попрощаться со своим сыном.

Рейчел вернулась к своей матери.

— Береги себя, — прошептала она сквозь слезы. — Не хочу мчаться в Париж выручать тебя, если ты влипнешь в какую-нибудь историю, увлекшись сынком аристократа.

Мэрион рассмеялась, но в глазах у нее тоже блестели слезы.

— Я буду осторожна. А ты радуйся жизни, поняла? Не хочу мчаться в Йоркшир потому лишь, что ты слишком сурово к себе относишься.

На сей раз фыркнула Рейчел.

— Я буду радоваться жизни. Обещаю.

— Я так горжусь тобой, — шепнула Мэрион. Слезы потоком хлынули из глаз Рейчел, так ее тронули слова матери. — Любовь в конечном счете всегда побеждает, дорогая, — продолжала Мэрион. — Просто не надо ей мешать.

Мать и Анабелла направились к двери, за ними следовали Брейв и Рейчел. Рейчел остановилась в дверях, чувствуя на своих плечах теплые руки Брейва, и наблюдала, как лакей осторожно помогает матери усесться в карету. По щекам Рейчел катились слезы. Дверца закрылась, и карета медленно покатилась по подъездной аллее. И вскоре скрылась из виду.

Рейчел вошла в дом. Брейв вложил ей в руку носовой платок. У нее собралась целая коллекция мужских носовых платков!

— Спасибо, — пробормотала Рейчел, утирая слезы. Ее мать отправилась в увлекательное путешествие. И несмотря на то что расставаться было тяжело, Рейчел не могла за нее не радоваться.

— Я скучал по тебе, — сказал Брейв.

— А я по тебе! — ответила Рейчел.

— Ты остаешься? — спросил он с надеждой в голосе.

Сердце Рейчел взволнованно забилось. Она кивнула.

— Нам нужно поговорить, — едва слышно произнес он. — Наверху.

Брейв подхватил ее на руки и стал подниматься по лестнице, перешагивая через две ступеньки.

Открыв ногой дверь своей спальни, он тем же способом закрыл ее за собой, подошел к постели и положил на нее Рейчел.

— Сожалею, что так и не сказал тебе правду о Миранде, — начал Брейв. — Да, я предложил тебе выйти за меня замуж, потому что мне взбрела в голову дурацкая мысль, что таким образом я смогу искупить старые грехи, — сказал он.

Рейчел не хотелось говорить об этом сейчас, но Брейв продолжал:

— Это было до того, как я понял, что женитьба на тебе означает для меня гораздо большее, чем искупление грехов прошлого. Она давала мне шанс на будущее, о чем я и помыслить не мог. Я понял, что наш брак нечто гораздо большее, чем помощь тебе. Я почувствовал, что это ты помогаешь мне, хотя ты об этом даже не знала.

— Я хотела тебе помочь, — тихо призналась Рейчел. — Готова была на все, если бы ты был честен со мной.

Вздохнув, он взъерошил волосы.

— Я был честен с тобой. Когда ты спросила, почему я женился на тебе, я тебя уже любил.

Он ее любил?

— Но это было важно для меня. Знай я о твоих чувствах, возможно, рассказала бы тебе о своих.

— Сожалею.

— Разумеется. — Слезы текли по ее щекам. — Я не спала ночами, думая о том, как смогу отблагодарить тебя за доброту! Не знала, смогу ли когда-нибудь вытеснить из твоего сердца Миранду. Боготворила тебя, пока не узнала, что ты использовал меня, чтобы успокоить призрак какой-то испорченной девчонки! Глупой, трусливой, которая не думала ни о друзьях, ни о родных, а только о самой себе! Которая лишила себя жизни, чтобы отомстить какому-то негодяю. Предпочла умереть, лишь бы не нести ответственности за последствия, у которой даже не хватило ума полюбить тебя! — Рейчел разразилась рыданиями.

Он потянулся к ней:

— Рейчел, я так благодарен тебе за то, что ты вошла в мою жизнь. Если бы не ты, я до сих пор нес бы бремя вины, не совершив ничего плохого. Мне казалось, что я всех разочаровал, что все меня осуждают.

Она вопросительно выгнула бровь.

— И меня тоже разочаровал?

Брейв хохотнул.

— Я знаю, что разочаровал тебя, Рейчел, — сказал он и, упав рядом с ней на кровать, взял в ладони ее лицо. — Но больше всех я разочаровал самого себя. И я понял, что если отпущу тебя, так и не сказав, что люблю, то никогда себе этого не прощу.

— Я бы тоже тебя не простила.

— А теперь прощаешь?

— Да, — прошептала Рейчел.

Он ослабил узел галстука.

— Докажи.

Рейчел стала раздеваться. Брейв последовал ее примеру.

Рейчел не могла отвести восхищенных глаз от его мускулистой груди и живота.

Упираясь ладонями в матрац, Брейв лежал между ее бедрами, направив свой жезл в ее лоно.

— Силы небесные, — пробормотал он, — да у тебя там уже влажно.

Раскинув пошире ноги, Рейчел приподнялась ему навстречу и тихо охнула, когда он вошел внутрь.

Они двигались в одном ритме и пришли к финишу вместе. Застонали и покинули вершину блаженства.

Трудно сказать, сколько времени они лежали в полном изнеможении. Казалось, время остановилось.

— У меня есть сюрприз для тебя, — прошептал Брейв, когда они стали приходить в себя.

Приподнявшись на локте, Рейчел взглянула на него:

— Что за сюрприз?

Загадочно улыбнувшись, Брейв поднялся с кровати.

— Сейчас увидишь.

Брейв прошел в тот конец комнаты, где сбросил жилет, вынул что-то из жилетного кармана и вернулся к кровати.

Рейчел невольно залюбовалась, глядя на него. Брейв был воплощением мужской силы и грации. И Рейчел вновь охватило желание.

— Закрой глаза, — приказал Брейв.

Она выполнила приказ.

— Теперь протяни руку.

Она почувствовала, как на ладонь ей упало что-то легкое и холодное.

— Теперь можешь открыть глаза.

Она открыла глаза и замерла при виде предмета в своей руке.

На ладони лежало кольцо с изумрудом, которое отец подарил ее матери.

Рейчел ошеломленно молчала. Брейв тем временем снял сапфировое кольцо Уичерли с ее пальца.

— Твоя матушка сказала, что ты обнаружила его в Талливуде.

Рейчел кивнула:

— Да, так оно и было. Но почему мама отдала его тебе?

Брейв усмехнулся и сел на кровать.

— Чтобы ты вспомнила, что любовь не всегда бывает идеальной, даже если кажется таковой. Еще она сказала что-то о коровах и о каком-то дереве, но я не понял смысла.

Рейчел утерла выступившие на глазах слезы.

— Хочешь его надеть? — тихо спросил Брейв.

Она кивнула.

Брейв взял кольцо и надел его на безымянный палец ее левой руки. Кольцо подошло идеально. Этот простой жест был подобен клятве любви и верности. Рейчел была тронута до глубины души, но не расплакалась, а рассмеялась от счастья. Она бросилась в объятия Брейва, и они оба снова упали на кровать.

Покрывая его лицо поцелуями, Рейчел вспомнила, как мать рассказывала ей о том, что отец боялся коров. Она уже знала, чего боится ее муж, и была уверена, что он тоже знает о ее страхах. Но было еще кое-что, чего она не знала.

— Какой цвет ты любишь больше всего? — спросила Рейчел.

Брейв удивился, но виду не подал.

— Полагаю, леди Брейвен, это цвет ваших глаз.

Она рассмеялась и жестом остановила его, когда он попытался ее поцеловать.

— А не хочешь ли ты узнать, какой цвет больше всего люблю я?

— Это мне уже известно, — уверенно заявил он.

— Какой же?

— Розовый. Не алый, а розовый.

Брейв знал о ней все, даже такой пустяк, и это согрело ее душу.

— Я люблю тебя, — прошептал Брейв.

— Я знаю, — ответила Рейчел. Она чувствовала это всем сердцем.

— А ты меня любишь? — спросил он, взяв в ладони ее ягодицы. Она заерзала и, наткнувшись на его возбужденный жезл, направила его туда, куда нужно.

Она начала двигаться.

— Хочешь, чтобы я ответила импульсивно или обдуманно?

Он застонал и приподнял бедра.

— Нельзя ли получить оба ответа?

Рейчел, фыркнув, сжала бедра вокруг его мужского естества и ощутила его ответную пульсацию.

— Вот тебе импульсивный ответ. Доволен?

— Да! О да! — воскликнул Брейв. — А как насчет обдуманного ответа?

Рейчел поцеловала его в губы.

— Сколько ни думай, ответ однозначен: я люблю тебя, Брейв. Люблю, любила и буду любить всегда.

РЕГИОНЫ:

- Архангельск, 103-й квартал, ул. Садовая, 18, т. (8182) 65-44-26
- Белгород, пр. Хмельницкого, 132а, т. (0722) 31-48-39
- Волгоград, ул. Мира, 11, т. (8442) 33-13-19
- Екатеринбург, ул. Малышева, 42, т. (3433) 76-68-39
- Калининград, пл. Калинина, 17/21, т. (0112) 65-60-95
- Киев, ул. Льва Толстого, 11/61, т. (8-10-38-044) 230-25-74
- Красноярск, «ТК», ул. Телевизорная, 1, стр. 4, т. (3912) 45-87-22
- Курган, ул. Гоголя, 55, т. (3522) 43-39-29
- Курск, ул. Ленина, 11, т. (07122) 2-42-34
- Курск, ул. Радищева, 86, т. (07122) 56-70-74
- Липецк, ул. Первомайская, 57, т. (0742) 22-27-16
- Н. Новгород, ТЦ «Шоколад», ул. Белинского, 124, т. (8312) 78-77-93
- Ростов-на-Дону, пр. Космонавтов, 15, т. (8632) 35-95-99
- Рязань, ул. Почтовая, 62, т. (0912) 20-55-81
- Самара, пр. Ленина, 2, т. (8462) 37-06-79
- Санкт-Петербург, Невский пр., 140
- Санкт-Петербург, ул. Савушкина, 141, ТЦ «Меркурий», т. (812) 333-32-64
- Тверь, ул. Советская, 7, т. (0822) 34-53-11
- Тула, пр. Ленина, 18, т. (0872) 36-29-22
- Тула, ул. Первомайская, 12, т. (0872) 31-09-55
- Челябинск, пр. Ленина, 52, т. (3512) 63-46-43, 63-00-82
- Челябинск, ул. Кирова, 7, т. (3512) 91-84-86
- Череповец, Советский пр., 88а, т. (8202) 53-61-22
- Новороссийск, сквер им. Чайковского, т. (8617) 67-61-52
- Краснодар, ул. Красная, 29, т. (8612) 62-75-38
- Пенза, ул. Б. Московская, 64
- Ярославль, ул. Свободы, 12, т. (0862) 72-86-61

Заказывайте книги почтой в любом уголке России
107140, Москва, а/я 140, тел. (495) 744-29-17

ВЫСЫЛАЕТСЯ БЕСПЛАТНЫЙ КАТАЛОГ

Звонок для всех регионов бесплатный
тел. 8-800-200-30-20

Приобретайте в Интернете на сайте www.ozon.ru
Издательская группа АСТ
129085, Москва, Звездный бульвар, д. 21, 7-й этаж

Справки по телефону:
(495) 615-01-01, факс 615-51-10
E-mail: astpub@aha.ru http://www.ast.ru

Литературно-художественное издание

Смит Кэтрин
Заманчивое предложение

Редактор С.В. Хохлова
Художественный редактор Н.И. Лазарева
Компьютерная верстка: Н.Г. Суворова
Технический редактор Т.В. Сафаришвили
Младший редактор Е.А. Лазарева

Общероссийский классификатор продукции
ОК-005-93, том 2; 953000 — книги, брошюры

Санитарно-эпидемиологическое заключение
№ 77.99.02.953.Д.003857.05.06 от 05.05.06 г.

ООО «Издательство АСТ»
170002, Россия, г. Тверь, пр. Чайковского, 27/32
Наши электронные адреса:
WWW.AST.RU E-mail: astpub@aha.ru

ООО Издательство «АСТ МОСКВА»
129085, г. Москва, Звездный б-р, д. 21, стр. 1

ООО «ХРАНИТЕЛЬ»
129085, г. Москва, пр. Ольминского, д. 3а, стр. 3

Издано при участии ООО «Харвест». Лицензия № 02330/0056935 от 30.04.04.
Республика Беларусь, 220013, Минск, ул. Кульман, д. 1, корп. 3, эт. 4, к. 42.

Республиканское унитарное предприятие
«Издательство «Белорусский Дом печати».
Республика Беларусь, 220013, Минск, пр. Независимости, 79.